Susan Andersen
Sin ataduras

Editado por Harlequin Ibérica.
Una división de HarperCollins Ibérica, S.A.
Núñez de Balboa, 56
28001 Madrid

© 2014 Susan Andersen
© 2015 Harlequin Ibérica, una división de HarperCollins Ibérica, S.A.
Sin ataduras, n.º 84 - 1.6.15
Título original: No Strings Attached
Publicada originalmente por HQN™ Books

Todos los derechos están reservados incluidos los de reproducción, total
o parcial. Esta edición ha sido publicada con autorización de Harlequin
Books S.A.
Esta es una obra de ficción. Nombres, caracteres, lugares, y situaciones
son producto de la imaginación del autor o son utilizados ficticiamente,
y cualquier parecido con personas, vivas o muertas, establecimientos
de negocios (comerciales), hechos o situaciones son pura coincidencia.
® Harlequin, HQN y logotipo Harlequin son marcas registradas por
Harlequin Enterprises Limited.
® y ™ son marcas registradas por Harlequin Enterprises Limited y sus
filiales, utilizadas con licencia. Las marcas que lleven ® están
registradas en la Oficina Española de Patentes y Marcas y en otros
países.
Imagen de cubierta utilizada con permiso de Harlequin Enterprises
Limited. Todos los derechos están reservados.

I.S.B.N.: 978-84-687-6157-2
Depósito legal: M-4750-2015

Sin ataduras es un canto a la sinceridad, la amistad y el amor.

Cuando existe una pasión abrasadora es imposible luchar contra ella, sobre todo si tras la atracción se esconde el verdadero amor. Pero nuestros protagonistas se resisten a mostrar sus sentimientos.

Susan Andersen ha escrito una novela excepcional de lectura obligada, que sobresale por la calidad de las escenas sexuales, bastante descriptivas y sin ningún tipo de eufemismo.

También cabe destacar el atractivo de los personajes secundarios. Estos dan lugar a interesantes historias paralelas totalmente integradas en la historia principal.

Y, como siempre, todo ello narrado con el estilo fluido que caracteriza a nuestra autora.

Feliz lectura

Los editores

Dedicado a las chicas que llevan gafas y a todos los lectores que se toman la molestia de escribir reseñas y de hacerme saber que disfrutan con mi trabajo. ¡Gracias!

Prólogo

Siete años atrás. Isla de Andros, Bahamas

Una brisa cálida y húmeda, perfumada por el mar y por el levísimo y exótico aroma de alguna flor desconocida, entró por la ventana abierta del bungaló en el instante en que Tasha Riordan se derrumbaba sobre Diego. Aplastó la nariz contra la curva en la que su cuello se unía a su hombro musculoso y aspiró en silencio su olor salobre y ligeramente especiado. Pensó de pronto que, durante las treinta y tantas horas que hacía que se conocían, no le había preguntado ni una sola vez cuál era su apellido. Sin embargo, mientras esperaba a que su corazón cesara de latir a ritmo de *reggae*, no se detuvo a pensar demasiado en ello.

Lo lógico habría sido pensar que, dado que pasaba buena parte de su vida manteniendo la cabeza bien alta para no sucumbir a la reputación de su madre, se detendría a reflexionar algo más. A fin de cuentas, meterse en la cama con un desconocido, o casi, no era propio de ella.

No era propio de ella en absoluto. Y debería estar un poco preocupada al respecto, ¿no?

Unos dedos de piel áspera se deslizaron por su espalda desnuda, despertando a la vida terminaciones nerviosas que a esas alturas, tras entrar en combustión, deberían haberse convertido ya en frías cenizas.

–¿Estás bien, cariño? –preguntó Diego, y, con la oreja pegada a su garganta, Tasha oyó su voz como una profunda vibración.

Y así, sin más, su tendencia a fustigarse y a hacerse reproches, se desvaneció cuando sus labios se curvaron en una sonrisilla junto a la piel de Diego. Ignoraba qué tenía de especial aquel hombre, pero una cosa estaba clara: poseía una magia innegable. A montones. Desde el instante en que se había acercado a ella en la playa, el día anterior por la mañana, la había descolocado por completo, la había hecho volar.

Y eso era mucho decir. No había más que preguntarle a cualquiera en Razor Bay: muy pocos vacilarían en afirmar que Tasha Riordan tenía siempre los pies bien plantados en el suelo, prácticamente arraigados en la tierra.

–Sí –susurró, pero prefirió no añadir «estoy de maravilla».

Seguramente para él aquello era algo normal. Pero bien sabía Dios que la hacía sentir cosas que no había sentido nunca antes, y normalmente era un hueso duro de roer. Podía imaginarse cuántas mujeres le habrían lanzado las llaves de su habitación. El hecho de que ella hubiera logrado no despojarse de las braguitas hasta ese día era digno de elogio, porque había sentido la tentación de quitárselas desde el instante en que había visto a Diego.

Y teniendo en cuenta el orgasmo que acababa de proporcionarle, tal vez debería haberlo hecho. Había sido el más alucinante de su vida.

Ahogó un resoplido. «Ni que tuvieras muchos para comparar», se dijo. Pero se encogió de hombros, desdeñando aquella idea. Sí, sí, a sus veintidós años no había disfrutado de una enorme cantidad de orgasmos que no fueran autoinducidos, pero tampoco era virgen, así que sabía que nunca había sentido nada parecido a aquello.

−¿Cómo estás tú? −preguntó con suavidad.

Se quedó tan quieto que Tasha pensó por un momento que había dejado de respirar. Ella hizo lo mismo. Pasaron varios segundos en silencio, y su euforia comenzó a disiparse. «Ay, Dios», pensó. «Como si tú pudieras descolocar a un hombre así». No hacía falta más que ver a Diego para saber que su experiencia sexual estaba a años luz de la suya.

Él crispó las manos sobre su espalda y dijo en voz baja y rasposa:

−¿Quieres saber cómo estoy? −suspiró divertido−. Estoy tan alucinado que ni siquiera es divertido.

−No −dijo ella con incredulidad, apoyándose en los codos para mirarlo.

No se hacía ilusiones respecto a sí misma. Era alta y flaca y tenía unos senos decentes, pero también unas caderas y un trasero que podían pertenecer a un niño de doce años. Sabía que los hombres la encontraban razonablemente atractiva, pero de ningún modo estaba a la altura de Diego.

Su melena de rizos rubios, un poco rojizos y encrespados por la humedad, cayó hacia delante y se enredó con los rizos negros y suaves de Diego. Miró sus propias manos, posadas sobre el abanico de vello negro de su pecho bronceado. Llevaba nueve días en los trópicos y su piel se había puesto todo lo morena que podía ponerse. Por desgracia, ello significaba también que, en lugar de tener su habitual tono de leche descremada, era del color de una tostada anémica.

Diego le apartó el pelo de la cara y se lo recogió en una gruesa coleta. Sujetándolo con una mano, la miró a los ojos, serio por primera vez desde el momento en que se había acercado a ella cuando estaba remojándose los pies en las olas y se había presentado.

–Sí –contestó mientras con la mano libre acariciaba la base de su garganta–. Me has puesto completamente en órbita –esbozó una sonrisa irónica y sus anchos hombros se encogieron mínimamente–. No me lo esperaba.

Seguramente les decía lo mismo a todas, pero aun así era agradable oírlo. Tasha sintió que su corazón se derretía como un bombón al sol del trópico.

Diego la miró fijamente.

–Me encanta tu boca –su voz era ronca, sus ojos oscuros y ardientes, y a Tasha se le aceleró el corazón cuando se inclinó, marcando sus abdominales, con intención de besarla.

Antes de que pudiera hacerlo, sin embargo, sonó su teléfono. Diego maldijo y miró la mesilla de noche, donde estaba el teléfono. Luego volvió a maldecir.

–Lo siento –dijo al volver a mirarla–. Tengo que atender esta llamada –se apartó suavemente de ella, se levantó con agilidad, agarró el teléfono y, apretando el botón verde, se lo llevó al oído–. Sí –dijo–. Más vale que sea importante.

Mientras lo miraba, Tasha se dio cuenta de que en

ese momento no parecía encantador. Parecía peligroso: grande, moreno e impúdicamente desnudo, con la mirada dura y una mueca agria en la boca. Tasha tiró de la sábana, se cubrió y se la metió por debajo de las axilas. Consultó su reloj.

«Ay, Dios». Tenía que pensar en vestirse si quería tomar el último avión de regreso a Nassau.

Llevando la sábana consigo, salió de la cama. De pronto, lo que unas horas antes le había parecido tan atrevido y emocionante; acceder, movida por un impulso, a acompañar a Diego a la gran isla de Andros, le parecía una temeridad y una tontería. Comenzó a recoger su ropa desperdigada.

Se puso las bragas y el vestido y estaba hurgando en su bolso en busca de algo con lo que recogerse el pelo cuando unos brazos duros y cálidos la enlazaron por la cintura y la apretaron contra un pecho aún más duro y cálido.

–Oye –le susurró Diego al oído. Se había puesto los pantalones cortos y la camiseta que llevaba antes–. ¿Qué estás haciendo?

A Tasha le costaba pensar mientras sentía el calor y el olor de su cuerpo, y se aclaró la voz.

–Mi vuelo sale dentro de una hora y media. Tengo que llegar al aeropuerto.

–Quédate aquí una noche más. Se supone que estoy de vacaciones, pero mi jefe ha conseguido encontrarme y tengo que salir un rato a hablar con él. Pero estaré fuera una hora como mucho. Luego tenemos toda la noche para nosotros.

–Ah –la tentación tiraba de ella y, por un instante, estuvo a punto de ceder. Pero su sentido común y su pragmatismo de siempre hicieron acto de aparición.

Sacó su pasaje del bolso y lo agitó delante de las caras de ambos–. Creo que no. Tengo hecha la reserva.

Diego la besó en el cuello.

–Me gustaría mucho, muchísimo, pasar el resto de la noche contigo –susurró con aquella voz baja y profunda–. Prometo llevarte mañana a Nassau, aunque tenga que alquilar un hidroavión –movió los labios por el hueco de detrás de su oreja.

Y las dudas de Tasha se derritieron junto con su columna vertebral.

–Bueno, a lo mejooooor sí.

–Eso es lo que quería oír –la hizo darse la vuelta y la besó con ardor, largamente.

Tasha dejó caer el bolso y, cuando consiguió que sus neuronas volvieran a funcionar, Diego estaba apartándose de ella y ella estaba otra vez tumbada de espaldas en la cama.

–Lo siento –dijo él mirándola–. No me gusta que nos quedemos los dos así, pero mi jefe es un tipejo muy impaciente y le he dicho que iba a reunirme con él –miró su reloj–, mierda, dentro de dos minutos –se agachó y le dio otro rápido beso en los labios antes de incorporarse de nuevo–. Volveré en cuanto pueda, ¿de acuerdo?

Tasha asintió con la cabeza. Él gruñó. Luego masculló:

–No voy a volver a besarla. No voy a volver a besarla –dio media vuelta y salió del bungaló.

Tasha se levantó, volvió a aplicarse el carmín y encontró por fin un par de horquillas para recogerse el pelo. Justo en ese momento comenzaron a aporrear la puerta del bungaló del hotel. Sonriendo, se apartó del espejo y corrió descalza a la puerta.

–¡Ja! Te has olvidado la llave, ¿a que sí?

Pero no era Diego quien llamaba. Varios hombres de piel oscura, vestidos con la camisa azul clara y la gorra negra del uniforme de la Policía Real de las Bahamas, irrumpieron en el bungaló. Ninguno de ellos le dedicó una sonrisa, como Tasha estaba acostumbrada a recibir desde su llegada a las islas. Aquellos hombres, envueltos en chalecos de *kevlar*, tenían una mirada adusta y una expresión reconcentrada.

–¿Qué ocurre? –preguntó con brusquedad, y de pronto la condujeron por la fuerza a una silla desde donde solo pudo ver la raya roja que corría por la pernera del pantalón negro del policía que la custodiaba.

Oyó que quitaban el colchón de la cama y que abrían y cerraban cajones. Luego, de pronto, el agente parado delante de ella se apartó y un hombre mayor, con camisa caqui, ocupó su lugar. Tenía una mano apoyada en los riñones y la otra colgaba flojamente junto a su costado, y sostenía una gorra de plato negra bajo el brazo.

–Soy el inspector Rolle, de la UDN –dijo con voz grave y melodiosa.

–¿La UDN? –preguntó ella con voz chillona–. ¿Qué es eso?

–La Unidad de Narcotráfico de la policía. Su nombre, por favor.

–Tasha –tragó saliva mientras se preguntaba qué demonios estaba pasando. No podía tener nada que ver con Diego... ¿O sí?–. Tasha Riordan.

–¿Dónde está su cómplice, señorita Riordan?

El pánico se apoderó de ella. Ay, Dios, ay, Dios. Aquello iba de mal en peor.

–¿Mi cómplice? ¿Qué cómplice? ¡Yo no tengo ningún cómplice!

–¿Esta es su habitación?

–No. No, soy una invitada.

–¿Una invitada de quién? –preguntó el policía con severidad.

–De Diego... –se detuvo, vacilando, y el inspector la miró enarcando sus cejas hirsutas–. La verdad es que no sé su apellido –balbució–. Sé que suena... –su cerebro se puso por fin en marcha–. Pero debe de estar en el registro del hotel. Pregunte al hombre que nos dio la llave de la habitación.

El inspector Rolle señaló a un agente que salió con paso vivo del bungaló. Luego se hizo un silencio enervante, durante el cual Tasha solo pudo llegar a la conclusión de que Diego había hecho algo horrible, había cometido algún delito... y se había largado, dejándola a ella para pagar los platos rotos.

Cuando regresó el agente, se fue derecho al inspector, le murmuró algo y se apartó a una distancia prudencial. El inspector Rolle se volvió hacia ella.

–La persona que tomó sus datos afirma que la habitación se pagó en efectivo. La ha descrito con toda precisión, señorita Riordan, pero no recuerda haber visto a ese tal Diego.

–¡No! Eso no es verdad. Yo ni siquiera me acerqué al mostrador con él. Me quedé en la terraza mientras Diego nos registraba en el hotel. ¡Tomen las huellas o algo! ¡Ni siquiera me acerqué a la recepción!

El inspector Rolle se quedó mirándola un momento antes de encogerse de hombros.

–Puede que resulte ser verdad...

–¡Es verdad!

–Pero lo que tenemos aquí... –sacó la mano de detrás de la espalda y dejó caer una bolsa grande con autocierre, llena de lo que parecía azúcar en polvo, sobre la mesita junto al codo de Tasha, donde aterrizó con un golpe sordo– es este kilo de heroína... y a usted. No hay ningún hombre misterioso llamado Diego. Solo está usted. Así pues, Tasha Riordan, queda detenida por posesión de heroína con intención de venderla.

Capítulo 1

En la actualidad

—Mierda —murmuró Tasha al aparcar detrás de los otros coches que había a la entrada de la casa de Max.

Llegaba tardísimo. «¿Y te sorprende?», le preguntó su vocecilla interior con tono de autosuficiencia.

Pues no. Pero al no ver a los hombres en el porche, haciendo la barbacoa, y sabiendo que era poco probable que estuvieran en el jardín de atrás dado que había estado lloviendo intermitentemente todo el día, comprendió que llegaba aún más tarde de lo que creía. Porque eso solo podía significar una cosa: que estaban todos cenando, o incluso recogiendo, lo cual sería aún peor.

Salió del coche y fue a sacar del maletero su contribución a la fiesta de despedida de la madre de Harper. Maldición, no solo no quería llegar tarde, sino que había tenido intención de llegar temprano para ayudar con los preparativos. No había contado con que el nuevo cocinero al que había contratado para su pizzería resultaría ser un borracho de tomo y lomo.

Tenía gracia. Creía tenerlo todo previsto. Como ahora que había pasado el mes de agosto había menos trabajo y la mayoría de los turistas se había ido, se le había ocurrido contratar a otro cocinero para que trabajara a tiempo parcial. Así iría acostumbrándose poco a poco al trabajo, y ella le iría aumentando las horas a medida que progresara. Su intención había sido enseñarle sin estrés. De ese modo, cuando llegara el siguiente verano, podría tomarse las cosas con calma.

Resopló. En teoría era un plan maravilloso. Así podría tener algún que otro día libre. Y, ¿quién sabía?, tal vez incluso podría disfrutar de la vida de verdad y hasta tomarse unas vacaciones.

Aunque, pensándolo bien, la sola idea de irse de vacaciones hacía que se le acelerara el corazón de ansiedad y que notara un regusto amargo en la boca. Pero ¿no iba siendo ya hora de que superara aquello?

Poco importaba ahora, en cualquier caso. En aquel momento, era una cuestión puramente retórica. Lo más probable era que su nuevo cocinero, que había hecho una entrevista brillante, ya estuviera borracho cuando se había presentado a trabajar. Y si no lo estaba ya, desde luego estaba como una cuba cuando había salido del Bella T. Y se había emborrachado con el vino de la casa, nada menos, lo cual echaba más sal a la herida.

Pero la gota que había colmado el vaso, lo que de verdad la había sacado de quicio, era que el muy cerdo hubiera intentado echarle la culpa de que faltara vino a Jeremy, el chico de Cedar Village que hacía menos de una semana que trabajaba para ella como camarero. Cedar Village era una casa de acogida situada a las afueras de la ciudad, en la que vivían chicos con problemas que intentaban rehacer sus vidas. Lo último que necesitaba el pobre Jeremy era que algún capullo como aquel lo acusara de robar.

Subió los escalones del porche, pero se paró antes de llegar a la puerta. Dejó sus cosas, se sacudió como pudo los pantalones cortos y hurgó en su bolso en busca de la barra de labios.

Una de las cosas que le habían llamado la atención de Harper, cuando aquella mujer mestiza y elegante había llegado a Razor Bay, era que siempre iba impecablemente vestida para cada ocasión. Y estaba claro que el estilo lo había heredado de Gina, porque lo mismo podía decirse, solo que por duplicado, de la sofisticada madre de Harper.

Ella, en cambio, estaba tan alterada cuando, después de echar al cocinero borracho del Bella T, había cerrado la pizzería y había subido corriendo a cambiarse, que se había puesto lo primero que había encontrado. O sea, unos pantalones cortos negros y deshilachados y una camiseta de tirantes de un azul intenso que daba un tono más azulado a sus ojos grisáceos. Tras ponerse una chaquetita negra, había recogido la comida que había preparado para la fiesta y había vuelto a salir a todo correr, sin una pizca de maquillaje aparte del rímel que se había puesto esa mañana para que la gente se diera cuenta de que sí tenía pestañas, aunque fueran tan pálidas que podía pensarse otra cosa.

Se puso un poco de carmín, llamó a la puerta y entró.

—¡Hola! —gritó para hacerse oír entre las risas y las voces que llegaban desde no muy lejos de la cocina sin terminar de Max—. ¡Siento llegar tarde! Pero he traído un par de botellas de vino tinto para compensarlo. Y un poco de guacamole casero y unos aperitivos vegetarianos.

Avanzó hasta ver la larga mesa llena de gente y vio a Jenny, su mejor amiga, sentada junto a Jake.

–Hola, guapa –dijo, y saludó con la mano a los Damoth, a Mary Margaret, la directora de Cedar Village, a sus anfitriones, Max y Harper, y a la madre de Harper. Pero se paró de golpe, estupefacta, cuando sus ojos se encontraron con la mirada oscura y aterciopelada de un hombre de piel morena y rostro cincelado. El recuerdo de un rostro más joven pasó por la pantalla de su mente a toda velocidad al tiempo que el calor de unos besos recordados recorría sus venas. Parpadeó, segura de que estaba teniendo alucinaciones.

Pero no. Santo Dios. No era posible, no podía serlo, pero era de verdad Diego Sin Nombre, aquella rata que la había dejado tirada en una cárcel de las Bahamas cuando era más joven y estúpida, o al menos más ingenua. La única persona a la que no esperaba volver a ver en toda su vida. Y, sin embargo, allí estaba, sentado a la mesa de Max y Harper, todo él pelo negro, ojos negros y un asomo de barba también negra, musculoso, rebosante de vida e imponente.

Su cerebro comenzó a zumbar con el chisporroteo de electricidad estática de una radio mal sintonizada, y su mano quedó floja. La bolsa de tela reutilizable en la que había guardado el vino y la comida para la fiesta cayó al suelo y luego se volcó hacia un lado.

Apenas se dio cuenta cuando su contenido se desparramó en todas direcciones.

«Mierda». La escena que se desplegaba a su alrededor pareció avanzar de pronto a cámara lenta, y Luc Bradshaw se levantó a medias de la silla junto con todos los ocupantes de la mesa. Todos parecieron exclamar y apresurarse a echar una mano a la mujer de largas piernas que se había agachado a recoger las botellas de vino y los recipientes de plástico que habían rodado por el suelo.

Para él, era todo un ruido blanco y amortiguado. Se quedó mirando su cabeza agachada y sin darse cuenta se frotó el diafragma por encima del lóbulo inferior de su pulmón izquierdo. ¿En qué momento había adquirido el aire la consistencia de la gelatina?

Santo cielo. Era Tasha.

Se había dado cuenta nada más entrar ella en la habitación. Aun así, ¿cuántas veces había mencionado Jenny, la prometida de Jake, su hermano recién descubierto, a Tasha, su mejor amiga, a lo largo de esa semana? Su dichoso corazón daba un pequeño vuelco cada vez que oía aquel nombre, aun sabiendo que Jenny se refería a otra Tasha, no a la que él conocía. Así pues, se le podía disculpar si de pronto creía estar teniendo visiones. Porque ¿qué probabilidad había?

Pues, al parecer, muchas. Porque aquella era su Tasha. Había muchas mujeres en su pasado a las que habría querido ver desaparecer sin dejar rastro, pero Tasha nunca se había contado entre sus filas.

Vio que la camiseta azul que llevaba debajo de la chaqueta se salía de la cinturilla de los pantalones cortos, dejando al descubierto una franja de piel clara y satinada cuando ella se estiró, en cuclillas, para recoger una de las botellas. La miró luego de la cabeza a los pies, concentrándose un momento en su trasero redondo. Estaba un poco más... rellenita que la jovencita que él recordaba.

¿Y a quién podía sorprenderle?, se dijo ahogando un resoplido. Llevaba siete años sin verla. Sí, tenía algunas curvas más. Pero seguía sin tener caderas, y había que echarle mucha imaginación para considerarla voluptuosa.

Sus rizos rebeldes también estaban distintos: más definidos de lo que recordaba. Pero sus ojos grises azulados y su boca carnosa no habían cambiado en absoluto.

La verdad era que podía llevar bigote, tener una verruga con pelos y haber engordado veinte kilos, que aun así la habría reconocido en cualquier parte. No le cabía la menor duda de que era la misma chica con la que había pasado dos días y una noche memorable en las Bahamas.

—¡Tash! —como si una película atascada recuperara de pronto su velocidad normal, Jenny se acercó a la chica alta y de cabello rubio cobrizo y se agachó a su lado—. ¿Estás bien?

Rubio cobrizo. Luc había descubierto tras su noche con ella que era así como se llamaba a aquel color de pelo rubio claro con matices rojizos. Mientras la miraba, sintió que toda su cara se iluminaba con una sonrisa de alegría.

Pero aquella sonrisa murió de repente cuando ella levantó bruscamente los ojos y los clavó en él. Su cuerpo se tensó como si le hubieran lanzado una bola de fuego a la cabeza, y volvió a dejarse caer en su asiento. Aquellos ojos, aquella expresión... Parecían capaces de matar, de hacerle picadillo. «¿Qué narices...?».

Ella miró a Jenny.

—No —dijo en respuesta a la pregunta de su amiga mientras le daba primero una botella de vino y luego otra. Debía de haber recogido también el resto de los recipientes, porque se levantó y le dio la bolsa de tela a Gina, una versión elegante y de piel ligeramente más oscura que su hija Harper, que era la esposa de Max, el otro hermano de Luc.

Santo Dios. Todas aquellas relaciones le estaban dando dolor de cabeza.

–Lo siento mucho –dijo cuando Gina aceptó la bolsa–. No me apetece nada que volváis a Winston-Salem y que yo vaya a perderme vuestra fiesta, pero la verdad es que no me encuentro muy bien.

–Sí, estás muy pálida, cielo –dijo Gina frotándole el brazo–. Vete a casa y métete en la cama. Con un poco de suerte, el bichito que te esté rondando desaparecerá si duermes un poco.

–No es la gripe, pero desde luego un bicho sí es – Tasha le lanzó otra mirada malévola y rápida como un rayo. Luego añadió dirigiéndose a Gina–: De pronto tengo la sensación de que una araña muy fea y peluda me está subiendo por la espalda. No me sentía tan mal desde hace casi una década. Me encantaría pegarle un tiro entre los ojillos a ese mal bicho.

Jenny se giró para dejar el vino sobre la mesa y miró a Luc entornando los párpados. Luego se volvió y miró a Tasha un segundo con expresión pensativa.

–Pobrecilla. ¿Quieres que te lleve a casa? Jake puede llevarte el coche por la mañana.

Luc vio que algo parecido al pánico cruzaba un instante el semblante de Tasha. Un segundo después, sin embargo, aquella expresión había desaparecido.

Tasha dio unas palmaditas en la mano a su amiga.

–No, puedo conducir. No he parado de trabajar desde que empezó la temporada turística y supongo que tanto trabajo me está pasando por fin factura. Me hace mucha falta dormir.

–Menos mal que has contratado a otro cocinero –comentó Jenny.

Tasha dejó escapar una risa amarga.

–Ah, sí, respecto a eso... Resulta que va a ser que no –se pasó los dedos por el pelo y de pronto pareció a punto de desmayarse–. Mañana te lo cuento –apartó la mirada de Jenny, aquella morena bajita, y la fijó en la gente reunida alrededor de la mesa. Menos en él–. Siento la escena –dijo, y volvió a fijar su atención en Gina, dedicándole aquella sonrisa dulce y generosa que Luc llevaba grabada en el cerebro desde hacía siete años–. Que tengas buen viaje –dijo al abrazarla. Cuando se retiró, miró a Gina con afecto–. Me ha encantado conocerte. Espero que vuelvas pronto.

–Pienso hacerlo, cariño –repuso Gina–. Mi hija preferida vive aquí ahora.

–Mamá –dijo Harper con sorna–, soy tu única hija.

Gina se encogió de hombros elegantemente.

–Pues eso: mi única y querida niñita.

Los ojos verdes oliva de Harper desaparecieron casi por completo detrás de sus pestañas cuando sonrió.

–Tienes razón.

Tasha intercambió algunas palabras más con los invitados. Luego, en un abrir y cerrar de ojos, se despidió, cruzó la cocina y desapareció.

Luc se apartó de la mesa y se levantó.

–¿Te importa que vaya a buscar una cerveza? –le preguntó a Max.

–Sírvete –contestó su hermano al tiempo que Harper decía:

–Deja, ya voy yo a por ella –e hizo amago de levantarse.

«¡No!», gritó Luc para sus adentros. Pero no en vano había pasado más de una década trabajando en misiones encubiertas para la DEA. Su trabajo se había convertido en una segunda piel, de modo que se limitó a decir:

–Por favor, Harper, no hace falta que me sirvas.

–Sí, Harper –dijo Jake–. Es de la familia. Lo que significa que también puede fregar los platos.

–O por lo menos ir a buscar una cerveza, si la quiero. ¿Alguien más quiere algo, ya que voy?

Nadie quería nada, y Luc salió de la habitación con paso tranquilo. Salió y vio que Tasha se dirigía hacia el otro extremo del garaje con intención de ir derecha a la zona de aparcamiento que había frente a la casa. En el cielo pendían nubes del color de un moratón, pero de momento no llovía, y Luc hizo caso omiso de los peldaños, saltó al césped y aterrizó con ligereza sobre los talones.

Cuando hacía falta podía moverse con la rapidez y el sigilo de la niebla, y llegó junto a Tasha cuando estaba a punto de doblar la esquina del garaje. Se puso detrás de ella, alargó la mano y rozó su brazo con las yemas de los dedos.

–Oye, Tasha, espera...

Ella se giró sobresaltada. Un destello de pánico apareció en sus ojos grises y, al verla contener la respiración y entreabrir los labios, Luc comprendió que estaba a punto de ponerse a gritar. Le pasó una mano por la nuca y con la otra le tapó la boca para evitar que soltara un chillido que hiciera salir a todo el mundo en su rescate.

A fin de cuentas, no necesitaba que nadie la rescatara de nada. Él jamás le haría daño. Pero no quería que su hermano, que era ayudante del sheriff, se abalanzara sobre él, y no dudaba de que, si oía gritar a una mujer, Max saldría de casa hecho una furia y con la pistola reglamentaria en la mano.

–Lo siento –dijo con la voz más tranquilizadora de que fue capaz.

Los labios de Tasha eran muy suaves y su piel muy cálida, pero Luc arrumbó aquellas sensaciones a un rincón de su mente para examinarlas más tarde.

–No quería asustarte –añadió–. Solo quiero hablar contigo un minuto. Ahora voy a soltarte, ¿de acuerdo?

Ella entornó los ojos como diciendo: «pues suéltame de una vez». Luc la miró dubitativo.

–Y tú no vas a gritar, ¿verdad que no? –era una orden, no una pregunta, y se quedó mirando aquellos ojos cristalinos sin parpadear.

Ella vaciló un segundo. Luego bajó la cabeza asintiendo levemente. Luc la soltó lentamente de la nuca y levantó la mano de su boca. Tasha se la apartó de un manotazo, pasó a su lado de un empujón y regresó al jardín antes de darse la vuelta para mirarlo.

–Si quieres hablar conmigo, puedes hacerlo aquí, donde la gente pueda vernos –le espetó.

Él asintió con un gesto. Pero ¿por qué estaba tan enfadada? No había sido él quien... Pero ella interrumpió sus pensamientos al preguntar ásperamente:

–Bien, ¿se puede saber quién estás fingiendo ser ahora, Diego?

Él dio un respingo para sus adentros, pero procuró que no se le notara. Tasha le había pillado: no podía reconocer que estaba fingiendo ser otra persona cuando se habían conocido. Así que se limitó a mirarla fijamente y dijo con calma:

—Mi verdadero nombre es Luc Bradshaw. Soy hermano de Max y Jake...

—¡Por favor! —exclamó ella asqueada.

Él parpadeó sorprendido.

—¿Cómo que «¡por favor!»? Por lo menos tendrás que creer en Max. ¿No creerás que no se habrá informado minuciosamente sobre mí?

Ella contestó con un ruido desagradable y él frunció el ceño.

—No sé qué problema tienes —dijo—. No hay más que vernos juntos. Todo el mundo dice que nos parecemos mucho. Así que ¿por qué dudas de que sea...?

—Mira —le espetó Tasha entornando los ojos, con la nariz a escasos centímetros de la suya—, no sé quién eres, tío, ni a qué estás jugando, pero no te acerques a mí, ¿me oyes? ¿Cómo te atreves a venir aquí haciéndote pasar por hermano de Max y Jake? —le clavó un dedo en el pecho, pero antes de que Luc pudiera agarrárselo, lo bajo y dio un paso atrás—. ¿Sabes qué te digo? —añadió con una calma que no se reflejó en sus ojos—. Hoy me siento bastante generosa, así que, si haces las maletas y te largas del pueblo esta misma noche, me olvidaré de todo esto —volvió a mirarlo entornando los párpados y agregó—: Si eres listo aceptarás mi oferta y te irás, porque te aseguro que lo que me pide el cuerpo es hacer todo lo contrario.

Él sacudió la cabeza, incrédulo.

—Pero ¿qué dices?

—¿Es que no entiendes mi idioma, Diego?

Por lo visto no, porque no tenía ni la menor idea de

qué estaba hablando. Pero, en lugar de decírselo y preguntarle qué le pasaba, se oyó decir:

—No me llamo Diego. Sé que te dije que sí, pero en aquel momento era un agente secreto de la DEA y, si quería seguir vivo, no podía decirle a nadie mi verdadero nombre. Pero soy Luc Bradshaw, hijo de Charlie Bradshaw, hermano de padre de Max y Jake.

—Ah, conque vas a ceñirte a esa historia. Mejor, en realidad. Porque si mañana sigues por aquí, me va a encantar decirle a Max que no eres más que un camello de mierda llamado Diego no sé cuántos. Y luego, él se encargará de ponerte a la sombra.

Luc se quedó helado. Había pasado la mayor parte del escaso tiempo que habían compartido sonsacando a Tasha acerca de su vida, sin contarle casi nada de la suya. Solo le había dicho que estaba de vacaciones y que no quería pasárselas hablando del trabajo. La única vez que ella le había pedido detalles, había recurrido a su encanto para cambiar de tema. Así que ¿cómo demonios se había enterado de su tapadera?

No tuvo tiempo de deducirlo: ella retrocedió de nuevo y sacudió su hermosa melena.

—Y si eso pasa —añadió en tono abrasivo—, créeme, solo lo lamentaré por una cosa.

Metiéndose las manos en los bolsillos, Luc la miró fijamente. Al fijarse en sus mejillas sofocadas y en sus ojos eléctricos, pensó que era una pena que siguiera sintiéndose tan atraído por ella estando como estaba, a todas luces, chiflada.

—Está bien, voy a picar el anzuelo —dijo—. ¿Qué es lo que lamentarías?

—Que comparadas con aquel negro y asfixiante agujero en una cárcel de las Bahamas donde gracias a ti pasé las dos noches más aterradoras de mi vida –repuso ella en tono cortante–, las prisiones americanas seguramente son mucho más cómodas y acogedoras.

Entonces, antes de que Luc pudiera hacerle otra pregunta, dio media vuelta y se perdió por la sombra que proyectaba la pared del garaje, y Luc se quedó preguntándose qué demonios había pasado la única noche que habían pasado juntos.

Capítulo 2

–Tasha Renee Riordan, tú me ocultas cosas. ¿Cuándo diablos conociste a Luc Bradshaw y por qué te desagrada tanto?

Tasha se quedó mirando a su amiga, boquiabierta. Apenas había abierto la puerta cuando la pregunta de Jenny la había hecho retroceder un paso como si un ariete la hubiera golpeado en el pecho. Jenny cruzó el umbral al mismo tiempo que ella recuperaba la respiración. Procuró parecer calmada cuando contestó:

–¿Qué? Lo conocí ayer. Estabas allí, Jen.

–A mí no me la das, bonita. Lo miraste como si ya lo conocieras. Así que, ¿cuándo fue? Creía que no salías de la pizzería ni para que te diera el aire.

Tasha intentó refrenarse. Lo intentó de verdad. Pero estaba hablando con Jenny, a la que se lo contaba todo, y cedió sin poder remediarlo.

–Lo conocí hace siete años –se pasó los dedos por el pelo y miró a su amiga–. Me quedé de piedra cuando anoche entré en casa de Max y vi que el presunto hermano de Max y Jake es el Diego del que te hablé, el de mi viaje a las Bahamas –reconocerlo era un alivio y al mismo tiempo le daba miedo. Ya no podía desdecirse, pero tampoco era un secreto que le quemaba el estómago como ácido corrosivo.

Jenny se puso seria al instante.

–Hala, Tash. ¿Cómo es posible? Aunque, la verdad, no parecías tú, con eso que contestaste sobre disparar al bicho entre ceja y ceja, y esa mirada que le lanzaste, que parecía que le estabas diciendo «espero que te mueras de un herpes galopante».

–Ay, Señor.

Llegaron a la barra de desayuno que separaba la cocinita del cuarto de estar. De pronto notaba las piernas hechas un flan. Se dejó caer en uno de los taburetes y se quedó mirando a Jenny mientras su amiga se acomodaba en otro.

–Me quedé estupefacta cuando lo vi allí, sentado tan tranquilo a la mesa en casa de Max... Pero la verdad, Jenny, me fastidia que se me notara tanto.

–No se te notó tanto, cielo. Bueno, sí, pero solo te lo noté yo –Jenny se inclinó para darle un rápido abrazo con un solo brazo y luego volvió a incorporarse en su taburete–. Y nosotras nos conocemos desde hace media vida –le lanzó una sonrisa pícara–. Ahora que lo pienso, me extraña no haberlo deducido yo misma. Porque es lógico, ¿no? Es el único hombre con el que has sido tan pasional.

Tasha hizo oídos sordos a sus palabras. No le apetecía hablar de Diego y de la pasión al mismo tiempo.

–Le dije que le daba hasta hoy para que se largue del pueblo. Pero ¿cómo voy a decirles a los Bradshaw que no es su hermano si no se marcha?

–Tash, corazón –Jenny le frotó la mano y la miró a

los ojos con compasión, pero con firmeza–, no hay más que verlo para saber que sí es su hermano.

–No –insistió ella, a pesar de que tenía sus dudas. Apartó la mano y se retiró el pelo de la cara–. Pero no va a irse así, sin más, ¿verdad?

–Me temo que no.

–Mierda –respiró hondo. Luego dio un suspiro resignado. Y dijo lo que llevaba pensando toda la noche–: ¿Qué probabilidad había de que el único hombre al que no quería volver a ver en mi vida resultara ser el hermano de Max y Jake?

–Sí, ya lo sé –convino Jenny–. El mundo es de verdad un pañuelo.

Luc acababa de hacer su petate cuando llamaron enérgicamente a la puerta de su habitación en el motel. Impulsado por la costumbre, abrió sin hacer ruido la cremallera de un bolsillo del petate y sacó su pistola SIG Pro. Se pegó a la pared, avanzó hasta la puerta y se detuvo junto a ella. Estirando el cuello, miró por la mirilla.

Y vio a su hermano Max con su uniforme caqui de ayudante del sheriff.

Se metió la pistola en la cinturilla del pantalón, a la altura de los riñones, la tapó con el faldón de la camisa y abrió la puerta.

–¿Qué te trae por Silverdale? –preguntó con curiosidad–. ¿Y cómo demonios te has enterado de cuál es mi habitación? –como si no lo supiera.

–Es asombroso la cantidad de cosas de las que se entera uno llevando una placa –contestó Max con su cara de póquer de costumbre–. ¿Puedo entrar?

—Sí, claro —retrocedió para dejarlo pasar—. Entonces, ¿has venido a Silverdale solo para verme?

—Sí —examinó rápidamente la habitación y fijó la mirada en él—. ¿Puedes decirme por qué Harper oyó decir a Tasha que no te llamas Luc Bradshaw, sino Diego?

Luc había estado esperando la pregunta, pero ahora que se la habían hecho se dio cuenta de que no sabía qué contestar. Y eso era impropio de él. Era un maestro de la improvisación y el engaño, pero no supo cómo reaccionar al mirar a los ojos a aquel hombre que, pese a ser su hermano, seguía siendo prácticamente un desconocido. Le había pasado lo mismo cada vez que había visto a Max o a su otro hermano, Jake, esa última semana. A ellos no podía mentirles.

Aquel asunto de tener hermanos tal vez fuera más difícil de lo que esperaba. Había crecido siendo hijo único, y al localizar a Max y a Jake le había emocionado la posibilidad de conocerlos. Pero no se había preguntado dónde encajaría en aquella familia nueva y dinámica, y más aún teniendo en cuenta que los otros dos habían vivido siempre juntos. Su única excusa era que había descubierto hacía poco que su difunto padre, Charlie, un hombre al que creía conocer por dentro y por fuera, tenía otros dos hijos cuya existencia él desconocía hasta que, un día, mientras limpiaba el escritorio de su padre, se había topado con esa información.

Exhaló un suspiro.

—¿Quieres un café? Es una historia larga de contar.

—Claro, estaría bien —Max se acomodó en el pequeño sofá de la zona de estar de la habitación.

Luc preparó un café en la encimera y se lo llevó a su hermano.

–Mira –dijo, quedándose de pie delante de él con las manos relajadas, pero apartadas del cuerpo–, ahora voy a sacar mi SIG muy, muy despacio, ¿vale? –había sido una estupidez por su parte no guardarla al ver que era Max.

Su hermano se llevó la mano a la pistola.

–¿Te importa decirme por qué demonios llevas una pistola?

–Creía que te habías informado sobre mí. ¿No deberías saber que soy de la DEA?

–Claro que sí. Si es que eres de la DEA.

–Voy a dejar pasar eso porque Jake, tú y yo solo nos conocemos desde hace diez días. Ahora mismo estoy en excedencia, pero llevo trece años trabajando para la agencia.

Su hermano se limitó a mirarlo atentamente.

–Prefiero no tener que sacar mi arma, así que haz el favor de no sacar la tuya hasta que me hayas enseñado tu documentación.

–Vale –señaló el petate que descansaba sobre la cama–. Está ahí, en mi bolsa.

Max se levantó sin apartar la mano derecha de la empuñadura de su arma.

–Pensándolo bien, saca la pistola muy despacio, como has dicho, y déjala sobre la mesa. Luego saco tu documentación.

Luc sintió que esbozaba una sonrisa. Era ridículo y seguramente un error sentirse orgulloso de su hermano, pero así era. Porque estaba claro que Max no tenía ni un pelo de tonto: jamás había que permitir que un elemento sospechoso se pusiera a hurgar en un petate que podía estar lleno de armas.

–Buena idea.

Hizo lo que le había ordenado Max y sacó la pistola muy despacio. Manteniendo el dedo alejado del gatillo, fue a dejarla sobre la mesa, entre ellos. Max la agarró. Luego señaló el petate.

–La documentación está en el bolsillo de abajo.

Max no lo cacheó, pero no le quitó ojo mientras se acercaba a la cama. Luego se puso de lado para seguir mirándolo mientras abría la cremallera del bolsillo. Luc juntó las manos para aliviar en parte la tensión y vio con satisfacción que los hombros de Max se relajaban un poco.

Su hermano palpó un momento el bolsillo. Un segundo después sacó la cartera donde Luc guardaba la insignia y la abrió. Le echó un vistazo y se relajó por completo. Apartó los ojos de Luc el tiempo justo para mirar atentamente la insignia con el águila negra y dorada. Cerró la cartera y se volvió para lanzarle una mirada penetrante.

–¿Agente secreto?

–Sí –bajó las manos y se sentó–. ¿Cómo lo has sabido?

–Por favor –dijo Max–. ¿Diego? Además, dudo que muchos agentes de la DEA en excedencia, si no son agentes secretos, se sientan obligados a responder a la puerta llevando encima una semiautomática.

–Ha sido una llamada muy agresiva.

Max esbozó una sonrisa.

–Y luego está también el hecho de que ese dato no estuviera en mis informes –añadió–. Y te aseguro que me informé sobre ti exhaustivamente –se puso serio y miró a Luc como desafiándolo a no decirle la verdad–. La cuestión es, ¿cómo se ha enterado Tasha?

Luc se pasó los dedos por el pelo y se frotó los ojos.

Dio un suspiro, bajó las manos y se metió los dedos en los bolsillos delanteros de los vaqueros.

–Ella no sabe lo de la DEA. Cree que soy un traficante de drogas llamado Diego, y te juro por Dios que no tengo ni idea de dónde se ha sacado esa idea –hizo un gesto impaciente con la mano–. Bueno, lo del nombre, sí. Cuando me presenté, le dije que me llamaba Diego. Pero ¿cómo es posible que una chica de veintidós años que estaba de vacaciones descubriera mi tapadera?

–Puede que hubiera algo que te delatara.

–No, no habría vivido mucho tiempo si fuera tan descuidado.

Max lo miró por encima del borde de su taza de café y asintió con la cabeza.

–¿Dónde y cuándo os conocisteis?

–En las Bahamas, hace siete años. El español es mi lengua materna, así que las misiones que me asignan suelen ser en América del Sur o Central. La misión en la que estaba trabajando en ese momento estaba relacionada con un cártel colombiano, pero en ese instante estaba de vacaciones, muy lejos de la acción, así que solo le dije a Tasha mi nombre, no mi apellido. Mi nombre ficticio, no el auténtico, porque nunca sabe uno cuándo te vas a encontrar con quien no debes, ya sabes. Incluso a miles de kilómetros de distancia. Y antes de que nuestra relación pudiera llegar a más, me llamaron y tuve que marcharme. Pensé que iba a ser un chequeo rápido, pero resultó no ser así.

Dios, aquello era quedarse muy corto. Y por un momento se retrotrajo a la isla de Andros, siete años antes.

–¿Qué es tan urgente? –preguntó con aspereza en

cuanto un jovencísimo agente abrió la puerta del piso franco.

Maldición, aquella era una de las pocas veces en que se tomaba unas vacaciones, y no le hacía ninguna gracia que Jeff Paulson, el agente especial al mando, hubiera requerido su presencia. Pero llevaba seis años trabajando para la DEA y desde el primer día le habían inculcado a machamartillo que el deber era lo primero.

Miró rápidamente al otro agente y pasó a su lado para dirigirse a su superior, que estaba sentado en un cómodo sillón situado al fondo de la sala. Sin levantar la mirada del fajo de papeles que estaba leyendo, Paulson le indicó una silla de aspecto mucho menos cómodo, frente a él.

–Pase y siéntese –dijo. Cuando Luc obedeció, Paulson, mayor que él, dejó a un lado los papeles, se ajustó las gafas y fue directo al grano–: Hemos recibido varios soplos referentes a usted.

–¿Qué soplos? –preguntó con un súbito estremecimiento.

–Corre el rumor de que van a quitarlo de en medio mientras esté en las Bahamas –Paulson le dedicó una media sonrisa–. Está claro que a alguien no le cae bien.

Luc sabía perfectamente de quién se trataba.

–Héctor Álvarez.

Paulson se inclinó hacia delante.

–¿Álvarez, el lugarteniente de Morales?

–Sí, señor. No le gusta que Morales aprecie mi sentido del humor. Y tampoco le gusta que su novia coquetee conmigo. Se resiste a ver que, si lo hace, es porque yo la trato con respeto mientras que él la trata como una mierda.

Había pasado los quince meses anteriores con el cártel de Morales y normalmente se volcaba de lleno en los casos en los que trabajaba. Ahora, en cambio, no dejaba de pensar en Tasha mientras hablaba con su jefe.

–Tasha... –murmuró.

Paulson arrugó el entrecejo.

–¿Cómo dice?

–Se suponía que este viaje iba a ser un corto paréntesis y, cuando he venido a reunirme con usted, he dejado a una amiga en mi habitación. Si Álvarez está fanfarroneando de que va a quitarme de en medio mientras estoy aquí, cabe suponer que sabe dónde me alojo.

–Creía que se suponía que iba a sobornar al recepcionista para que borrara su nombre del registro del hotel.

–Sí, señor, y lo hice. Pero Álvarez podría ofrecerle otro soborno por dejarlo pasar a mi habitación y ¿quién dice que ese tipo no va a mojar dos veces en ese cuenco de guacamole? Mierda –se levantó bruscamente–. Tengo que sacar a Tash de allí.

–Siéntese –ordenó Paulson en un tono que no admitía discusión–. Lo único que tiene que hacer es subir a bordo del helicóptero que llegará dentro de... –consultó su reloj– siete minutos y regresar a Washington para informar y asumir una nueva misión.

–Eso no puede ser hasta que la saque de allí, señor – se dirigió a la puerta, sorprendido por su propia determinación. Le encantaba su trabajo, sobre todo la emoción de confiar siempre en su ingenio y el subidón de adrenalina que suponía estar siempre alerta. Solía gustarle que le asignaran un nuevo caso, porque el princi-

pio de una misión era por lo general más arriesgado y emocionante. Si se hubiera tratado de cualquier otra mujer, probablemente habría dejado la tarea de sacar a Tasha de allí en manos de un equipo de la DEA.

El joven agente le cortó el paso y Luc se encaró con él.

—Quítate de mi camino, chico.

—Lo siento, señor. No puedo hacerlo.

Luc tenía que reconocer que arriesgar su trabajo por una mujer, y especialmente por una mujer a la que conocía desde hacía dos días, no era propio de él. Y, sin embargo, se sintió impulsado a hacerlo.

—Cálmese, Bradshaw —dijo Paulson acercándose a él por la espalda. Su voz se suavizó—. La sacaré yo mismo —prometió—. Pero usted va a subir a ese helicóptero.

Se apartó del joven agente, pero se volvió hacia Paulson son expresión belicosa y el semblante de su jefe se endureció.

—Esto no está sujeto a discusión, Luc. Lo llamaré a Washington para decirle cómo ha ido todo. Peró tiene que marcharse en... —consultó de nuevo su reloj y levantó la vista al oír el ruido de un helicóptero—. Ya.

—No, señor, no voy a marcharme.

—Entonces entregue su insignia, Bradshaw. Porque no voy a tolerar que un agente se niegue a recibir órdenes de su superior.

Luc no llevaba su insignia consigo, desde luego, pero abrió la boca para decirle a Paulson que podía quedarse con ella. Luego se pensó lo que estaba a punto de hacer. Su jefe le había dicho que él en persona se encargaría de sacar a Tasha de allí y Luc no tenía motivos para dudar de él.

–Joder.

Un momento después estaba corriendo hacia el helicóptero, agachado para protegerse del viento que levantaban las aspas del rotor. El helicóptero acababa de aterrizar suavemente en el césped de la parte de atrás. Unos minutos después, se marchó volando, dejando atrás su antiguo caso para aceptar uno nuevo.

Pero en lugar de la emoción que solía producirle la perspectiva de una nueva misión, volvió a pensar en Tasha.

Dos días después, cuando Paulson lo llamó a última hora de la tarde, Luc se estaba subiendo por las paredes.

–Hola –bramó por el teléfono satélite al ver el nombre de su jefe en la pantalla–. ¿Qué ha pasado con Tasha? ¿Está bien? ¿Entendió por qué no volví?

–Vamos por partes –repuso su jefe–. Le habían tendido una trampa. La Unidad de Narcotráfico de las Bahamas registró su bungaló poco después de que saliera para reunirse conmigo y encontró un kilo de heroína.

A Luc se le heló la sangre en las venas al pensar en la única persona que había estado con él en aquel bungaló de la playa. No quería creerlo pero...

–¿Cree que fue Tasha?

–No, aunque fue lo primero que pensamos cuando llegamos y no estaba.

–¿Que no estaba? –se sentó bruscamente–. ¿No estaba allí?

–Sí, eso he dicho, hijo. Según nuestras fuentes se marchó en el último vuelo a Nassau de esa noche. Hemos comprobado nuestras bases de datos, pero no figura en ninguna.

—O sea que se largó a pesar de que había dicho...
Paulson lo interrumpió, impaciente:
—¿Cree que podría concentrarse en el caso que nos ocupa, Bradshaw?
Luc procuró olvidarse de su decepción al saber que Tasha se había marchado.
—Sí, señor. Solo estoy intentando deducir cuándo demonios pudo Álvarez dejar la droga en mi habitación. Tasha y yo habíamos llegado esa misma mañana —ya tenía hecha la reserva en Andros y había convencido a Tasha de que lo acompañara porque había oído decir que aquel hotelito era muy íntimo... y porque quería que fuera con él.
—¿Y se quedaron en la habitación todo el día?
—Sí —meneó la cabeza—. No. Mierda. Fuimos a hacer submarinismo esa tarde.
—De modo que Álvarez pudo aprovechar la ocasión.
—Sí —de pronto se le ocurrió una idea—. Dios, Álvarez no es precisamente la estrella más brillante de la galaxia. Si yo fuera un traficante de drogas, como él cree, y quisiera salvar el pellejo, seguramente entregaría a alguien que ocupara un lugar muy superior al mío en la cadena trófica. Dudo que a Morales le haga gracia enterarse de que Álvarez puso ese plan en marcha —sus glándulas comenzaron a bombear adrenalina al pensar en lo que podía hacer en esa situación—. Porque... —ah, sí. Aquello podía funcionar—. ¿Puede conseguirme otro kilo de repuesto?
—¿Qué? —hubo un momento de silencio—. No estará pensando seriamente en devolvérselo a Morales, ¿verdad? —preguntó en tono incrédulo, pero...
Sí, su jefe se lo estaba sopesando.
—Sí, señor, lo estoy pensando. Es una oportunidad

de oro. Piénselo. Álvarez quedará eliminado en cuanto Morales descubra lo que ha hecho. Además, eso seguramente cimentará mi posición dentro del cártel, y nos dará la oportunidad de cerrar el caso más deprisa de lo que pensábamos. Tenemos que hacerlo.

Colgaron un rato después, cuando Paulson prometió consultar con el director si podía conseguir otro kilo de heroína, a condición de que Luc no lo diera por cosa hecha. Pero Luc estaba tan decidido a llevar aquel caso hasta el final que se negaba a contemplar siquiera esa posibilidad.

Por desgracia, ello no le impidió seguir pensando en Tasha. ¿Qué la había impulsado a tomar el vuelo de esa noche de vuelta a Nassau, cuando le había asegurado que lo esperaría?

Le dio mil vueltas, pero al final tuvo que aparcar aquel asunto.

—Olvídalo, chaval —se dijo malhumorado. De todos modos no había nada que pudiera hacer al respecto. Estaba claro que a Tasha no le interesaba tanto él como al revés—. Bueno, tú te lo pierdes, cariño —gruñó por fin en voz alta.

Y metiéndose la cartera en el bolsillo de atrás, fue a buscar algo con lo que distraerse.

—¿Qué pasó, entonces?
—¿Qué? —Luc meneó la cabeza para regresar al presente y le contó a su hermano una versión resumida de lo que había pasado ese día. Luego se quedó mirándolo un momento—. Dios mío, Max —dijo por fin—. Me quedé alucinado cuando anoche la vi en tu casa. Y luego, cuando la seguí al jardín, estaba muy cabreada,

pero yo no entendí por qué, porque, como te he dicho, pensaba que era ella la que se había largado. Estaba furiosa conmigo –al recordar las palabras con que se había despedido de él, movió los hombros–. Y es posible que con razón.

Max entornó los párpados.

–¿Qué razón?

–Anoche dijo que, gracias a mí, había pasado dos noches en una prisión en las Bahamas.

–Entonces, o fue un fallo de comunicación entre las agencias antidroga de los dos países, o fue una metedura de pata burocrática, o alguien te mintió. No conozco a los implicados, pero conozco a Tasha. Y dudo que, si alguien miente, sea ella.

–Sí –Luc también lo dudaba, no solo porque sabía cosas que no debía saber, sino porque estaba furiosa con él, y no habría tenido motivos para estarlo si se hubiera largado sin más.

Miró a los ojos a Max.

–Puedes estar seguro de que voy a llegar al fondo de este asunto. Pero primero –reconoció–, tengo que convencer a Tasha de que no soy un traficante de drogas. Luego tengo que convencerla de que hable conmigo el tiempo suficiente para descubrir qué pasó de verdad esa noche. Así sabré por dónde empezar.

Capítulo 3

Tasha oyó abrirse la puerta de la pizzería mientras estaba fregando la cocina.

—¡Está cerrado! —gritó, lo cual debía saber todo el mundo porque estaban en Razor Bay y era un lunes de septiembre.

Pero no se le había ocurrido cerrar la puerta con llave mientras estaba allí atrás, limpiando. Así que, por si acaso era un forastero que quería comerse una ración de pizza, salió a darle la mala noticia. Pero al ver a Tiffany, una chica que trabajaba con ella desde que había abierto el restaurante, arrugó el ceño sorprendida.

—Hola, guapa, ¿qué haces aquí en tu día libre?

—He aparcado en mi sitio, ahí detrás, porque tenía que hacer unos recados —contestó la morena rellenita e impecablemente arreglada con una sonrisa luminosa y afable—. Pero cuando iba a cruzar entre los edificios para salir a la calle he visto... —se quedó callada y pareció dudar un instante. Luego ladeó la cabeza con aire inquisitivo, lanzó a Tasha una mirada penetrante y preguntó—: ¿Estás liada con ese hermano de los Bradshaw tan guapo y no me he enterado?

–¿Qué? ¡No! –santo cielo, ¿llevaba escrito en la frente que Dieg... que Luc y ella habían hecho el amor como locos una noche hacía mil años?–. ¿A qué viene eso?

–Es que lo he visto subir hace un minuto –dijo Tiffany señalando vagamente hacia el extremo del edificio, donde estaba la escalera exterior que llevaba a su piso–. Y llevaba una mochila muy grande, como si fuera a instalarse aquí.

–¿Qué demonios...? –Tasha se quitó los guantes de goma, los dejó sobre la encimera y se dirigió a la puerta–. Hazme el favor de cerrar con llave, ¿quieres?

–Entendido, jefa.

Le palpitaba el corazón con una emoción que no quería examinar de cerca, pero no estaba tan alterada como para dejar de dar una palmadita en la pared a su edificio pintado de azul, verde y blanco al doblar la esquina, como tenía por costumbre. El Bella T era la concreción de un sueño que había tenido desde los doce años, solo que mejor, porque no solo regentaba una pizzería, sino que también era dueña del edificio. Bueno, en realidad estaba hipotecado, pero algún día sería todo suyo. Y nunca dejaba de demostrarle su afecto cuando pasaba de su lugar de trabajo, al nivel de la calle, a su casa del piso de arriba. Aquel edificio era posiblemente el objeto inanimado más querido de todo Razor Bay.

Estaba decidida a descubrir qué demonios andaba tramando Luc Bradshaw.

Subió los peldaños de madera de dos en dos y cruzó bruscamente la puerta, pero entonces se paró en seco y miró por el estrecho pasillo. Luc estaba al fondo, delante de la puerta del apartamento que Will, su inquilino durante mucho tiempo, había dejado vacante recientemente. Había, en efecto, un gran petate a sus pies. Al oírla entrar, apartó la mano de la llave que había metido en la cerradura y se la llevó velozmente a los riñones.

–¿Qué demonios crees que estás haciendo? –preguntó ella mientras se acercaba. Le tendió la mano–. ¡Dame esa llave!

–Por responder a tus preguntas en orden –dijo él con sorna–, me estoy mudando, cariño. Y la respuesta a lo segundo es no.

Ella se acercó aún más, hasta que estuvieron casi nariz con nariz.

–¿Qué quiere decir que no?

–Es una palabra que se explica por sí sola, princesa mía. No voy a darte la llave. He firmado un contrato que dice que soy el orgulloso inquilino de este apartamento durante los próximos noventa días –le mostró aquella encantadora sonrisa blanca que hacía aparecer sendos hoyuelos en sus mejillas. Siete años atrás, el poder de aquella sonrisa la había vuelto idiota.

Pero ahora no pensaba dejarse engatusar, ni volverse idiota, ni por su sonrisa ni por nada que pudiera decirle. Oír sus cumplidos la dejaba fría, se dijo con firmeza a sí misma.

Lo cual no podía decirse del propio Luc. Desde el momento en que se habían conocido en aquella playa, hacía siglos, había sentido el ardor de la sexualidad que emanaba con tan aparente facilidad. Y aunque deseaba que no fuera así, seguía sintiéndolo. Era tan condenadamente... viril. Y estaba tan guapo, tan irresistible, con su sencilla camiseta azul marino y sus Levis gastados, que Tasha lamentó por un momento llevar puesta una camiseta ancha y vieja y un delantal blanco lleno de manchas atado a las caderas y no haberse puesto, otra vez, ni una sola gota de maquillaje. Tenía que impedir que siguiera viéndola tan desaliñada constantemente.

«¿En serio? ¿Tú te estás oyendo?». Dio un paso atrás y se irguió. Luc Bradshaw no era nada para ella. Lo que pensara de su apariencia importaba muy poco.

Luego, dándose cuenta de lo que acababa de decir, fue directa al grano.

–¿Tú eres el compañero de habitación de Will en la universidad? –no podía ser: Luc era por lo menos cinco años mayor que su anterior inquilino.

–Sí, claro.

–Imposible. ¿Cómo conseguiste convencerlo para que me dijera que sí lo eres?

Él se encogió de hombros, impasible.

–Puede que le enseñara mi placa y le dijera que era una cuestión de seguridad nacional.

Se quedó mirándolo boquiabierta.

–Dios mío. Mientes con tanta naturalidad como los demás respiramos, ¿verdad?

No era una pregunta, pero Luc dio un paso al frente y Tasha tuvo que retroceder y pegarse a la pared del fondo. Apoyando un brazo por encima de su cabeza, se inclinó hacia ella y la miró. Tasha sintió el calor que emanaba de su cuerpo a pesar de que no se tocaban.

–La idea, antes de que me lo pensara mejor, era echar un vistazo a mis hermanos sin decirles quién era. Y no tenía ni idea de que el restaurante era tuyo. Simplemente me gustó porque no era una habitación de hotel y estaba en Razor Bay. En cuanto a lo de mentir –dijo en voz baja y áspera–, me conviene hacerlo bien teniendo en cuenta a lo que me dedico. Me gusta estar vivo y todo eso.

Ella resopló.

—Claro. Qué tonta de mí, haber olvidado por un momento que eres un traficante de tres al cuarto.

Él exhaló un suspiro que rozó su cara. Olía a menta fresca.

—No soy un traficante, Tash —dijo con aquella voz meliflua que recordaba ella, una voz casi tan profunda como la de su hermano Max—. Soy un agente secreto de la DEA.

Una furia fría corrió por sus venas y, poniéndole bruscamente las manos en el pecho, le dio un empujón.

—No puedes llamarme Tash como si fuéramos amigos —dijo entre dientes—. Y ahórrate el numerito del pobrecito incomprendido, porque no me lo trago —le tendió una mano—. Déjame ver ese contrato —dijo, a pesar de que tenía una copia archivada en su casa.

Él se volvió hacia la puerta y manipuló la llave todavía metida en la cerradura. La cerradura emitió un suave chasquido y Luc abrió la puerta y le indicó que pasara.

—No voy a entrar ahí contigo —dijo ella, y vio cambiar algo en su rostro, como si de nuevo vislumbrara a aquel hombre peligroso y decidido al que había visto fugazmente en un bungaló muy lejano, en una playa de arena blanca.

—Vas a entrar si quieres ver el contrato —afirmó él tajantemente, y levantó el petate del suelo para entrar—. Todo lo que poseo está en este petate. No pienso vaciarlo en medio del pasillo.

—Muy bien —repuso ella con acritud y, cruzando los brazos, entró tras él en el apartamento.

Los dos apartamentos de encima del Bella T se abrían a una estrecha terraza que corría por todo lo ancho del edificio y daba a la calle Harbor. Había una vista magnífica de la bahía, del canal de Hood y de los montes Olympic, que formaban no un canal, sino un auténtico y espectacular fiordo. Luc parecía allí muy grandote, moreno y fuera de lugar, demasiado duro para instalarse entre aquellos muebles alegres y blancos y aquellos tonos azules, verdes y beige con los que había decorado el estudio diáfano.

Él dejó el petate sobre la cama y echó mano de su cremallera. Un momento después sacó el contrato y se lo llevó.

–Siéntate –dijo, señalando el mullido sofá y dos mecedoras de mimbre.

Ella se acercó a la mesita que había delante del ventanal y tomó asiento en una de las dos sillas colocadas a sus lados. Maldijo su propio orgullo y su impulso de seguirlo hasta allí. Había sido un error. La verdad era que ya sabía que el estado de Washington favorecía a los inquilinos cuando había alguna disputa relativa a un contrato de alquiler, y que si ella, como casera, intentaba echar a su inquilino aunque fuera por un motivo fundado, el inquilino podía quedarse en el piso sin pagar alquiler hasta que se resolviera la disputa, lo cual podía demorarse mucho más de noventa días. Además, no tenía motivos fundados para echar a Luc. Ahora se arrepentía de haber dejado que Will buscara al siguiente inquilino y haberle permitido que se ocupara de cumplimentar el contrato. Lamentaba no haberle echado más que un vistazo por encima antes de firmarlo. Su única excusa era que se había sentido muy aliviada al saber que iba a cobrar tres meses de alquiler mientras trataba de encontrar un inquilino más permanente.

El Bella T acababa de terminar su segunda temporada de verano abierto y, para ser un restaurante nuevo, le estaba yendo muy bien. Pero la pizzería estaba en una localidad playera que obtenía la mayor parte de sus ingresos durante los meses de verano. Tasha era afortunada por tener su clientela local, lo que la ayudaba a no depender únicamente de la temporada veraniega. Pero aun así había momentos de parón casi total, y le venía bien poder cobrar todos los meses el alquiler del estudio.

Una carterita de piel marrón cayó sobre la mesa junto al contrato. Tasha miró a Luc.

–¿Qué es esto?

–Mi insignia de la DEA.

Ella soltó un soplido, abrió la cartera y dejó al descubierto una insignia dorada con un águila con las alas extendidas sobre cuyo pecho se leía «Departamento de Justicia» escrito en oro sobre una cinta negra y, debajo, «Agente Especial, DEA». Parecía muy oficial, pero Tasha se encogió de hombros y empujó la cartera hacia él con un dedo.

–Estupendo, pero estas cosas se falsifican continuamente.

Él dejó escapar un sonido gutural que se parecía sospechosamente al gruñido de un perro.

–Dios, eres dura de roer. Es auténtica. Ten –le dio un permiso de conducir con fotografía–. Aquí tienes mi documentación.

Tasha bostezó.

–Lo mismo digo: podrías haberla falsificado. ¿Cómo voy a saber la diferencia?

Luc se pasó las manos por el pelo y se quedó mirándola.

–Mira, tenemos que hablar muy seriamente sobre lo que pasó esa noche. Hay unas cuantas discrepancias y me gustaría saber qué demonios ocu...

–No tengo nada que decirle a un hombre que me mintió sobre su identidad –apartó la silla de la mesa y se levantó–. El contrato es válido –dijo suavemente–. Pero me gustaría que te lo pensaras mejor y que buscaras otro sitio donde alojarte.

–Ni lo sueñes.

Ella exhaló un suspiro.

–Muy bien. Pero ni se te ocurra acercarte a mí.

–Por supuesto –contestó con aquella sonrisa irresistible.

Y Tasha comprendió que tampoco en eso iba a hacerle caso.

–Espero que me pagues los dos meses de fianza antes de las cinco de esta tarde –dijo, y salió por su lado de la terraza

Unos segundos después, tras cruzar la terraza, entró en su apartamento y cerró firmemente la puerta. Luego, pensándolo mejor, echó la llave.

Necesitaba unos minutos para reponerse antes de bajar para acabar de limpiar la cocina de la pizzería. Pero mientras se paseaba de habitación en habitación intentando calmarse, tuvo la desagradable sensación de que iba a tardar mucho más que unos minutos en librarse de la energía nerviosa que se había apoderado de ella.

Porque ¿cómo demonios iba a sobrevivir teniendo a Luc Bradshaw por vecino en la puerta de al lado?

–Mierda –masculló al pararse delante de la ventana

y mirar vagamente el mar y las montañas–. ¡Mierda, mierda, mierda!

Soltó un suspiro e intentó pensar. Maldiciendo y paseándose de un lado a otro por la casa no iba a conseguir sentirse mejor. Para eso solo podía hacer una cosa. Se acercó a la encimera de la cocina, donde había dejado su teléfono móvil.

Al diablo con la limpieza. La haría al día siguiente, antes de abrir, o quizás incluso esa tarde a última hora si conseguía tranquilizarse un poco. En ese instante lo que necesitaba era el apoyo moral que solo podía ofrecerle una buena amiga.

Luc oyó ruidos amortiguados procedentes del apartamento de al lado. Pasados unos quince minutos, oyó cerrarse de golpe la puerta del apartamento de Tasha y, unos segundos después, la puerta exterior, cerrándose, y el ruido distante de unos pasos que se alejaban por la escalera de fuera. Salió a la terraza, se inclinó despreocupadamente sobre la barandilla y vio aparecer a Tasha allá abajo, en la calle Harbor, caminando hacia su lado del edificio. Ella levantó la vista y el corazón de Luc dio un pequeño vuelco cuando sus miradas chocaron.

Ah, Dios. Frotándose con los nudillos el pecho, donde de pronto notaba una opresión, la miró fijamente. ¿No había sido suficiente con que lo dejara sin respiración un rato antes, cuando se había plantado delante de él con su ropa de trabajo, la preciosa piel sofocada por el esfuerzo y la camiseta pegada al cuerpo de tal modo que le había permitido ver que llevaba debajo un sujetador azul de encaje? Aquella chica lo ponía a cien sin siquiera intentarlo.

Ahora, en cambio, parecía haberse arreglado con mucho esmero para alguien. Llevaba los ojos maquillados de un color gris humo y la boca... Dios, aquella boca carnosa de sirena, con su grueso labio superior... Se la había pintado de un suave color rojo. Llevaba una falda corta y una camisetita que se ceñía a su cuerpo, con un escote tan bajo que Luc vio las curvas superiores de sus blancos pechos.

Ella entornó los ojos. Luego desvió la mirada como si Luc fuera invisible y se alejó calle abajo.

Luc se inclinó un poco más sobre la barandilla, lleno de celos. ¿A quién iría a ver vestida así?

–Por Dios, contrólate –se dijo. ¿Qué más le daba a él que tuviera novio? Hacía un millón de años que Tasha y él no...

«Más vale que no sigas por ahí, tío». Además, estaba ansioso por retomar su vida, por volver al trabajo. Seguramente debía evitar toda compañía civilizada. Había estado a punto de sacar la pistola cuando Tasha había abierto la puerta de repente. Él necesitaba la emoción de vivir al límite, de ponerse en peligro para atrapar a los malos, de retirar de la circulación a otro traficante de drogas. Así que le importaba muy poco lo que hiciera Tasha, o cómo fuera su vida.

Lo cual no explicaba por qué se inclinaba tanto sobre la barandilla intentando verla que corría el riesgo inminente de caerse y aterrizar de cabeza en la calle.

–Mierda –se apartó de la balaustrada y dio un paso atrás para dejarse caer en una de las sillas. Entornó los ojos al oír crujir la silla. Estaba claro que Tasha tenía debilidad por los muebles de mimbre.

Él no era muy dado a contemplar el paisaje, pero tenía que reconocer que aquel era precioso. Los nubarrones del día anterior parecían haberse desvanecido y las montañas aserradas del otro lado de la estrecha franja de agua se destacaban contra un cielo azul y despejado. Un chaval montaba en una moto acuática en el canal armando mucho ruido, y Luc vislumbró un extremo del pantalán del hotel del pueblo, al que Jake y él habían ido remando la noche en que Tasha y las esposas de sus hermanos se habían bañado desnudas lanzándose desde allí. Si en aquel momento hubiera sabido que se trataba de su Tasha, se habría esforzado mucho más por ver entre las sombras de la noche. Lo habría intentado, al menos, aunque, como no tenía visión de rayos equis, no habría conseguido nada. Ahora, un grupo de piragüistas pasó remando por aquella zona en dirección al parque nacional.

Se sentía inquieto. Nervioso. Cansado de su propia compañía. Se levantó y se tocó el bolsillo del pantalón para asegurarse de que seguía teniendo la llave del apartamento. La sacó, salió y cerró. Ya que estaba, podía bajar hasta el hotel para ver si Jake andaba por allí.

No se le ocurrió que seguramente debería haber llamado primero hasta que cruzó el porche de Sand Dollar, la mayor de las casas diseminadas por los terrenos salpicados de piceas de The Brothers Inn. Entonces movió los hombros y llamó a la puerta. Total, ya estaba allí. Llamó otra vez.

—Ya va, ya va —oyó la voz irritada de Jake desde el otro lado de la puerta y unos pasos que se acercaban. Se abrió la puerta de golpe—. Más vale que haya un puto fuego, porque estoy en medio de... —miró parpadeando a Luc—. Ah, hola, eres tú —dio un paso atrás y abrió más la puerta—. Pasa. La verdad es que quería hablar contigo.

–¿Sí? –era una estupidez sentir una especie de agradable cosquilleo porque un tipo cuya existencia desconocía seis meses atrás tal vez tuviera tantas ganas de conocerlo como las tenía él de conocer a sus dos hermanos recién descubiertos. Era hijo único, hacía poco tiempo que había perdido a sus padres, y envidiaba que estuvieran tan unidos y que Jake hubiera saltado en defensa de Max más de una vez, sobre todo cuando habían hablado de su padre.

–¿Quieres una cerveza? –preguntó Jake, y miró su carísimo reloj, que, junto con su camiseta de seda verde, sus pantalones de bolsillos bien planchados y su pelo corto y descolorido por el sol dejaban bien claro que estaba forrado–. No es demasiado temprano para tomar algo, ¿no?

–No, qué va. Una cerveza estaría bien –miró subrepticiamente su camiseta sencilla de algodón para asegurarse de que seguía estando limpia y siguió a su hermano hasta la pequeña cocina.

Jake sacó un par de Fat Tires de la nevera y le dio una.

–Bueno –dijo al abrir la suya–, tengo entendido que Tasha y tú tenéis un pasado tórrido.

Luc se sobresaltó.

–¿Quién demonios te ha dicho eso?

–Jenny es la mejor amiga de Tash, ¿recuerdas? Fue a verla esta mañana para averiguar qué le pasó ayer, porque decía que estaba muy rara.

Luc rechinó los dientes al oír que la llamaba Tash, cuando a él le había prohibido llamarla así.

–Tengo entendido que asegura que eres un traficante de drogas y que la detuvieron porque encontraron heroína en la casita que tenías alquilada.

—Joder —hurgó en su bolsillo y sacó su insignia por tercera vez ese día, abrió la cartera y se la enseñó—. Estaba trabajando en una misión encubierta y hasta ayer no me enteré de que la detuvieron.

Jake tomó la insignia y estuvo observándola.

—Conque la DEA, ¿eh? A Max le va a interesar esto.

—Ya lo sabe. Vino a verme antes, al hotel de Silverdale.

Jake esbozó una sonrisa.

—Ese es nuestro chico. No pasa nada por alto —le devolvió la insignia—. ¿Por qué no se la enseñas a Tash?

—¡Ya se la he enseñado! Y ha dicho que podía ser falsa.

Jake se rio.

—Sí, parecía muy enfadada cuando ha llamado a Jenny para pedirle que fueran al Anchor a charlar un rato.

—¿Está en el Anchor? ¿Con tu novia? —no sintió alivio, ni nada por el estilo. Nada de eso. Pero de pronto tenía un propósito y dio un paso atrás—. Bueno, mira, te dejo que sigas con eso que estabas haciendo.

—¿Para ir al Anchor sin mí? —preguntó Jake—. Ni lo sueñes —entró en otra habitación, pero volvió a salir casi enseguida. Se guardó la cartera en el bolsillo de atrás y dijo—: Eres consciente de que ha ido allí a ponerte verde delante de las chicas, ¿verdad? No van a recibirte precisamente con los brazos abiertos.

Una sonrisa se dibujó en los labios de Luc.

—Sí, ¿por qué no serán más ecuánimes, como nosotros?

—No sé. Las mujeres son un misterio. Es una especie de asunto esotérico femenino cuya lógica solo entienden ellas —se puso serio—. Estate preparado, hermanito. Ya estás pisando terreno resbaladizo –salieron al porche y Jake cerró con llave–. ¿Dónde tienes el coche?

–En la calle Harbor. He venido andando.

Su hermano se encogió de hombros.

–Conduzco yo, entonces –llevó a Luc a su todoterreno. Abrió las puertas con el mando a distancia y se detuvo a mirar a Luc por encima del coche–. ¿Sabes?, deberías mudarte aquí, al hotel, para no tener que estar yendo y viniendo entre Silverdale y la bahía.

–No hace falta. Acabo de instalarme en el estudio que hay encima del Bella T.

–¿En serio? –Jake le lanzó una gran sonrisa–. Esto se pone cada vez más interesante.

Capítulo 4

–Ay, Dios –dijo Tasha desanimada–. Yo sabía que no debía enrollarme con Diego, o con Luc, o con como se llame –dio un largo trago a su copa de vino tinto de la casa y miró a Jenny y a Harper, que estaban sentadas al otro lado de su reservado en el Anchor–. Sabía que era una idiotez. Pero en lugar de hacer caso a mi instinto, me lancé de cabeza y me enrollé con él.

–¿Y cómo ibas a saberlo? –preguntó Harper con aquel acento casi británico que la hacía parecer tan refinada–. ¿Es que llevaba escrito en la cara «soy un traficante y un embustero»? –sus rizos negros se estremecieron cuando ladeó la cabeza para estudiar a Tasha–. ¿Y qué aspecto tiene exactamente una persona así?

–Ni idea. Lo que quiero decir es que no tenía intención de enrollarme con nadie esas vacaciones. Fue mala suerte que, para una vez que rompo mi regla sagrada, tuviera que acabar en una cárcel de las Bahamas.

Le resultaba extraño haber hablado con otra persona de aquel momento de su vida. Las cuarenta y ocho horas que había pasado confinada en una celda oscura y atestada de gente había sido la experiencia más aterradora de su vida. Los minutos se le habían hecho eternos mientras se preguntaba si volvería a ver la luz del día. Cuando por fin la dejaron libre, solo había querido olvidarse de todo aquello y mantener en secreto su encarcelamiento. Solo le había hablado de ello a Jenny. Y ahora, tras guardar silencio durante siete años, en menos de veinticuatro horas no solo se lo había soltado a Luc la noche anterior, sino que también acababa de contárselo a Harper.

Pero, aunque solo conocía a Harper desde hacía un par de meses, su nueva amiga era ya muy importante para ella. Y merecía saber cuál había sido su relación anterior con Luc si quería entender por qué ella estaba tan furiosa con él.

Harper se inclinó hacia ella.

—Estabas de vacaciones —dijo—, ¿por qué no ibas a querer conocer a un tío bueno? —la miró con sagacidad—. Y creo que debemos admitir que Luc está muy bueno, ¿no?

«Ay, sí. Desde luego que sí». No pensaba decirlo en voz alta, desde luego. Pero inclinó ligeramente la barbilla.

—Todo es por culpa de la madre de Tasha —comentó Jenny, y levantó una mano para llamar a la camarera. Al ver que la miraba, hizo una seña con el dedo índice señalando sus copas para que volviera a llenárselas.

—¿Tu madre no aprobaría que tuvieras una aventura con un hombre en vacaciones? —preguntó Harper—. ¿Es muy estricta, entonces?

Jenny y ella se rieron.

—No —contestó Tasha—. Al contrario. A mi madre la conocían por toda esta zona como la puta de Razor

Bay. Se mudó a Olympia hace casi seis años, pero todavía hay gente a la que le gusta restregarme su reputación por la cara de vez en cuando –se encogió de hombros–. Son unos cretinos, claro. Y no me malinterpretes, quiero mucho a mi madre. Pero no nos parecemos en nada.

–Desde luego –dijo Jenny, y se volvió hacia Harper–. Nola, su madre, vive estrictamente en el presente. No creo haberla visto nunca dedicar ni un microsegundo a pensar en lo que pueda pasar mañana. Tash, en cambio... Es como un animal de otra especie. La persona más centrada en sus metas que he conocido nunca.

Harper miró a Tasha con sus ojos verde oliva y se giró en el asiento para mirar a Jenny.

–Sé que sois amigas desde hace mucho tiempo, pero creo que nunca me habéis contado exactamente cómo os conocisteis.

–Fue en mi segundo día en el instituto de Razor Bay, cuando teníamos dieciséis años –dijo Jenny sonriendo con cariño a Tasha–. Era nueva en el pueblo y Tash intervino cuando unos chicos empezaron a meterse conmigo porque mi padre estaba en la cárcel por una estafa financiera. Pero eso ya te lo contaré otro día –añadió con una sonrisita al ver un brillo de curiosidad en los ojos de su amiga mestiza–. Me encantó desde el principio porque tenía aún menos predicamento que yo en el instituto y, sin embargo, en lugar de achantarse y de pasar de largo como habría hecho cualquier persona con dos dedos de frente...

Tasha soltó un bufido y Jenny le lanzó una sonrisa.

–Se metió en medio de la refriega. Después sellamos nuestra amistad comiendo las pizzas que Tasha hacía en la caravana de su madre y decidimos superar nuestras circunstancias con determinación –meneó la cabeza y sonrió melancólicamente–. Y yo que creía tener grandes planes... Tasha tenía en el cajón de su ropa interior un plan de negocio completo mecanografiado para montar el Bella T.

Era cierto, así que Tasha se limitó a encogerse de hombros. Luego dio una palmada sobre la mesa arañada y se irguió en el asiento.

–¿Sabéis?, llevo pensándolo un rato y creo que llamar puta a mi madre es bastante injusto –meneó la mano como si quisiera borrar sus palabras–. No es que no se haya acostado con un número asombroso de hombres. Pero os aseguro que nunca lo ha hecho por dinero. Ni siquiera estoy convencida de que lo hiciera porque le encantaba el sexo. Durante muchísimo tiempo no entendí por qué se acostaba con tantos hombres, y bien sabe Dios que tuve que aguantar su reputación desde el día en que fui lo bastante mayor para entender lo que quería decir la gente cuando afirmaba que Nola Riordan era una zorra. Pero poco antes de que Jenny viniera a vivir al pueblo, empecé a darme cuenta de que mi madre ve cada encuentro sexual como una unión amorosa en potencia. Y me refiero al amor con mayúscula –añadió con cierta sorna–. A pesar de todas las pruebas que tenía en contra, mi madre creía de todo corazón...

–Y cree todavía –la interrumpió Jenny.

–Sí, y no me cabe duda de que seguirá creyendo que cada nueva relación va a ser la definitiva. Está convencida de que cada vez el príncipe azul llegará montado en su corcel blanco para llevarla con él. De que cada uno de sus nuevos amantes será su alma gemela.

Harper apoyó la barbilla en la mano y suspiró.

—Es una romántica.

—Qué va –Tasha resopló–. Es una fantasiosa –se acordó de repente de su madre volviendo a la caravana de madrugada, con el carmín corrido y el pelo revuelto, oliendo a tabaco y a cerveza derramada. Su madre la despertaba y la sacaba de la cama para obligarla a dar vueltas por la habitación.

—Va a sacarnos de esta ratonera, nena –le prometía–. Espera y verás.

Dios, ¿cuántas veces había oído aquella misma cantinela?

—¿No crees en el amor romántico? –preguntó Harper–. Por favor, dime que no es así.

—Está bien –repuso Tasha–. No es así. Al menos hasta cierto punto, dado que os he visto a Jenny y a ti enamoraros y me doy cuenta de que hay verdadera magia en vuestra relación con los chicos Bradshaw. Pero no creo que ese sea el destino de las Riordan.

—No seas tonta –dijo Jenny–. Claro que sí.

—Perdona si no me parece tan tonto, Jen –replicó ella–. Pero no todo el mundo tiene tanta suerte como tú –respiró hondo, dedicó a su amiga una mueca de disculpa y dijo en un tono más moderado–: Lo siento. Ha sido una tontería. Pero ¿cuántos años he tenido que ver a mi madre buscando a su príncipe azul? Cuando decidí gastar una parte de mis ahorros en hacer ese viaje a los trópicos, lo único que buscaba era arena blanca, un cielo azul y beber cócteles a la sombra de una palmera. Y quizás unas cuantas fotografías bonitas para presumir delante de ti.

—Ya sabes que estaba loca de envidia –dijo Jenny–. Me sentí fatal no poder gastarme parte del dinero de la matrícula de la universidad para ir contigo.

Tasha alargó el brazo por encima de la mesa y le apretó la mano.

—Así que no creía en el amor —continuó—. Luego conocí a Diego y durante unos pocos días empecé a creer en él, ¿sabéis? Por fin entendía lo que había estado persiguiendo mi madre todos esos años, en su búsqueda perpetua del amor. Desde el momento en que nos conocimos, fue todo tan... fácil. Hacía que me sintiera lista, guapa y tan, tan deseada...

Lo que solo había hecho aún más duro el batacazo. Su mirada se endureció cuando miró a sus amigas.

—Está clarísimo que en cuestión de hombres tengo tan mal gusto como mi madre. Así que, no, no estoy buscando el amor. Ni voy a buscarlo nunca —al ver que sus amigas parecían preocupadas, intentó quitarle importancia al asunto—. Aunque no me importaría echar un buen polvo de vez en cuando. En ese aspecto, mis experiencias han sido muy escasas y distanciadas en el tiempo.

—A los tíos les vuelves locos y tú lo sabes —dijo su mejor amiga—. Si de verdad quisieras, podrías practicar el sexo mucho más a menudo que ahora.

—Sí, puede ser —contestó lentamente.

—Los hombres te miran como si fueras un desplegable de *Playboy* —comentó Harper.

—Lo sé. Es raro, ¿verdad? No lo entiendo —sonrió mirando a Harper—. Tengo un ego bastante saludable, así que no lo digo porque me considere un adefesio. La verdad es que a veces, cuando me arreglo un poco, a mí también me parece que estoy bastante buena. Pero, salvo por mis senos, que son muy bonitos aunque esté mal que yo lo diga, mi cuerpo está muy lejos de ser voluptuoso. Además, tengo este pelo de loca —agarró un puñado de su pelo y le dio un tirón. Luego miró el pelo rizado de Harper con una sonrisa remolona–. Bueno, qué te voy a decir a ti sobre eso. Y menos mal que por fin he encontrado algunos productos fantásticos para peinármelo. Pero luego está mi dichoso labio superior.

–Que a los hombres les parece fascinante –comentó Harper.

«Me encanta tu boca», susurró la voz de Luc dentro de su cabeza. Tasha le quitó el volumen bruscamente. Y suspiró.

–Sí, a muchos sí. Y yo ya me he hecho a la idea. De pequeña sufrí mucho por culpa de mis labios, así que me costó mucho tiempo darme cuenta de que no eran una monstruosidad.

Harper abrió la boca como si fuera a protestar, pero Jenny se puso tiesa de pronto en el asiento, a su lado.

–Oh, oh –dijo–. No miréis ahora, pero acaban de entrar Jake y Luc.

A Tasha le dio un vuelco el corazón. Al llegar al Anchor, había pasado media hora con sus amigas esperando en parte que apareciera Luc siguiéndole la pista. Lo cual era ridículo, pensándolo bien, pero había visto su expresión cuando la había mirado desde la terraza y aquella idea había brotado en su cabeza. Lejos de su presencia, sin embargo, se había ido liberando poco a poco de tensiones. Y, con cada fragmento de su historia que le contaba a Harper, había ido relajándose. En un pueblo del tamaño de Razor Bay, todo el mundo se conocía. Había sido refrescante hablar un poco de sí misma con alguien que no conocía ya todas sus andanzas.

De pronto, sin embargo, estaba otra vez tensa por culpa de Luc.

–Maldita sea, ¿por qué ha tenido que venir aquí y echarlo todo a perder? ¿Vienen para acá?

–Puede ser. Creo que sí –Jenny exhaló un suspiro–. No. Pero nos han visto, por lo menos Jake. Pero se han ido hacia el fondo.

Los dos hombres aparecieron en el campo de visión de Tasha.

–Ya lo veo. Ah, parece que van a jugar a los dardos.

No quería mirar a Luc, y no pensaba hacerlo. Pero estaba de cara a ese lado del bar y, como decía Harper, era difícil negar que estaba buenísimo.

No parecía capaz de apartar la mirada.

–Por amor de Dios, ¿qué es esto? ¿El punto de encuentro oficial de la familia Bradshaw o qué? –preguntó de repente Jenny, y Tasha apartó por fin la mirada de Luc, que estaba sonriendo a la camarera que les había llevado las cervezas a Jake y a él. El muy cerdo.

Aunque a ella le importaba un pimiento que coqueteara con quien quisiera.

Giró el cuello a tiempo de ver que Max acababa de entrar en el Anchor y se había parado junto a la puerta, sin duda para dejar que sus ojos se acostumbraran al cambio de luz. Miró a su alrededor y vio a los chicos. Luego las localizó a ellas en su reservado.

Y, sorteando las mesas, se acercó a ellas.

–Señoras –dijo dirigiéndose a Tasha y Jenny. Luego fijó su atención en Harper–. Hola, cariño –apoyó los nudillos en la mesa, le dedicó una tierna sonrisa y se inclinó para besarla. Luego se irguió y miró a Tasha–. Tengo cierta información sobre Luc para ti –dijo–. ¿Salimos un momento?

Tasha se lo pensó dos segundos. Luego negó con la cabeza.

–Puedes decir lo que sea aquí. De todos modos voy a contárselo –dijo con frialdad a pesar de que se le había acelerado el pulso. Observó curiosa a Max–. ¿Cómo sabes que quería informarme sobre él?

–Anoche me di cuenta de que estabas enfadada con él –contestó–. Y Harper me dijo que te había oído decir algo acerca de que no se llamaba Luc, sino Diego. Así que puse mis antenas en acción –se puso un poco colorado cuando lo miraron todas y se cuadró de hombros–. Soy policía –añadió, un poco a la defensiva–. Es lógico que sospeche cuando alguien que conozco dice que un familiar al que acabo de conocer no es quien dice ser. Así que esta mañana fui a ver a Luc a su hotel para averiguar qué estaba pasando.

–Por fin –dijo Tasha–. Alguien que no se cree todo lo que le dicen.

–Sí, bueno, puede que esto no te guste mucho. O quizá sí, no sé. Pero Luc no es un traficante de drogas. Pertenece a la DEA, la Agencia de Lucha contra el Narcotráfico.

–Vamos, por favor –dijo ella desdeñosamente–. ¿A ti también te ha enseñado su placa? Acabo de llevarme una desilusión contigo. Sabrás que ahora cualquiera puede comprar esas cosas en Internet –pero había empezado a encogérsele el estómago. Porque si Max pensaba que era auténtica...

Seguramente lo era.

–Cualquiera puede comprar una imitación que engañe al público en general –contestó él tranquilamente, pero con firmeza–. Pero yo he visto muchas insignias cuando estaba en los Marines y desde que estoy en el departamento del sheriff, y la suya parece auténtica. Además, he llamado a un amigo mío que trabaja para el gobierno. Se ha informado sobre Luc y es cierto: pertenece a la DEA, Tash.

—Gracias por decírmelo. Eres un buen amigo —se levantó del asiento, un poco envarada—. Tengo que irme.

—No —protestó Jenny, pero Tasha giró la cabeza para mirarla, y algo en su mirada debió de advertirle de que era mejor no insistir, porque añadió—: ¿De verdad tienes que irte?

Tasha no pudo evitarlo: miró hacia donde estaban Luc y Jake. Luc estaba de espaldas a la diana. Mientras Tasha lo miraba, lanzó un dardo y lo clavó en la diana, por encima del anillo doble. Luego, de pronto, la miró. Ella se sobresaltó y volvió a mirar a Jenny.

—Sí, de verdad. Cuando me enteré de que era Luc quien había alquilado el apartamento de Will, dejé la cocina de la pizzería a medio limpiar. Tengo que acabarla antes de abrir mañana.

—Te ayudo —Jenny hizo amago de levantarse.

—No —Tasha dio un brusco paso atrás—. No. Muchas gracias por ofrecerte, pero quédate. Tómate una copa de vino con tu novio.

Se alegraba muchísimo de que su mejor amiga hubiera encontrado la felicidad al lado de Jake. También se alegraba por Max y Harper. Pero no creía que, de momento, pudiera soportar estar rodeada de tanta felicidad, estando ella tan hundida en la miseria.

Confió en que su sonrisa no pareciera tan helada como la sentía.

—Hablamos pronto —dijo en voz baja. Luego dio media vuelta y salió.

Luc agarró a Max del brazo en cuanto su hermano se acercó a la barra.

—¿Qué demonios le has dicho?

Max miró la mano que agarraba su bíceps y clavó los ojos en los de Luc, que apartó la mano.

—Yo también me alegro de verte, hermano —refunfuñó Max, y fijó en él una mirada de francotirador que, según había descubierto Luc, era su forma habitual de mirar—. Le he dicho que estaba seguro al cien por cien de que tu insignia de la DEA es auténtica.

—Pero... ¿eso no es bueno?

—Eso pensaría cualquiera, ¿no? Pero imagino que no, porque ha puesto una cara como si acabara de darle una patada en el estómago. Puede que el hecho de que seas legal empeore las cosas desde su punto de vista. Porque, si eres de los buenos, ¿cómo es que acabó en la cárcel? ¿Y por qué no moviste un dedo para ayudarla?

—¡Porque no lo sabía! Tengo que hablar con ella —hizo intento de pasar junto a su hermano, pero Max se cruzó en su camino. Era muy grande y fuerte, así que Luc no tuvo más remedio que pararse—. ¿Qué pasa?

—Esto requiere dar un gran paso. Piénsalo un minuto. Y procura ponerte en el lugar de Tash. Hace siete años le ocurrió algo muy traumático, pero desde entonces ha tenido tiempo de dejar eso atrás y seguir adelante con su vida.

Comprendiendo que estaba actuando impulsivamente en vez de reflexionar, lo cual era muy impropio de él, Luc sacudió la cabeza.

—Y entonces aparezco yo.

—No solo apareces, sino que eres familia de sus mejores amigos. Lo que significa que no tiene manera de evitarte. Y Tasha acaba de decir que te has mudado a su estudio. ¿Cómo demonios te las has arreglado?

—No tenía ni idea de que era ella cuando se lo subarrendé a Will. La verdad es que lo acordé con él el mes pasado, cuando descubrí que vivíais en Razor Bay. Había estado buscándoos desde que descubrí que tenía dos hermanos. Pero cuando te encontré a ti, no sabía que Jake también vivía aquí.

»Mi plan era, en principio, tomarme un tiempo para observarte. No sabía cómo iba a resultar esto, pero pensé que, si no querías tener nada que ver conmigo, prefería tener un lugar más íntimo en el que alojarme que una habitación de motel mientras buscaba a Jake. Pedí un año sabático cuando me enteré de que papá había muerto mientras yo estaba cumpliendo una misión. Quería tomarme un descanso antes de que me asignaran otra.

Max se encogió de hombros.

—Comprenderás que Tasha esté un poco agobiada con tantas sorpresas, ¿no?

Luc asintió enérgicamente con la cabeza.

—Entonces hazme caso y dale su tiempo. No puedes arreglarlo todo en veinticuatro horas. Dale espacio para maniobrar, a ella y a ti también.

Luc volvió a relajarse y le dio la razón. Todo lo que decía Max era cierto. Tenía que darle a Tasha espacio para respirar.

Pero se daba cuenta también de otra cosa: quería pasar tiempo con sus hermanos, y eso significaba pasarlo también con sus mujeres.

Lo que equivalía a estar con Tasha.

Así que tenía que discurrir cómo iba a arreglárselas para congraciarse con ella mientras estuviera allí.

Por el bien de todos.

Capítulo 5

—Lo siento muchísimo, Tasha —dijo Tiffany cuando salieron de la cocina del Bella T el viernes siguiente, por la tarde—. Siento dejarte en la estacada —su cara, normalmente tan alegre, parecía entristecida, y Tasha se paró en seco para mirarla.

Alargó el brazo, agarró su hombro regordete y lo apretó suavemente mientras la miraba muy seria.

—Tiff, cariño, no. No tienes por qué disculparte, y no me has dejado en la estacada. Ya imaginaba que no te gustaría estar en la cocina. Pero llevas conmigo desde que abrí la pizzería, y pensaba que al menos debía darte la oportunidad de decirme que no antes de buscar ayuda fuera —sonrió—. Por si acaso durante todos estos años habías estado soñando en secreto con ser cocinera.

—Dios mío, no —Tiffany se estremeció—. Me volvería loca si me pasara todo el día metida en la cocina. Además de que me haría polvo la manicura. A mí lo que me gusta es estar con la gente.

—Y es lo que se te da mejor, así que no le des más vueltas —bajó la mano, deslizó el brazo por los hombros de Tiffany y la abrazó un momento. Luego se apartó y miró automáticamente el comedor–. Parece que está empezando la hora punta de después de clase, así que sal ahí a tomar pedidos.

–A sus órdenes, jefa.

Tasha ocupó su puesto de costumbre detrás del mostrador, desde donde podía observar a la clientela cada vez más numerosa hasta que empezaban a llegar los pedidos. Vio a Tiffany pasar de mesa en mesa, riendo y bromeando con los estudiantes mientras anotaba las comandas, y luego se fijó en Jeremy, el chico de Cedar Village que se encargaba de servir las mesas.

En principio lo había contratado para hacerle un favor a Max y Harper, que estaban muy volcados en aquel internado para chicos con problemas. Pero al final había resultado que eran ellos quienes le habían hecho un favor, porque Jeremy trabajaba genial. Era un chico de dieciocho años alto, fuerte y guapo, y, al contratarlo, Tasha había temido que se pasara la mitad del tiempo coqueteando con las chicas de instituto. Pero, por más que ellas intentaran llamar su atención, él se resistía a dejarse enredar. No era muy sociable, al contrario que Tiff. Hacía su trabajo, pero se mantenía un poco distante. Tasha imaginaba que aquella vena de solitario lo hacía aún más atractivo para las chicas, que no cejaban en su empeño de llamar su atención.

Y cuando no estaban intentando ligar con él, estaban mirándolo.

Vio que Peyton Vanderkamp estaba haciendo justamente eso en ese instante. Aquella chica guapa, de pelo negro y piel clara, compartía mesa con Davis Cokely, pero no paraba de mirar a hurtadillas a Jeremy mientras él despejaba una mesa no muy lejos de allí.

Davis era también muy guapo, pero, por lo que concernía a Tasha, su aire de suficiencia le restaba mucho atractivo.

Sobre Peyton no sabía gran cosa. Los Vanderkamp eran nuevos en Razor Bay, pero según decía todo el mundo eran inmensamente ricos, y a la chica parecía gustarle la actitud de David, de modo que no esperaba gran cosa de ella en cuestión de carácter. Sabía que los prejuicios surgidos de sus experiencias en el instituto teñían sus opiniones, y reconocía que no era un síntoma de madurez por su parte.

Estaba a punto de darse la vuelta cuando Davis se giró de modo que pudo verlo más claramente. La expresión calculadora que cruzó su cara llamó la atención de Tasha, que estaba mirando cuando, como por casualidad, él estiró la pierna en el momento en que Jeremy pasaba junto a su mesa.

Jeremy tropezó y cayó como un árbol talado. La caja de plástico con platos que llevaba en las manos rebotó en el suelo antes de volcarse y vaciar la mitad de su contenido sobre el suelo con estrépito.

Todos los chicos se quedaron de pronto en silencio, como un campo lleno de grillos al acercarse un depredador. Davis se rio.

Ofuscada, Tasha agarró la pistola de pelotas de pimpón que guardaba bajo el mostrador. La levantó y disparó. La pelota rebotó en la sien de Davis, que dejó de carcajearse al instante. Se giró para mirarla.

–¿Qué haces?

Tasha salió de detrás del mostrador y se acercó a su mesa. Apoyó los nudillos sobre la mesa y se inclinó hasta que casi estuvieron nariz con nariz.

–Nadie se mete con mi gente en mi restaurante –

dijo tajantemente–. Si quieres portarte como una sabandija, chaval, vete a casa y ponle la zancadilla a tu perro.

–¡Al perro no! –gritó una chica allí cerca–. ¡Que se vaya a casa y se ponga la zancadilla a sí mismo! –añadió, y su amiga asintió ansiosamente.

Tasha recogió del suelo una bandeja de pizza y volvió a ponerla en la caja.

–¿Estás bien? –le preguntó a Jeremy en voz baja.

Él tensó la mandíbula y sus ojos azules claros brillaron llenos de orgullo e indignación. Tasha pensó que iba a levantarse y a liarse a puñetazos con Davis, pero Jeremy se limitó a asentir en silencio y se incorporó. En silencio, la ayudó a recoger el resto de los platos y vasos. A Tasha le impresionó su actitud. No todos los chicos de dieciocho años eran capaces de refrenarse así.

De pronto la asaltó una idea y, apoyándose hacia atrás en los talones, contempló a Jeremy unos segundos mientras la sopesaba. Luego dejó que se ocupara de recoger el resto de las cosas, se levantó y fijó su atención en Davis.

–Como dice claramente el cartel de la pared, me reservo el derecho de admisión y voy a ejercer ese derecho. Si quieres volver otra vez y te portas bien, puedes hacerlo. Pero hoy has perdido tu derecho a disfrutar de una buena pizza.

–Menuda cosa –replicó él, levantándose–. Tus pizzas son muy regulares.

Jeremy se levantó de un salto, como si aquello sí fuera la gota que colmaba el vaso. Pero antes de que pudiera decir nada, un jugador de fútbol llamado Sage preguntó unas mesas más allá:

—¿Estamos comiendo la misma pizza, Cokely? Porque en el Bella T se hacen las mejores pizzas de todo el puto condado —miró a Tasha con expresión culpable y levantó las manos—. Perdón, señorita Riordan. No dispare. Quería decir de todo el dichoso condado.

Ella se limitó a sonreír y vio que Davis empezaba a ponerse rojo por la reprimenda de uno de sus compañeros de equipo. Ignorando a los demás, sin embargo, miró a Peyton y le hizo una seña imperiosa con la barbilla.

—Vámonos.

Ella no se movió de la silla.

—Vete tú —dijo tranquilamente, y Tasha se preguntó si no debía reconsiderar su primera impresión sobre la chica—. Yo me quedo. A mí me gustan las pizzas de aquí.

Davis empezó a maldecir en voz baja y se acercó a la puerta hecho una furia. Un momento después salió dando un portazo.

—Se nos están acumulando los pedidos, jefa —dijo Tiffany, y Tash asintió.

—Borrad la porción de carne que habíamos pedido —añadió Peyton en aquel mismo tono impasible.

—Vale —dijo Tiffany, y luego hizo una mueca de disculpa—. Me temo que vas a tener que pagar la cuenta de los dos refrescos.

Peyton se encogió de hombros altivamente.

—No hay problema.

—Bien, entonces supongo que será mejor que vuelva a la cocina para que nadie tenga que esperar demasiado su pizza —dijo Tasha, y se volvió hacia la cocina.

Pero se encontró mirando de frente la cara risueña de Luc.

Le dio un vuelco el corazón. «Vaya, perfecto». Esa semana, Luc se había pasado por allí al menos una vez al día para comprar algo de comer. A veces intentaba hablar con ella, y otras no. Pero Tasha siempre lo sorprendía mirándola, vigilándola. Ese día ya había estado allí para llevarse un café, así que Tasha había dado por sentado que podía relajarse el resto de la tarde.

Pero no: allí estaba otra vez, recostado tranquilamente en una silla, con las piernas enfundadas en vaqueros estiradas y un codo apoyado en el respaldo, mirándola de nuevo. Tasha habría preferido tragarse la lengua antes que reconocerlo, pero la verdad era que aquel escrutinio constante la ponía nerviosa.

Cuando sus miradas se encontraron, él le dedicó una sonrisa de medio lado y le hizo una seña levantando el pulgar, seguramente por su forma de resolver el altercado de la zancadilla. Ella se hizo la tonta, apartó la mirada y se volvió hacia Jeremy.

—Trae la caja a la cocina —dijo con más brusquedad de la que pretendía—. Quiero hablar contigo.

Jeremy la siguió tan de cerca que estuvo a punto de chocar con ella. «Mierda». Debería haber sabido que aquellas últimas semanas habían sido demasiado buenas para durar. Tasha seguramente iba a despedirlo por haberle creado problemas con aquel niño pijo. No era tonto: sabía que, en temporada baja, obtenía gran parte de sus ingresos de los chicos que iban a comer pizza después del instituto.

Le gustaba trabajar allí. Era un sitio... alegre, y él no estaba acostumbrado a ese tipo de ambientes, aunque Cedar Village lo fuera también, en menor medida.

En el Bella T, la gente solía reírse y sonreír. Era un sitio agradable para trabajar.

Y más agradable aún era cómo lo había defendido Tasha un minuto antes. «Mi gente», había dicho como si lo considerara parte de su equipo. Pero él no solo era un forastero en Razor Bay, sino que además vivía en Cedar Village, lo cual seguramente ponía una marca negra junto a su nombre. Tasha llevaba su negocio con mano firme. No toleraba que se dijeran palabrotas en la pizzería, aunque a ella la había oído jurar como un marinero, pero nunca cuando había clientes en el restaurante. A pesar de que llevaba poco tiempo trabajando allí, había presenciado cómo Tasha desalojaba a varios chicos sirviéndose de su pistola de pelotas de pimpón, como había hecho con Cokely.

Si perdía aquel trabajo, no sabía qué iba a hacer. De momento tenía un techo, pero el día treinta se graduaba en Cedar Village, así que le quedaban pocos días de vivir allí. Y desde luego no quería volver a White Center, su barrio de las afueras de Seattle. Sobre todo, porque, a pesar de todo lo que había aprendido gracias a los orientadores de Cedar Village, no estaba seguro de que no fuera a retomar sus antiguas costumbres. Si volvía a juntarse con sus amigos de antes; y eran las únicas personas a las que conocía, fuera de los pocos amigos que había hecho en Cedar Village, era seguro que volvería a las andadas.

Estaba tan absorto pensando en esas cosas que no se dio cuenta de que Tasha se había parado hasta que chocó con su espalda. Sobresaltado, dio un salto atrás.

—Perdona —masculló. Se aclaró la voz y añadió—: Y perdona también por lo de antes. No...

—No te disculpes por algo que no es culpa tuya —le

contestó ella con vehemencia–. No tienes por qué pedirme perdón por lo que ha pasado con Cokely. Él se lo ha buscado. La verdad es que, al ver la madurez con que te has comportado, aunque estoy segura de que te han dado ganas de darle un buen cachete, se me ha ocurrido hablarte de otra cosa.

¿Se había metido en un lío? Jim, su orientador, le decía que dejara de culparse a sí mismo por todo lo que les pasaba a los demás, pero, cuando uno crecía como había crecido él, esa era una costumbre muy difícil de romper. Respiró hondo, cruzó los brazos y asintió con la cabeza.

–Está bien.

Tasha sacó las comandas de la rueda donde las había colgado Tiffany y se acercó al frigorífico industrial para sacar dos bolas de masa redondas y varias triangulares. Rápidamente se puso a extender la masa de pizza. Lo miró por encima del hombro.

–¿Quieres una Coca–cola?

Jeremy asintió con la cabeza. Tenía la garganta seca.

–Pues ve a servirte una y vuelve. Tengo una oferta que hacerte.

Jeremy ignoraba cuál podía ser esa oferta, pero aquello le sonó prometedor. Salió al restaurante y se sirvió un vaso grande en el surtidor de refrescos. Se bebió la mitad de un solo trago y volvió a llenarlo. Tras dudar un momento, llenó otro vaso con otro refresco. Se los llevó a la cocina y le ofreció el segundo a Tasha.

–Me he fijado en que a veces te tomas una limonada *light* por las tardes.

Ella aceptó el vaso, dio un gran sorbo y le sonrió.

–¿Lo ves?, eso es justamente lo que me gusta de ti.

Que trabajas duro y que te fijas en los detalles –se quedó mirándolo un momento–. Te gradúas en el instituto a finales de mes, ¿verdad?

Jeremy hizo un gesto afirmativo con la cabeza.

–¿Piensas ir a la universidad?

Le habría gustado, pero se encogió de hombros como si aquello no le importara lo más mínimo. Sin embargo dijo sinceramente:

–Me gustaría ir, pero no puedo permitírmelo. Ni siquiera sé muy bien de qué voy a vivir cuando me gradúe.

–¿Piensas quedarte en Razor Bay o quieres volver a casa?

–Me encantaría quedarme. Esto me gusta.

Había notado que Tasha se interesaba por la gente con la misma sinceridad que Harper Summerville cuando se relacionaba con él y con los otros chicos de Cedar Village. Sus ojos azul grisáceo parecían taladrarlo.

–¿Qué te gusta exactamente de Razor Bay?

–Lo... limpio que está. Y es el lugar más tranquilo que he visto nunca. Cada vez que miro las montañas y el mar, es... no sé... Siento una especie de... paz. Como si se me alisaran las tripas o algo así.

Tasha se quedó mirándolo un momento y Jeremy deseó que se lo tragara la tierra. ¿De dónde diablos había salido aquello? Ahora iba a pensar que era un completo idiota.

–Ah –dijo ella por fin, y a Jeremy le sorprendió ver que tenía los ojos llorosos. Tasha se los enjugó–. Buena respuesta.

Jeremy se sintió más animado y esbozó una de sus raras sonrisas.

–¿Sí?

—Desde luego. Bebe —dijo, señalando el vaso que él tenía en la mano. Bebió un sorbo de su propio refresco—. ¿Te gustaría estudiar algo en particular si pudieras ir a la universidad?

—No —se encogió de hombros—. La verdad es que no tengo ni idea de qué quiero hacer con mi vida. Pero me gustaría hacer las pruebas de acceso mientras me lo pienso. En mi familia nadie ha ido a la universidad. Sería una pasada ser el primero —a su madre le importaría una mierda, pero seguro que su padre estaría muy orgulloso.

—Muy bien —Tasha dejó a un lado su bebida y, sirviéndose de los dedos, dio forma a la masa triangular—. Esto es lo que te propongo. Ya sabes que probé a contratar a un cocinero nuevo —hizo una mueca y meneó la mano manchada de harina antes de añadir—: Olvida lo que he dicho. Es una tontería. Claro que lo sabes: intentó echarte la culpa después de beberse todo ese vino de la casa. ¿Cómo no vas a acordarte?

—Sí, es difícil de olvidar —ese día también había creído que iban a ponerlo de patitas en la calle, pero Tasha había mirado a los ojos al cocinero borracho y le había dicho que era un mentiroso y que se largara de su restaurante. Luego se había disculpado con él por que aquella sabandija hubiera intentado echarle la culpa. Como si fuera culpa de ella.

Aquel día, habría hecho cualquier cosa por Tasha.

Ahora intentó concentrarse en la conversación.

—¿Qué tiene que ver un cocinero borracho con esa misteriosa proposición?

—Me gustaría que tú te convirtieras en mi nuevo cocinero.

Jeremy se quedó helado.

–¿Qué? –hizo un movimiento espasmódico con la mano y se metió los dedos en el bolsillo de atrás para no parecer una marioneta gigante movida por un niño de tres años–. Bueno, te he entendido, pero... –meneó la cabeza–. ¿Por qué yo?

–Porque eres listo, sensato y, como te he dicho antes, porque prestas atención a los detalles. Me da la sensación de que se te daría bien. Admiro el hecho de que no te dejes impresionar fácilmente. Y admiro más aún que controles tan bien tu mal genio. Es una cualidad poco frecuente a cualquier edad. Y, en un chico de dieciocho años, es un tesoro.

Jeremy parecía tan estupefacto que Tasha se acercó a él y le dio unas palmaditas reconfortantes en el brazo como si fuera una vieja tía italiana.

–No te estoy pidiendo que te metas en esto como si fuera el trabajo de tu vida –dijo en tono suave, como si le preocupara que se sintiera atrapado o algo así–. Pero podría ser un modo de ganarte la vida estos próximos años. Puedo ayudarte a encontrar un sitio donde vivir y pagarte un salario razonable –esbozó una sonrisa irónica–. Bueno, al menos para los estándares de Razor Bay. Y Jenny y yo podemos ayudarte a encontrar financiación para que hagas las pruebas de acceso en un centro municipal, y seguro que Mary-Margaret también. A Jenny en particular se le dan de miedo esas cosas. Consiguió estudiar la carrera sin ayuda de nadie y se sacó el título de gerente de hotel en gran parte gracias a que pidió varias becas a distintas asociaciones y fundaciones. No suelen ser muy cuantiosas, pero si consigues las suficientes pueden ser de gran ayuda.

»Lo que quiero decir es que podríamos arreglar tu horario de modo que pudieras trabajar y estudiar al mismo tiempo si quieres –ladeó la cabeza y observó su expresión–. ¿Te interesa? No temas decir que no si no te interesa. Eso no va a afectar al trabajo que tienes ahora, y sé que no a todo el mundo le atrae la cocina.

Jeremy salió por fin de su estupor y recuperó el habla.

–No, ¿me estás tomando el pelo? Sería fantástico –soltó una carcajada–. Quieres pagarme para que juegue con cuchillos y fuego –miró el horno de leña de las pizzas, las relucientes encimeras de acero inoxidable, los electrodomésticos industriales y el suelo de baldosas blanco y negro. Luego volvió a mirar a Tasha–. Voy a aprender a hacer las mejores pizzas del condado... y puede que hasta del mundo –dijo asombrado, le sonrió y sacudió la cabeza–. Dios mío... No puedo creerlo. ¿Qué más se puede pedir?

Capítulo 6

El domingo por la tarde, el sol era una espectacular bola de fuego a punto de hundirse tras los picos aserrados de los montes Olympic cuando Luc entró en su estudio. Dejó las llaves en el cuenco de madera que había encima de la mesa baja al pasar y se acercó a la puerta corredera para admirar el panorama desde la terraza. Pero antes de que pudiera fijar la vista en él notó por el rabillo del ojo que algo se movía y, al girar la cabeza, vio que Tasha estaba también en su terraza compartida.

O, mejor dicho, vio sus pies. A las pocas horas de instalarse él allí, Tasha había levantado una muralla de plantas para dividir la terraza, alineándolas desde la pared que separaba sus apartamentos hasta casi la barandilla del balcón. A pesar de que había un poco de espacio entre maceta y maceta, formaban una barrera sorprendentemente efectiva entre su parte de la terraza y la de Luc.

Así pues, solo veía el extremo de su tumbona de mimbre blanco y su cojín de cuadros verdes y azules. Encima del cojín vislumbró también sus pies descalzos, largos y de piel clara, unos pies que recordaba con tanta claridad como si no hubieran transcurrido siete años desde la última vez que los había visto.

Se quedó mirándolos divertido, pues parecían estar ejecutando un complicado número de baile. Se movían de un lado a otro y sus dedos señalaban ora hacia la tela del cojín, ora hacia sus espinillas, cambiando de ritmo. Luc vio que llevaba pintadas las uñas, pero desde donde estaba no pudo distinguir de qué color. De pronto le pareció muy importante averiguarlo y abrió la puerta corredera.

De la calle le llegó ruido de voces y risas. En la bahía rugían suavemente los motores de varios barcos que iban camino del puerto. Aquel pueblo tenía un ambiente tranquilo y agradable que Luc apreciaba mucho después de haber vivido tanto tiempo en lugares dominados por cárteles del narcotráfico.

La terraza abarcaba todo lo ancho del edificio, pero no era muy ancha y, como el apartamento de Tasha era más grande que su estudio, también lo era su parte del balcón. Luc solo tuvo que dar dos pasos para llegar a la barrera de plantas, rodeó su extremo y se paró en seco al ver a Tasha de cuerpo entero.

Vestida con una camiseta estilo años cuarenta y unos pantalones muy cortos, tenía una copa de vino en la mesa, a su lado, y estaba recostada en la tumbona. Luc no pudo verle la cara detrás de las gafas de sol, pero tenía una cara muy expresiva mientras cantaba desafinadamente, pero a pleno pulmón, al son de la canción que sonaba por sus auriculares. Tenía los brazos levantados por encima de la cabeza y movía sinuosamente los hombros, ondulando el torso al tiempo que movía la cabeza y los pies.

Luc se fijó en que llevaba las uñas de los pies pintadas de un bonito color rosa anaranjado.

Verla así, en todo su esplendor, fue como retrotraerse de golpe a la playa donde la había conocido años atrás. En aquel entonces tampoco tenía ni un pelo de tímida. Ahora, Luc no habría podido dejar de sonreír admirado ni aunque su vida hubiera dependido de ello.

Sintió la tentación agridulce de acercarse a ella y decirle algo sugerente con la esperanza de que volviera a prender la química explosiva que habían compartido hacía años. Logró refrenar aquel impulso, consciente de que sería tan absurdo como pegarse un tiro en el pie.

Aquella semana había encontrado una docena de excusas y oportunidades para presentarse donde sabía que estaría ella. Y aunque daba la clara sensación de que estaba siguiéndola, había hecho todo lo posible por no hablarle de la atracción que sentía por ella.

Pero tenía que reconocer que en aquel momento iba a resultarle difícil no hacerlo. Solo tenía que mirarla para que la sensualidad que ella irradiaba comenzara a crepitar como una corriente eléctrica por todas sus conexiones neuronales. Sentía un deseo irreprimible de tocarla.

Maldición, ella también tenía que sentir aquella atracción, pero estaba claro que prefería beber lejía a reconocerlo. De modo que, aunque Luc había procurado hacerse el encontradizo, también se había esforzado por no agobiarla y por no poner en juego todos sus trucos de seducción, como le pedía su instinto.

Al ver que seguía ignorándolo y que no decía nada, contuvo las ganas de pedirle que bailaran una canción lenta y logró decir en voz baja:

—Oye, Tasha, ¿podemos hablar?

Ella dio un respingo sobresaltada, se arrancó los auriculares del iPod de las orejas y soltó un gritito. A Luc estuvo a punto de darle un ataque al corazón al oírla gritar, pero consiguió que no se le notara.

Menudo agente secreto estaba hecho.

Acercándose, respiró hondo y, tras exhalar, comenzó de nuevo.

—Perdona —dijo en tono tranquilizador—. No quería asustarte.

Se puso colorada. Sus rizos anaranjados, recogidos sobre su coronilla, temblaron cuando se incorporó en la silla. No hacía falta ser un genio para darse cuenta de que estaba hecha una furia.

—¿Te acercas a mí a hurtadillas y crees que no me vas a asustar? —preguntó ásperamente.

—Verás, de eso se trata, Tash...

—¡Tasha! ¡Para ti soy Tasha! O señorita Riordan, si no consigues acordarte de mi nombre de pila.

Luc admiraba en parte aquella vehemencia suya. Pero por otro lado lo sacaba de quicio que no le permitiera llamarla Tash. Dejando a un lado esa cuestión, dijo con cuidadosa neutralidad:

—El caso es, Tasha, que no sabía que no me estabas oyendo. Cuando he pasado junto a las plantas y te he visto bailando en la silla, he pensado que tú también me habías visto, pero que no me estabas haciendo caso, como siempre.

—Pues si hubiera sido así —replicó ella—, un hombre inteligente habría captado la indirecta.

—Yo soy un hombre inteligente —respondió sin ofenderse—, pero sobre todo soy un hombre decidido —se acercó y se sentó en la tumbona, junto a su cadera. Los pantalones cortos de Tasha dejaban ver sus muslos desnudos, y Luc sintió que una oleada de deseo le corría por las venas. Apretando los dientes, sofocó las sensaciones que evocaba y se aclaró la garganta–. Estoy decidido a que me escuches por fin.

–Conque sí, ¿eh? –se apartó un poco de él.

Luc vio a través de las lentes marrones de sus gafas de sol que tenía los ojos peligrosamente entornados. Sin embargo, asintió con la cabeza como si le hubiera sonreído de oreja a oreja.

–Sí. No quiero hacerte enfadar, ni agobiarte, pero tenemos que aclarar las cosas. No soy un traficante de drogas y, francamente, me estoy cansando de que me lo llames.

–Muy bien. Desde luego no quisiera que mis sentimientos heridos fueran un fastidio para ti –replicó ella. El sol escogió ese momento para esconderse detrás de las montañas y Tasha se quitó las gafas de sol y se las puso sobre la cabeza–. Tonta de mí, pensar que eres un traficante de drogas solo porque lo dijera la policía de las Bahamas después de encontrar un bolsón de heroína en tu habitación por el que me detuvieron a mí.

–Ya te he explicado varias veces que soy un agente secreto de la DEA. Y antes de que vuelvas a sacar mi insignia a colación, te aseguro que no es robada, ni falsa.

–Está bien. Eso lo acepto –su forma de cruzar los brazos sugería lo contrario, y Luc la observó con desconfianza.

–¿Sí?

–Sí. Max dijo que lo había comprobado y que no tenía dudas de que eres un agente de la DEA.

Se inclinó hacia ella.

—Entonces, ¿podemos volver a ser amigos? ¿Y más, mucho más?

—No.

Luc se echó hacia atrás.

—¿Por qué no, si se puede saber?

—No uses ese tono conmigo, Diego —ordenó mirándolo con los párpados entrecerrados.

—Me llamo Luc —repuso él tercamente.

—Muy bien. Pues no me hables en ese tono, Luc —se sentó aún más derecha, levantó las piernas y se las rodeó con los brazos—. ¿Crees que porque no seas un delincuente voy a perdonarte que por culpa tuya me encerraran en una cárcel extranjera? ¿Dónde diablos estabas cuando te necesitaba? ¿Cuando me estaba pudriendo en ese agujero?

—¿Cuántas veces tengo que decírtelo? ¡Yo no lo sabía! ¡No lo sabía, mierda! —¿era él quien gritaba y maldecía? Él nunca levantaba la voz. Al contrario, estaba adiestrado para refrenarse y compartimentar sus emociones.

Respiró hondo para calmarse y exhaló lentamente.

—Lo siento. No quería gritar. Y supongo que fue a Max, no a ti, a quien le dije que no sabía que habías estado en la cárcel. Pero te juro por la tumba de mi madrecita, Tasha, que es la verdad. Esa noche, cuando me llamaron, me dijeron que tenía que regresar inmediatamente porque la gente que controla esas cosas estaba oyendo rumores de que el lugarteniente del jefe de un cártel en el que me había infiltrado iba diciendo por ahí que iba a librarse de mí de una vez por todas.

Tasha le dio una palmada en un brazo.

—¿Me pusiste en peligro enrollándote conmigo mientras estabas infiltrado en un cártel de narcotraficantes? ¿Cómo puedes ser tan irresponsable?

—¡Maldita sea, no fue así!

—¿Ah, no? Pues tenías una bolsa enorme de heroína escondida en la habitación cuando estuvimos... —se interrumpió y esquivó su mirada por primera vez.

Luc alargó el brazo, pasó la yema de un dedo por su mejilla y sonrió sardónicamente cuando Tasha lo apartó de un manotazo.

—El caso en el que estaba trabajando en ese momento era en Sudamérica. Estaba de vacaciones cuando te conocí.

—¿Y siempre llevas heroína cuando estás de vacaciones?

—Estás empeñada en convertirme en un monstruo, ¿verdad? —intentó conservar la paciencia—. La heroína no era mía, Tasha. La llamada que recibí esa noche... Era el agente especial al mando del caso en el que estaba participando. Dijo que necesitaba verme enseguida. Pensé que quería ponerme al día, nada más, pero cuando llegué allí descubrí que no solo iban a sacarme de allí enseguida, sino que iban a llevarme directamente a Washington. No sé cómo se enteró Álvarez, el tipo que me había amenazado, de que estaba en las Bahamas, pero corría el rumor de que iba a liquidarme mientras estaba allí.

»Me empeñé en volver a buscarte, Tasha, pero mi jefe tenía a un agente en la puerta para asegurarse de que no volvía. Me prometió que él mismo se encargaría de sacarte. Si no me lo hubiera prometido, yo jamás me habría subido al helicóptero. Un par de días después, cuando estaba en Washington y me llamó por fin, me estaba volviendo loco de inquietud. Me dijo que me habían tendido una trampa, que la policía antidroga de las Bahamas había registrado mi habitación y encontrado un kilo de heroína.

—Una noticia que es precisamente novedosa para mí —repuso ella con impaciencia—. Sé mucho más de ese registro de lo que me gustaría recordar.

—¿Sabías también que la DEA pensó al principio que eras tú quien había puesto ahí la droga?

—¿Qué? —se levantó bruscamente y se volvió para mirarlo indignada, con los brazos en jarras.

—Que ellos supieran, eras la única persona, aparte de mí, que había entrado en el bungaló. Así que cuando descubrieron que te habías ido... —se encogió de hombros—. Comprobaron tus huellas dactilares y buscaron tu nombre en todas las bases de datos. Como no encontraron nada de interés, concluyeron que te habías visto sorprendida en una situación de la que no sabías nada. Y como una mujer que respondía a tu descripción salió hacia los Estados Unidos un par de días después, no hicieron más averiguaciones —algo de lo que acababa de decir le causó cierta extrañeza, pero se distrajo al ver la mirada de rencor que le dirigía Tasha.

—Sí, claro, ¿cómo iban a tomarse la molestia de averiguar si estaba detenida en una prisión de las Bahamas? —dijo con amargura.

—No creo que mi gente pudiera enterarse de que estabas detenida si la policía de las Bahamas no les informó de ello. Eso no significa que no lamente de todo corazón el infierno por el que tuviste que pasar —la miró—. O que no vaya a averiguar qué pasó de verdad.

No le dijo que él también estaba muy enfadado con ella. Tasha le había dicho que lo esperaría, y todos esos años había creído que había cambiado de idea y se había largado a los pocos minutos de marcharse él. Tuvo, sin embargo, la prudencia de no decirlo en voz alta. Se pasó una mano por la mandíbula y dijo en voz baja:

–Pese a lo que creas, esa noche fue importante para mí, y para ti también. Siento muchísimo que acabara así.

Tasha se frotó la frente con la punta de los dedos. Exhaló un suspiro y lo miró un instante.

–Mira –dijo por fin–, agradezco tu disculpa porque da la impresión de que esa noche tuviste tan poco control sobre tu destino como yo.

Animado por las primeras palabras que le oía decir desde su llegada a Razor Bay, Luc se puso en pie y dio un paso hacia ella.

–Tienes razón. Y la verdad es que pensé mucho en...

–Pero el caso es –lo interrumpió ella dando un paso atrás– que, aunque tú evidentemente no sabías que me detuvieron, a mí me ha costado muchísimo olvidarme de aquello. Fueron sin duda alguna las peores cuarenta y ocho horas de mi vida. Y puede que sea injusto, Luc, pero no quiero que seamos amigos. ¿Cómo voy a olvidarme de aquel momento espantoso si estás siempre a mi alrededor? Estás demasiado unido a esa noche.

–Una parte de la cual fue maravillosa.

–Sí –sus labios esbozaron una sonrisa fugaz–. Pero por desgracia la detención eclipsó todo eso, y fue tan horrendo que apenas recuerdo lo que sucedió antes.

Irritado porque el recuerdo de aquella noche compartida significara tan poco para ella, Luc se acercó y deslizó las manos por su nuca fresca. Le hizo levantar la cara.

–Entonces permíteme que te refresque la memoria.

Y aunque ella lo miró como desafiándolo a atreverse, bajó la cabeza y se apoderó de su boca.

La rabia, y quizá también el orgullo herido, lo impulsaron a besarla con brusquedad. Pero al notar que Tasha envaraba la espalda y sentir el dulzor de aquellos labios que no probaba desde hacía siete años, enseguida aflojó la presión. Le sujetó la cabeza con suavidad y acarició la piel de su cara en lentos círculos justo por debajo de los pómulos. Chupó con delicadeza sus labios, tomando primero su carnoso labio superior entre los suyos y pasando luego al inferior. Por fin abrió la boca y volvió a cerrarla con una suave succión.

Y gruñó cuando ella abrió los labios.

Acercándose más a ella para alinear sus labios hasta que sus pechos estuvieron pegados y sus vientres unidos, deslizó la lengua dentro de su boca y paladeó su sabor, un sabor que recordaba aún a pesar de que solo había pasado con ella un par de días, hacía años. Deslizó la lengua sobre la de ella, y Tasha dejó escapar un murmullo de rendición.

Algo en aquel sonido despertó el orgullo latino que le había inculcado su abuelo durante los primeros siete años de su vida, y levantó la cabeza. Dio un paso atrás. Le importaba demasiado que una mujer que no quería tener nada que ver con él estuviera tan excitada como él. El ansia de poseerla y la satisfacción se apoderaron de él, pero tuvo el suficiente sentido común para detenerse.

Se limitó a apartar un rizo de sus ojos y a decir en voz baja:

–Espero, mi reina, que a fin de cuentas esto sí lo recuerdes. Porque lo nuestro fue... No, es... todo un lujo.

Retrocediendo, admiró un instante su piel acalorada y sus labios hinchados por el beso. Luego giró sobre sus talones y rodeó la barrera de plantas para regresar a su apartamento.

Capítulo 7

A Tasha la sacaba de quicio no poder quitarse de la cabeza el beso de Luc. Ni el domingo por la noche, ni el lunes, ni tampoco el martes, cuando Jenny y Harper comenzaron a mirar los percheros de la tienda de novias La Belle Michelle. Sabía que debía prestar más atención a su búsqueda del vestido de dama de honor perfecto y dejar de pensar en aquel estúpido beso que no debería haber tenido lugar. Jenny tenía poco más de cuatro meses para organizar su boda, y Tasha pensaba ayudarla a conseguirlo. Lo último que necesitaba era descentrarse.

–¡Tasha, mira! –exclamó Jenny, y Tasha se sobresaltó mientras recordaba el instante en que había abierto los labios ante el envite insistente de la lengua de Luc y la había sentido deslizarse dentro de su boca–. Creo que he encontrado el vestido perfecto para ti.

Miró pestañeando el vestido que sostenía su mejor amiga... y no consiguió ver ni un solo detalle.

–Ajá –murmuró distraídamente.

Entonces reparó en el horrible color guisante que había adquirido la piel de Jenny en contraste con la tela y se fijó por fin en el vestido. Sus ojos se agrandaron.

Era de un color verde vómito de bebé aún más feo que el tono de piel que daba a la cara de Jenny, estaba lleno de volantes y puntillas, tenía las mangas abullonadas y estaba adornado casi por completo con encaje negro tieso y lazos negros de raso.

–También hay un tocado precioso a juego con él –dijo su mejor amiga, y se acercó a la cabeza un sombrerito con redecilla verde y lazos negros.

–Dios mío, ese me lo pido –Tasha sonrió y agarró el vestido–. Déjame ver –se lo acercó y vio en el espejo triple que su propia tez se volvía al instante de color verde–. Vamos a comprarlo. Hace juego con los ojos de Jake.

Jenny resopló.

–¿Dónde está La Belle Michelle? –preguntó Tasha mirando a su alrededor con aire culpable. La dueña de la tienda era una vendedora muy amable y nada pesada, y Tasha habría lamentado de veras que sus palabras la ofendieran.

–Ha ido a recoger unos paquetes –Harper agarró el vestido–. Ahora me toca a mí.

Tasha se lo dio y sacudió la cabeza cuando Harper se lo acercó.

–Por amor de Dios, ¿hay algún color que no te siente bien? –la piel marrón cremosa de su amiga lucía aún más cremosa–. Dios mío, este vestido es un horror.

–Sí, pero cuando te lo he enseñado ni siquiera lo has visto –comentó Jenny–. Llevas toda la semana distraída, y te aseguro que no me estás ayudando mucho a controlar mi ansiedad. Ya tengo mi vestido y la tarta encargada, pero nada más. Y solo quedan ciento dieciséis días para mi boda.

–Lo sé, cielo. Solo estaba pensando que debería concentrarme en ayudarte en vez de pensar tanto en cómo me besó Luc...

Ay.

Mierda.

Se tapó la boca con la mano, pero ya era demasiado tarde. Solo pudo fustigarse mentalmente mientras Harper la miraba fijamente y dejaba caer el horrible vestido. Jenny también la miró boquiabierta. Pasado un momento, se irguió todo lo alta que era y dijo con severidad:

–Tasha Renee Riordan, tú nos estás ocultando algo. Y sabes perfectamente que eso va contra el reglamento de la amistad.

Tasha resopló y bajó la mano.

–Por favor... Ni que tú me lo hubieras contado todo cuando Jake y tú estabais empezando.

Jenny, que pareció considerar que aquello no venía a cuento, hizo un ademán desdeñoso con la mano.

–¿Luc te ha besado? ¿Y no nos lo has dicho? ¿Cuándo ha sido?

Era absurdo intentar cambiar de tema. Conocía demasiado bien a Jennifer Salazar para saber que no daría su brazo a torcer tan fácilmente.

–El domingo por la noche. Y fue un besito de nada –se removió, incómoda, porque sabía que estaba mintiendo–. Bueno, por lo menos no fue un beso muy largo.

–¿Y tú lo besaste a él?

–¡No!

Jenny se limitó a mirarla.

–Bueno, está bien –dijo Tasha–, puede que un poco sí. Pero el beso se acabó casi antes de que me diera tiempo a separar la lengua del paladar, así que la respuesta es más bien no.

—Yo voto por que sí —murmuró Harper, y Jenny asintió con la cabeza dándole la razón.

—Sí, bueno, vosotras no estabais allí. No fue un beso de tortolitos. Luc estaba enfadado porque le dije que, aunque fuera una agente de la DEA, no quería ser amiga suya.

—¿Se puso violento? —preguntó Jenny con aire de sospecha—. ¿Te hizo daño? Porque, si te hizo daño, le diré a Jake que le dé una paliza.

—No, no —contestó Tasha alarmada—. ¡Nada de palizas! Al principio sí se puso un poco rudo, con las manos y la boca, pero reconozco que enseguida aflojó. Y te juro que no me hizo ningún daño, Jen. Tú me conoces, sabes que no lo permitiría.

Su amiga se relajó y la miró con asombro.

—Pero, si no se puso agresivo contigo, ¿qué tiene de malo que por lo menos seáis amigos?

—Ay, Dios mío —dijo Michelle, la dueña de la tienda, al entrar empujando un perchero con ruedas lleno de vestidos de fiesta. Les dedicó una sonrisa deslumbrante y se agachó para recoger el vestido que Harper había dejado caer al suelo—. ¿De dónde habéis sacado esto?

—Estaba colgado con esos vestidos, los de la pared del fondo —contestó Jenny.

—Claro. Ahora me acuerdo. Lo saqué el día que vinieron unas clientas buscando vestidos para una boda en la que iba a haber muchísimas damas de honor. Se probaron un montón de vestidos de distintos estilos y debí de colgarlo con todos los que guardé cuando se marcharon —les dirigió una gran sonrisa—. He estado buscándolo para presentarlo al concurso de los diez vestidos de dama de honor más feos que la Asociación de Tiendas de Novia celebra cada año.

—Ah, menos mal. Entonces, sabes que es horroroso —dijo Tasha, y le dieron ganas de darse una bofetada por su falta de tacto.

Michelle, una mujer atractiva de sesenta y tantos años, levantó las cejas.

—¿Has echado una ojeada a mi inventario, tesoro? Sé que los gustos difieren mucho, y no todos los vestidos le gustan a todo el mundo. Pero, cariño, ninguno de ellos se aproxima a este nivel de fealdad.

Tasha sonrió.

—Tienes razón, y te pido disculpas si te he molestado. No sé cómo se me ha ocurrido preguntarte eso. La culpa es de Jenny, que me ha puesto muy nerviosa mientras estabas fuera.

—Ah, no, a la novia nunca se le echa la culpa —Michelle se volvió hacia Jenny—. Has dicho que te inclinabas por los azules, los verdes y los lilas oscuros, ¿no? Pero que todavía no te habías decidido por ningún tono en particular.

—Sí. Parece que no consigo decidirme. A Tash le sientan mejor los colores más fuertes, y hemos llegado a la conclusión de que Harper está guapísima con cualquier cosa que se ponga.

—Muy bien. He traído una gama de colores. Hay varias opciones a la hora de elegir vestidos de fiesta. Se puede elegir un color y dejar que las damas de honor escojan el estilo de vestido que quieren en ese tono. O se puede escoger un estilo y seleccionar vestidos idénticos, o mezclar distintos colores dentro de un mismo estilo. Y también se pueden elegir colores y estilos eclécticos –se volvió hacia el perchero y sacó dos vestidos largos–. Dentro del mismo estilo, pero con distinto color, he elegido estos dos para empezar. He pensado que el violeta oscuro le quedaría bien a una de tus damas de honor y el naranja a la otra, y creo que el estilo les sentará bien a las dos –puso los vestidos el uno junto al otro. Eran de tirantes, de gasa muy fina, con corpiño estilo imperio–. ¿Qué te parecen?

–Me gustan. La verdad es que el naranja me gusta mucho. No se me habría ocurrido escogerlo, pero queda precioso al lado del morado –Jenny miró a Tasha y a Harper y levantó las cejas inquisitivamente.

–Son preciosos –dijo Harper.

–Sí –convino Tasha–. Me gusta el diseño. Es muy atractivo sin ser cursi –dio un codazo a Harper–. Vamos a probárnoslos.

Salieron de los probadores unos minutos después y se pusieron la una junto a la otra frente al espejo triple.

–¡Hala! –exclamó Tasha poniéndose de lado–. ¿A que estamos elegantes? Tú tienes muchísima clase –le dijo a Harper–, pero yo me siento elegante por primera vez en mi vida.

Jenny le sonrió.

–Estáis guapísimas. Me encanta el contraste, no solo entre los colores de los vestidos, sino entre vosotras dos.

Tasha tuvo que darle la razón. Harper y ella eran las dos altas, pero muy distintas de complexión de cintura para abajo. Harper era más curvilínea. Y luego estaba su diferencia de tonos de piel.

Como si le leyera la mente, Jenny dijo:

–El tono un poco grisáceo que tiene ese violeta hace que tu piel se vea muy, muy cremosa.

—Sí, es verdad —rio Tasha encantada—. Y me encanta. Estoy siempre tan pálida... Y a Harper le pasa lo mismo con ese color naranja —acercó su hombro al de su amiga—. Claro que tu piel siempre se ve preciosa. Me das una envidia...

Se probaron varios vestidos más, pero al final convinieron las tres en que los dos primeros eran los que más les gustaban.

—Tienes muy buen ojo para esto —le dijo Tasha a la dueña de la tienda—. Sabías perfectamente cuáles íbamos a escoger, ¿verdad?

—No, tesoro, nunca estoy segura. Pero hace mucho tiempo que me dedico a esto. Tanto, que tengo instinto para saber qué le sienta bien a cada cual —se encogió de hombros—. Además, ha sido una suerte que Jenny no viniera con una paleta de colores ya en la cabeza. A veces los colores y los estilos que prefiere la novia no favorecen mucho a sus damas de honor —recogió los vestidos—. Ni siquiera hay que hacerles arreglos, salvo el bajo. Y si traéis los zapatos podemos forrarlos a mano.

Michelle se puso a hacer el papeleo y Jenny se volvió hacia Harper y ella.

—Hablando de zapatos, ¿puedo pediros un favor? —preguntó—. ¿Os importaría llevar zapato plano o con muy poco tacón?

—Claro que no —contestó enseguida Tasha.

Harper sonrió.

—No faltaba más.

—Ay, sois las mejores, chicas. Hay que reconocerlo: me ponga como me ponga, voy a parecer una cúpula enana entre dos rascacielos. Pero si me pongo unos tacones altísimos y vosotras lleváis zapato plano, pareceré menos enana.

—Por favor... —dijo Tasha—. Eso no tiene ni pies ni cabeza. Primero, no vas a parecer una cúpula enana entre dos rascacielos y, segundo, no tienes por qué preocuparte —la abrazó—. Amiga mía, vas a ser una novia preciosa con ese vestido tan bonito. Harper y yo tendremos suerte si alguien nos mira el día de tu boda. Estoy segura de que, si le preguntas a Jake cómo íbamos vestidas Harper y yo, no sabrá qué decirte. Y ya sabes que Jake entiende mucho de ropa.

Jenny ladeó la cabeza, apoyándola en su cuello.

—Ay, con razón eres mi mejor amiga —luego le lanzó una mirada severa—. Pero no creas que se me ha olvidado de qué estábamos hablando antes de que entrara Michelle con los vestidos. ¿Por qué no quieres ser amiga de Luc?

Tasha se apartó y dio un suspiro.

—¿En serio queréis saberlo?

—Sí, en serio —contestó Jenny con firmeza.

—Sí —añadió Harper.

—Está bien. No quiero que seamos amigos porque aunque le creo cuando dice que no sabía que me habían detenido, sigue estando unido a todo aquello, y para mí es un recuerdo constante de esos días horribles que pasé en la cárcel.

—Eso fue hace mucho tiempo —comentó Harper.

Tasha la miró.

—Sí, pero ¿alguna vez te han encerrado en una habitación estrecha y oscura con un camastro y un cubo para hacer tus necesidades?

Harper negó con la cabeza con los ojos como platos.

—Esas horas me parecieron una década porque no sabía si iban a soltarme o si iba a vivir así de allí en adelante. Me esfuerzo por no pensar en ello porque no quiero volver a sentirme así de indefensa nunca más. Ahora entiendo que Die... que Luc no fue responsable de lo que me pasó aquella noche. Pero, aun así, cuando lo veo se disparan esas emociones. Y, aunque no fuera así, no puedo ser amiga suya. Al menos, no solo amigos, ¿entendéis? Me gustaría que no fuera cierto, pero entre nosotros hay mucha química y cuando estoy a su lado me cuesta muchísimo resistirme a él.

—Entonces, ¿por qué lo haces? —preguntó Harper—. No lo digo por llevarte la contraria, Tasha. Solo intento comprenderlo. Si pudieras olvidarte de que está relacionado con el tiempo que pasaste en esa prisión, si pudieras aceptar que no tuvo nada que ver con lo que te pasó después de que se marchara esa noche, ¿te atreverías a lanzarte?

Tasha negó con la cabeza.

—No. Aunque quisiera tener algo más con él, ¿de qué serviría? No estoy segura de que pudiera tomarme a la ligera una relación con él. Los dos días que pasamos juntos en las Bahamas fueron increíblemente intensos, y no quiero ser como mi madre, convencida de que voy a encontrar el verdadero amor cuando en realidad solo estoy teniendo una relación sexual con una fecha de caducidad muy corta. El trabajo de Luc es peligroso, tiene que irse durante meses al extranjero, puede que incluso durante años. Y para eso sí que no estoy preparada. Además, después de estar con él, tardé dos años en volver a salir con alguien... y tres antes de volver a acostarme con un hombre. ¿Creéis que estoy dispuesta a volver a pasar por lo mismo?

No, ni pensarlo, y menos aún teniendo en cuenta que Luc se había convertido en el rasero por el que medía a todos los demás hombres. Se cuadró de hombros.

–No –repitió con firmeza–. Sé que, entre que ha alquilado el estudio y que tiene relación con Jake y Max, voy a tropezarme mucho con él mientras esté aquí. Y os prometo que no voy a hacer nada que pueda haceros sentir incómodos. Cuando esté con él me portaré bien. Pero lo mejor para todos es que mantenga las distancias.

Recogió su bolso. Se lo puso en bandolera y miró solemne a Jenny y a Harper.

–Y eso, mis queridísimas amigas, es lo que pienso hacer. Voy a mantenerme todo lo alejada de Luc Bradshaw que me sea posible.

Capítulo 8

Luc sabía que debía dejar en paz a Tasha. Era lo que ella deseaba, evidentemente, y él no tenía por costumbre ponerse pesado. Saltaba a la vista que, aunque lo deseara físicamente, Tasha no deseaba su compañía. Lo había dejado bien claro.

Pero, a pesar de que lo sabía, Luc solo consiguió aguantar unos pocos días. No sabía qué tenía Tasha. En otras circunstancias, con otra chica, era el rey del control. Y sin embargo en lo que se refería a aquella rubia en particular...

El viernes por la noche se encontró en el Bella T pidiendo una ración de pizza, y esta vez no para llevar. Se sentó en la única mesa que quedaba libre, desde donde, por suerte, podía ver en línea recta la cocina.

Cuando Tiffany, la simpática camarera, se alejó, Luc se recostó en la silla para observar a Tasha, que estaba supervisando al chico que antes servía las mesas, el mismo adolescente al que había defendido de aquel otro chaval tan engreído que le puso la zancadilla. Por lo visto lo había ascendido, porque el chico estaba muy concentrado intentando montar una pizza de tamaño grande y varias porciones al mismo tiempo.

Tras echarle un primer vistazo, Luc no volvió a dedicarle otra mirada. En lo tocante a captar su atención, Tasha se llevaba la palma: ejercía más atracción sobre él que la luna sobre las mareas. Y no solo esa noche; cada vez que la veía, se ponía alerta.

Como siempre cuando estaba trabajando, Tasha se había recogido el pelo, esta vez en una trenza floja. Nada, sin embargo, era capaz de controlar aquella increíble melena de color rubio cobrizo. Algunos de sus mechones más cortos habían escapado, se rizaban en torno a su cara y bajaban en espiral por su cuello. Moviéndose por la cocina como una bailarina, iba de una tarea a la siguiente.

Maldición. Luc dio un suspiro. Tasha era siempre tan... tan Tasha. No importaba lo que llevara puesto, ya fuera una camiseta, unos vaqueros y un delantal blanco, como ese día, o un vestidito de verano y tacones de aguja. Tampoco importaba lo que estuviera haciendo. En ese momento, por ejemplo, estaba hablando con Jeremy mientras se ocupaba de diversas cosas. Y no hacía falta saber lo que estaba diciendo para notar que estaba de buen humor. El chaval, que la miraba muy serio, parecía medio alelado.

Luc no podía reprochárselo. A pesar del tiempo que había pasado, aún recordaba cómo era ser el objeto de toda su atención, cómo había disfrutado de su conversación y de su risa cálida y alegre. Él, que era lo más opuesto a un amante poeta que pudiera haber, había pensado que su risa sonaba como si estuviera saturada de sol.

Pero eso, por suerte, nadie lo sabría nunca, más que él.

De pronto cobró conciencia de que un suave murmullo de exasperación se agitaba a su alrededor. Reverberaba como el zumbido de un enjambre de abejas, y en ese momento se dio cuenta de que aquel ruido llevaba varios minutos aguijoneando su subconsciente. Se giró en la silla para ver de qué se trataba.

La gente se había ido agolpando a la espera de una mesa. Al mirar a su alrededor vio que no se debía a que no hubiera ninguna disponible. El problema era que no había ninguna limpia. Al ver a Tiffany menos cordial y más crispada de lo que la había visto nunca mientras servía un pedido a alguien de la cola para llevar, se levantó de la mesa y se acercó a la pila de cajas de plástico que había sobre un carrito de acero inoxidable, en un extremo del mostrador. Agarró uno y se acercó a la mesa más cercana para empezar a limpiarla.

Por el rabillo del ojo vio a la chica que se había negado a marcharse con el cretino que había puesto la zancadilla a Jeremy. Ella también se levantó, agarró una caja y comenzó a recoger otras mesas. Le sorprendió porque parecía una más de aquel grupo de niños ricos que frecuentaban la pizzería. Todos tenían en común unas manos muy blancas y suaves, como si no hubieran hecho una faena doméstica en toda su vida.

Luc se encogió de hombros, porque eso demostraba que las apariencias podían ser muy engañosas.

Unos segundos después, Tiffany se acercó corriendo con una bayeta y se puso a limpiar las mesas que habían despejado.

—¡Gracias a los dos! —dijo con fervor, y Luc descubrió por fin por qué ese día la notaba tan rara. Nunca la había visto sin los ojos y los labios perfectamente pintados. En ese momento, sin embargo, tenía el rímel corrido y el carmín despintado casi por completo, debido a que había tenido que hacerse cargo de atender al público del restaurante ella sola.

–Tenemos más clientela este año que el año pasado por estas fechas –comentó–. Y hoy es viernes noche, claro –se encogió de hombros–. Hay un gran vacío ahora que Jeremy se ha mudado a la cocina –se sacó del bolsillo del delantal varios cubiertos envueltos en servilletas de papel y los puso en la mesa recién limpia.

Luego los miró de nuevo desanimada.

–En mi opinión, cuanto antes pongamos un anuncio en el periódico pidiendo otro camarero, mejor que mejor.

Peyton Vanderkamp exhaló un suspiro, sacudió las manos y levantó la barbilla porque ese era el único modo en que últimamente era capaz de pasar los días: aparentando que le importaba un bledo lo que la gente pensara de ella. Metió la cabeza en la cocina, que ahora estaba desierta, excepto por la propietaria del Bella T.

–Disculpe, señorita Riordan.

Naturalmente, su aparente engreimiento hacía que la gente pensara que era una arpía, y ello se hizo evidente en el destello de irritación que cruzó el semblante de Tasha Riordan. Peyton levantó aún más la barbilla. Prefería que pensara que era una arpía a que la mirara como a alguien que vivía permanentemente aterrorizada porque el control sobre su vida se le estuviera yendo de las manos. Aunque eso se ajustara mucho más a la verdad.

Luego, la mirada de Tasha Riordan se hizo más cálida.

—Peyton Vanderkamp, ¿no?

Peyton dijo que sí con la cabeza. Hacía poco más de tres años que vivía en Razor Bay, pero a veces todavía le extrañaba que allí todo el mundo se conociera.

—Tiffany me ha dicho que te pusiste a recoger las mesas cuando empezó a acumulársele el trabajo.

—Sí, yo y ese señor Bradshaw, el nuevo —se encogió de hombros—. De eso quería hablarle.

Los ojos de Tasha se enfriaron considerablemente.

—¿Del señor Bradshaw?

—¡No! —respiró hondo e intentó infundir un poco de hastío a su expresión—. No, no se trata de un hombre —intentó reírse con desgana, pero no le salió—. Dios mío, no. Es por el trabajo.

—¿Qué trabajo?

—Tiffany dijo que necesitaba contratar a otro camarero para sustituir a Jeremy, como lo ha ascendido... Me gustaría presentar mi solicitud.

Tasha la miró con sorpresa.

—¿Quieres trabajar de camarera?

—Sí —se cuadró de hombros y la miró a los ojos—. Me gustaría trabajar para usted.

Tasha se quedó mirándola un momento. Luego dijo con voz suave pero firme:

—Procuro contratar a chicos que necesiten el dinero.

Peyton estuvo a punto de desistir. A punto. Pero lo cierto era que...

—Yo lo necesito.

Lo había dicho en voz muy baja para que las pocas personas que quedaban en la pizzería no la oyeran.

Tasha, sin embargo, la oyó perfectamente porque dijo en el mismo tono de voz:

—Corre el rumor por el pueblo de que los Vanderkamp son... ¿Cómo podría decirlo delicadamente? —levantó un hombro y esbozó una sonrisa como diciendo «¿a quién pretendo engañar?»—. Que están forrados.

—Y es verdad, mi padrastro está forrado —reconoció ella—. Pero mi madre y él van a divorciarse, y supongo que él también va a divorciarse de mí, porque dice que tengo que ir pensando en cómo voy a pagarme la matrícula de la universidad —había practicado para contener las lágrimas, pero notaba un nudo en la garganta cada vez que se acordaba de aquello.

—Vaya, tesoro, lo siento —Tasha la miró con ternura—. Qué horror.

No sabía ella cuánto. Peyton levantó la barbilla.

—No necesito su compasión.

—Bueno, créeme —contestó Tasha tranquilamente—, con esa actitud tan engreída nadie va a compadecerte.

Y así, sin más, se esfumaron sus posibilidades de conseguir el trabajo. Peyton sabía que tendría que haber refrenado su orgullo, pero últimamente era lo único a lo que podía agarrarse.

—Bien, gracias por su tiempo —dijo con envarada cortesía. Luego, antes de volverse, miró a Tasha a los ojos—. De momento, mi madre y mi pa... —se le atascó la palabra en la garganta y tuvo que toser. Se aclaró la voz—. De momento están llevando el asunto con discreción —detestaba la sola idea de suplicar, pero... —. Le agradecería que no le dijera nada a nadie.

—Por mí no lo sabrá nadie.

—Muy bien, entonces. Gracias —se volvió para marcharse.

—Pago el salario mínimo, pero además cobras una pequeña parte de las propinas de Tiff y, teniendo en cuenta que es posiblemente la mejor camarera del universo conocido, no es poca cosa.

Peyton se quedó paralizada. Luego se giró lentamente para mirar a Tasha por encima del hombro.

—¿Qué?

La otra levantó las cejas.

—¿Eres sorda, además de engreída?

—No. ¡No! —se volvió del todo y sonrió por primera vez desde hacía meses—. Salario mínimo y un pequeño porcentaje de las propinas. ¡Ay, Dios! —acordándose del personaje que había construido para que nadie supiera que su vida era un desastre, se refrenó y miró a Tasha con frialdad—. ¿Cuándo quiere que empiece?

Tasha meneó la cabeza como si Peyton no pudiera engañar ni a un niño en pañales. Pero dijo:

—Has empezado esta noche. Calcula cuántas horas puedes venir y vuelve mañana. Te necesitamos sobre todo para las cenas, pero si quieres trabajar más horas también puedes venir en el turno de las comidas.

Si hacía dos turnos, ganaría más dinero y podría pasar más tiempo fuera de casa.

—Vendré en los dos turnos.

—El de la comida empieza a las doce del mediodía, pero deberías llegar un poco antes. Tendrás que rellenar algunos papeles —Tasha la miró muy seria—. Me da la impresión de que eres una chica muy previsora, así que ¿has pensado en lo que dirá esa pandilla con la que te juntas cuando se enteren de que trabajas aquí?

Ah, sí. Sabía perfectamente lo que iban a decir, teniendo en cuenta que la mayoría eran unos pijos de tomo y lomo. Bueno, Marni no. Marni era un sol y pensaba bien de todo el mundo. Pero habría mucha presión y, ¿quién sabía si su amiga seguiría al rebaño?

–Sí. Puede que no tanto porque trabaje aquí, porque todo el mundo piensa que usted es genial, así que puede que pasen dos cosas: que piensen que me estoy rebajando por trabajar recogiendo mesas, o que les parezca lo más y empiecen a perseguirla para que les dé trabajo también a ellos –se pasó los dedos por el pelo, dio un suspiro y añadió–: Pero en cuanto descubran que ya no tengo su poder adquisitivo, pasarán de mí. En ese aspecto no me hago ilusiones –ni en ninguno, en realidad. Se encogió de hombros como si no le importara lo más mínimo–. De todos modos, no puedo hacer gran cosa al respecto.

–Cierto –comentó Tasha–. Y aunque no hagas caso de ningún otro consejo que te dé, haz caso de este –la miró a los ojos–: que les den si no te apoyan. Cuando los tiempos se ponen difíciles descubres enseguida quiénes son tus verdaderos amigos. Sé que seguramente lo que te digo no va a servirte de nada porque sin duda piensas que no me acuerdo de cómo son las cosas en el instituto. Pero te aseguro que me acuerdo perfectamente. Yo solo tenía un par de amigos en aquel entonces y, amigas de verdad, de verdad, solo una. Si tienes una amiga de verdad, cuida esa amistad, cielo. No le mientas y no hagas eso que haces, fingir que todo va genial si no es así. Porque si eres sincera con tu amiga, ella lo será contigo. Y, teniendo una amiga de verdad, lo que digan o hagan los gilipollas importa mucho menos.

Peyton se quedó mirándola. ¿Cómo era posible que la hubiera calado tan fácilmente? Viéndola allí, le parecía imposible que aquella mujer tan segura de sí misma, tan enérgica y que parecía sentirse tan a gusto en su propia piel, hubiera tenido que soportar las chorradas de nadie en el instituto.

—Me cuesta creer que no tuviera un montón de amigos.

—Por favor... Este pueblo tiene el tamaño de un cacahuete. No me dirás que no has oído hablar de mi madre.

Había oído hablar de ella, claro, pero deseó fervientemente poder decirle «No, señora, no he oído nada». Pero, pensando en lo que le había dicho acerca de no mentir, asintió con la cabeza.

—Es verdad. He oído hablar de ella. Así que imagino que, si cuando usted iba el instituto era como es ahora, había un montón de gente que le recordaba su reputación todos los días.

—Sí, la había. Y la jerarquía era la misma, así que muchos pertenecían a un grupo muy parecido al tuyo, que pensaba que la posición económica lo era absolutamente todo. No voy a mentirte, no fue fácil soportar que se rieran de mí o que me insultaran por algo sobre lo que no tenía ningún control. Pero cuando Jenny Salazar llegó al pueblo en segundo curso, encajamos y eso lo cambió todo. Fue asombroso lo fácil que me resultó aguantar toda esa mierda desde entonces. ¿Tú tienes a alguien en quien puedas apoyarte?

—Puede ser. No lo sabré seguro hasta que vea qué hace cuando las otras chicas de la pandilla me den la espalda.

Marni ya estaba en la periferia del grupo, así que Peyton imaginaba que no podía reprocharle que hiciera piña con el resto. Lo detestaría, pero intentaría no culparla por ello.

Porque la verdad era que no podía asegurar al cien por cien qué habría hecho ella en una situación parecida antes de que su vida empezara a derrumbarse. Quería pensar que, en su lugar, habría sentido empatía. Pero tal vez se estuviera engañando. Quizá se hubiera comportado como la mayor arpía de todas.

Salió del Bella T unos minutos después y decidió averiguar a qué atenerse lo antes posible. Le contaría a Marni la verdad y vería qué pasaba.

Sabía que se estaba arriesgando, porque, si Marni contaba por ahí la situación de sus padres, ella perdería su estatus incluso antes de lo que esperaba. Pero iba a hacer caso del consejo de Tasha Riordan y a decir la verdad. Seguramente era mejor saber qué iba a ocurrir, fuera lo que fuese, en lugar de esperar lo inevitable.

Al subirse a su coche, la asaltó una idea horrible. ¿Y si su pa...?

Sintió una punzada de dolor. Su padre, no. Matt, quería decir. Tenía que meterse en la cabeza de una vez por todas que ya no era su padre. Pero mientras se dirigía a casa de Marni se preguntó si Matt le quitaría también el coche. Había sido su regalo al cumplir los dieciséis años, pero tal y como iban las cosas últimamente ¿quién sabía qué podía pasar? Esperaba que no, porque iba a necesitarlo más que nunca para ir a trabajar.

Para su sorpresa, esas dos palabras actuaron como un analgésico. «A trabajar». Tenía un trabajo. Dudaba de que fuera a ser el trabajo de su vida, pero le hacía ilusión. El Bella T era un sitio con mucha fama, y regentado por gente interesante.

Entre otros, por Jeremy Newhall.

Seguramente era mejor no pensar en Jeremy, pero,

ay, Dios, le costaba no hacerlo. Aquel chico tenía algo. No podía ser más de un año mayor que ella, pero era tan reservado, se comportaba de un modo que le hacía parecer mucho mayor que cualquiera de los chicos de su clase. Quizá fuera porque había pasado algún tiempo en Cedar Village, aquel sitio a las afueras del pueblo. Todo el mundo sabía que era una especie de reformatorio para chicos conflictivos.

Uf, chicos conflictivos. Solo de pensarlo se estremecía.

—¡Por amor de Dios, tía, contrólate!

Ni que supiera qué hacer con uno de ellos, aunque tuviera la oportunidad.

Llegó a casa de Marni y aparcó detrás del Buick Enclave de la señora Dreesen. Apagó el motor y se quedó allí sentada un momento, mirando la parte trasera de la casa.

Cuando se había mudado allí tres años antes, en pleno curso, Marni había sido la primera chica con la que había hablado en el autobús del colegio, a la ida y la venida de Silverdale. Los Dreesen la habían acogido en su casa como si fuera su propia hija. Si contaba las horas que había pasado allí, no le sorprendería descubrir que eran más de las que había pasado en su propia casa. Decididamente, se sentía mejor allí que en cualquier otro lugar.

Se desabrochó el cinturón de seguridad, salió del coche y, mientras cruzaba el patio en dirección a la puerta de la cocina, contempló las estrellas que brillaban en el cielo. Expulsó el aire de sus pulmones, respiró hondo una última vez para calmarse y se asomó por la ventana de la puerta. La habitación estaba iluminada suavemente y desierta. Pulsó el timbre.

Dentro se armó un escándalo. Oyó gritar a la madre de Marni desde el fondo de la casa:

−¡Que alguien vaya a abrir!

Mientras tanto, Beckett y Castle, un perrillo tan pequeño que cabía entre las dos manos y un mastín del tamaño de una motocicleta, doblaron la esquina ladrando a todo ladrar. Tutú, el gato atigrado de Marni, que debía de haber estado dormitando en algún lugar de la cocina, salió disparado por la gatera y Peyton tuvo que apartarse de un salto para evitar que la atropellara. Había probado más de una vez las garras de Tutú y no quería repetir la experiencia.

Marni apareció por la misma puerta por la que habían llegado los perros. Iba vestida con unas mallas negras muy tirantes y unas zapatillas de ballet rosas. Alcanzó la entrada en dos *grand jetés*. Aterrizó suavemente delante de la puerta, la abrió y sonrió a Peyton como si se alegrara de verla.

−Hola.

Marni tenía algo que siempre hacía sonreír a Peyton. Su amiga, de cabello rubio un poco desvaído, tenía la simpatía y la dulzura de una joven Drew Barrimore, y la misma suave belleza.

−Hola. ¿Interrumpo algo? ¿Hoy tienes clase de danza? −pero no, no podía ser: era viernes por la noche.

−No, solo estaba practicando −fue a abrir la nevera y se asomó a ella. Su malla se tensó sobre su trasero relleno. Marni no tenía el cuerpo habitual de las bailarinas. Estaba muy lejos de ser flaca como un palo. Por el contrario, tenía los pechos grandes, la cintura estrecha y las caderas y los muslos redondeados. Pero su tía Stace tenía una academia de ballet en Silverdale y Marni iba a clase allí desde los cuatro años. Era una bailarina estupenda.

Miró a Peyton.

—¿Te apetece un refresco con mucho hielo?

—Vale.

Marni sacó una botella de refresco de color cereza y dos vasos y los llenó con cubitos de hielo con el dispensador de la puerta de la nevera. Repartió la botella de agua carbonatada entre los dos vasos, la aclaró, la tiró al cubo de reciclaje y le dio su vaso a Peyton.

—¿Quién ha venido? —preguntó la madre de Marni desde otra habitación.

—¡Peyton!

—¡Hola, cielo! Hay galletas en el tarro. Cómete un par.

Marni se pasó la mano por la garganta como si se la cortara y dijo en voz baja:

—¡No, no!

Peyton sonrió. La señora Dreesen cocinaba de maravilla, pero los dulces se le daban fatal.

—¡Gracias, señora D! —abrió el tarro de cristal, removió ruidosamente su interior y volvió a cerrarlo sin sacar ninguna galleta.

Le encantaba ir a aquella casa. La familia de Marni era lo que para ella era una familia ideal: cariñosa, bulliciosa y muy unida. Siempre estaban haciendo algo, había mucho caos y su casa no podía ser más distinta a la silenciosa mansión en el acantilado donde vivía ella. A los Dreesen les importaba un pimiento ascender en la escala social. Eran dueños de una casa que costaba un millón de dólares, pero era una casa muy vivida, confortable y llena de cachivaches.

A espaldas de Marni, varias chicas de la pandilla se burlaban de su casa y a menudo también de su figura porque no usaba la talla treinta y cuatro. En opinión de Peyton estaban completamente ciegas. Marni irradiaba felicidad. Además, aquella era la casa más cómoda del mundo.

Aunque a ella a veces le diera un poco de envidia por lo que no tenía.

Marni sacó una bolsa de nachos del armario.

—Vamos a mi habitación.

—Sí, quiero contarte una cosa.

Cuando Marni abrió la puerta de su cuarto, vieron que Bree, su hermana de doce años, estaba revolviendo las cestas de sus estanterías.

—¡Sal de aquí, sabandija! —le ordenó Marni, y gritó—: ¡Mamá! ¡Dile a la mocosa de Bree que deje de entrar en mi habitación cuando no estoy y de revolver mis cosas!

Bree levantó la nariz.

—Ni que tuvieras algo que valiera la pena —dijo, y se acercó lentamente a la puerta para dejar claro que nadie la estaba echando de allí. Cerró de un portazo.

—¡Dios! —Marni se dejó caer de espaldas sobre la cama. Miró a Peyton—. Qué suerte tienes por ser hija única.

Peyton dejó escapar un soplido al dejarse caer junto a su amiga.

—Es una forma de verlo —dijo y, tumbándose de lado, apoyó la cara en la mano para ver mejor a Marni—. Mi casa es tan silenciosa como una morgue la mayor parte del tiempo.

—Lo que yo decía —Marni suspiró—. Tienes suerte.

—Puede que no tanta. Mis padres van a divorciarse.

—¿Qué? —Marni se volvió hacia ella y también apoyó la mano en la mejilla—. Ay, Peyton, lo siento. Qué mierda.

Ella asintió con la cabeza.

—Y eso solo es parte del problema.

Al contarle a su amiga las cosas que habían conducido al divorcio de sus padres y reconocer que su padrastro iba también a dejar de mantenerla a ella, descubrió que, en lugar de sentirse humillada y avergonzada, se sentía mejor. Por fin había podido liberarse de parte de aquella carga.

—¿Qué vas a hacer?

—Lo bueno es que con las notas que tengo puedo optar a algunas becas bastante decentes. Lo malo es que dudo que vayan a darme una que corra con todos los gastos. Pero supongo que siempre puedo pedir un préstamo para estudiantes. Además, esta noche he conseguido trabajo y voy a empezar a ahorrar todo el dinero que pueda.

—¿Tienes trabajo? ¿Dónde? ¿Cómo?

—En el Bella T —le contó lo que había pasado esa noche y contuvo la respiración, esperando a ver cómo reaccionaba Marni.

—¿Lo dices en serio? ¿Vas a trabajar con Jeremy Newhall? Ay, Dios mío —Marni soltó una carcajada—. ¡Es alucinante!

—Sí, ¿verdad? —sonrió—. Espero no meter la pata.

—Qué va, yo sí que la metería. Tú siempre pareces saber lo que hay que decir.

Peyton se puso seria porque, a decir verdad, gran parte de su personalidad era una pura pose. Oyó a Tasha dentro de su cabeza diciéndole que no fingiera.

—Yo... Qué va. Muchas veces tengo miedo y hago todo lo posible para que nadie lo note —«por favor, por favor, no vayas contándolo por ahí».

Nunca se había expuesto así delante de otra chica, y no sabía qué haría si la jugada le salía mal.

–Pues no se nota.

–Lo del divorcio de mis padres no lo sabe nadie todavía.

–Entonces no diré nada.

Así de sencillo. Peyton parpadeó para contener las lágrimas.

–Gracias, Mar. Eres la mejor.

–Sé lo que dice mucha gente de la pandilla sobre mí, ¿sabes? –dijo Marni con súbita vehemencia–. Sobre mi figura y también sobre mi familia. Tiene gracia que me vengan todos por separado con el cuento de lo que ha dicho este o aquel, como si ellos no dijeran lo mismo, y corren a asegurarse de que me entere. También sé que tú nunca me has puesto verde a mis espaldas.

Peyton resopló.

–¿Y por qué iba a hacerlo? Las dos sabemos que seguramente estás más en forma que todos los demás juntos. Y ojalá tuviera yo tu familia.

–Pues me alegro. Porque, en lo que respecta a los Dreesen, la tienes.

Capítulo 9

Tasha no había tenido un solo día libre desde finales de mayo. Pero hacía ya tiempo que había pasado la temporada veraniega y, aunque seguía trabajando toda la semana en el Bella T, empezaban a encantarle los lunes porque ese día la pizzería no abría hasta las tres de la tarde, cuando empezaban a llegar los chicos del instituto. El Bella T se había convertido inesperadamente en el local predilecto de los adolescentes del pueblo, y los ingresos que conseguía gracias a ellos constituían una parte muy lucrativa de su negocio. Además, los lunes también cerraba temprano, y la gente del pueblo había aprendido rápidamente que ese día debía ir a comprar o pedir su pizza antes de las siete y media, porque Tasha era muy rigurosa con la hora de cierre. Cerraba el Bella T a las siete y media en punto.

Ese lunes en concreto todavía estaba perezoseando en la cama casi a las diez de la mañana. No lo hacía casi nunca, pero esa mañana había salido solo un momentito de la cama para prepararse un café y ahora estaba apoyada contra un montón de almohadones, leyendo el segundo libro de una trilogía de Virginia

Katran, un lujo que se permitía muy rara vez últimamente. Tenía recados y cosas que hacer, pero de momento podían esperar.

Se sentía tan a gusto que, cuando sonó el teléfono encima de su mesilla de noche, alargó el brazo lánguidamente y se lo acercó a la oreja sin apartar la mirada del libro. Pulsó la tecla de contestar y murmuró:

—Buenos días.

—Buenos días, muñequita —canturreó su madre al otro lado de la línea—. ¿Sabes qué? No, no, no te molestes. ¡Jamás lo adivinarías!

Con un suspiro resignado, Tasha metió un trozo de papel entre las páginas del libro para marcar por dónde iba y lo dejó sobre la mesilla de noche. Retiró el edredón y pasó las piernas por encima del lateral del colchón.

—Déjame intentarlo de todos modos, mamá. Umm. ¿Puede ser que... estés enamorada?

—¡Sí! —su madre se rio encantada—. Imagino que ya te lo he dicho otras veces.

—Un par, quizá —«un par de cientos».

—¡Ah, pero esta vez es distinto!

—Seguro que sí —murmuró escéptica—. Bueno, cuéntame. ¿Cómo se llama? ¿A qué se dedica?

—Se llama George. Ay, tesoro, ojalá pudieras verlo... Es tan alto y tan guapo...

Tasha esperó, pero pronto se hizo evidente que su madre no pensaba decirle nada más.

—¿Y en qué trabaja?

—Ahora está, eh, buscando trabajo. Los empresarios pueden ponerse un poco puntillosos cuando se enteran de que tiene antecedentes.

—Sí, figúrate —bueno, a ella también la habían detenido, pero decidió no solidarizarse en exceso con el nuevo novio de su madre, porque, dada su experiencia, les daba dos meses. Como mucho.

Mientras Nola cantaba las alabanzas de George, Tasha empezó a hacer mentalmente la lista de las cosas que tenía pendientes.

Pero en cuanto se despidió de su madre se puso el bikini, un pareo y unas cangrejeras. Sacó una toalla de playa del armario del baño y la metió en una bolsa. Guardó también sus llaves, su móvil, una crema solar y un protector labial, se colgó la bolsa del hombro y salió del apartamento.

Al diablo los recados y las cosas pendientes. Iba a regalarse una hora de ocio. Hacía un tiempo espléndido, y seguramente no duraría mucho. La marea estaba más bien alta, y podía llegar a un sitio que le gustaba entre la bahía y el hotel en menos de diez minutos. Así que le quedaban otros cincuenta minutos para dedicarse a una de las cosas que más le gustaban: nadar.

Llevaba meses trabajando sin parar. Eso significaba que su negocio estaba creciendo, así que no se quejaba del esfuerzo. Pero también significaba que se había perdido lo mejor del verano. Podía concederse una hora para darse un gustazo, al menos.

Le habría gustado pedirle a Jenny que la acompañara, pero su amiga trabajaba como gerente del hotel, y para eso tenía que estar siempre de punta en blanco y bien peinada. Y meterse en el agua no solía ser conveniente si una no quería despeinarse. Suponía que Jenny podía intentar no meter la cabeza, pero ¿qué sentido tenía? No meter la cabeza era como no nadar. Al menos, como lo hacían ellas.

Pensándolo bien, intentar no meter la cabeza era más

bien propio de ella que de Jen, porque, a diferencia del suyo, el pelo de Jenny era envidiablemente liso. Lo único que tenía que hacer para tenerlo tan liso y reluciente como una modelo era pasarse un peine cuando estaba húmedo. Lo cual habría sido muy irritante si Tasha no hubiera querido tanto a su amiga.

Tasha sacó su teléfono de la bolsa de la toalla mientras avanzaba por la pasarela de madera y llamó a Jenny. Saltó el buzón de voz, lo que significaba que Jen estaba ocupada.

–Hola, guapísima –dijo después de oír el pitido–. Voy a darme un baño en nuestro sitio de siempre y te llamaba para ver si puedes venir. Imagino que no, ¿verdad? Tú te lo pierdes. Te saludaré con la mano al pasar –riendo, cortó la llamada y volvió a guardar el teléfono en la bolsa.

Un momento después, más cerca del hotel que del pueblo, pasó por encima de la barandilla de la pasarela y saltó a la playa. Alegrándose de llevar las cangrejeras, avanzó con cuidado por encima de las rocas pequeñas y lisas, hasta llegar a un tronco blanqueado por el sol, cerca del acantilado.

Tras extender la toalla en una franja de tierra al resguardo del árbol, se quitó el pareo, lo dejó sobre la bolsa y volvió sobre sus pasos. Tenía que pasar otra vez por encima de la pasarela, pero el único lugar donde podía encontrarse otra franja de arena estaba bastante lejos de allí, pasado el hotel, y no tenía ganas de pasarse su hora libre trepando por la orilla en vez de nadando.

En aquella zona los guijarros daban paso a rocas de diversos tamaños mezcladas con restos de ostras y conchas de moluscos pulidas por la arena y el agua, y Tasha procuró pisar con cuidado. La gente que vivía en Razor Bay desde mediados del siglo XX contaba que antaño la playa había sido toda de arena. Ninguno de ellos sabía a ciencia cierta por qué había cambiado, pero todos estaban de acuerdo en que había sido un cambio gradual. Y era cierto que Tasha recordaba que, cuando era niña, se encontraban muchas más zonas de arena que ahora.

Pero se encogió de hombros al acercarse al agua porque a fin de cuentas así eran las cosas, no había que darles más vueltas. Además, un momento después llegó a una franja de arena estrecha y larga en la que apenas había piedras ni conchas y, lanzando un grito de júbilo, corrió los últimos metros que le quedaban y se metió en el agua de cabeza.

–¡Ostras! –gritó al volver a la superficie agitando la cabeza para apartarse el pelo de los ojos–. ¡Qué fría!

Le encantaba el canal. El agua estaba salada y muy fría, y no había otro sitio como aquel, al menos ella no conocía ninguno. Se apartó unos metros más de la orilla y luego viró para nadar en paralelo a la playa, impulsándose perezosamente hacia delante a braza por el agua tranquila.

Un rato después se detuvo para orientarse y descubrió que había escogido para pararse un sitio donde el agua estaba singularmente fría. Mirando por entre el agua cristalina vio que estaba encima de un gran lecho de arena y siguió nadando hasta que se halló flotando encima de una zona más pedregosa. Cuando bajaba la marea, las piedras y conchas de la playa absorbían el calor del sol y a su vez calentaban el agua de encima de ellas cuando volvía a subir la marea. Los bancos de arena no tenían las mismas propiedades en cuanto a absorción del calor.

Al oír voces procedentes de la orilla se dio cuenta de que se estaba acercando a la posada y, al pasar nadando junto al pantalán, saludó con la mano como le había prometido a Jenny en su mensaje. Se sonrió cuando giró la cabeza para respirar. Porque, a fin de cuentas, nadie iba a verla. Pero una promesa era una promesa.

Un rato después, al ver una zona que la hizo darse cuenta de lo lejos que había llegado, decidió que era hora de volver a casa. Dando media vuelta con una voltereta, regresó por el mismo camino. Quería pasar un rato tumbada en la toalla, sobre la arena, y empaparse de sol. Como tenía la piel muy clara no podía exponerse mucho al sol, pero como todavía era temprano y estaban casi en otoño podría disfrutar del calorcito sin correr ningún riesgo de quemarse.

Había recorrido unas tres cuartas partes del camino de regreso cuando algo suave rozó su costado derecho. Se asustó tanto que estuvo a punto de tragar agua, pero al levantar la cabeza vio a un hombre moreno y de piel bronceada que acababa de pasar nadando a su lado.

Su corazón, que ya latía como un bongó, se volvió loco del todo. Porque ella conocía aquel pelo, aquella piel.

Lo que no sabía era qué demonios estaba haciendo allí, en el agua, Luc Bradshaw.

Al darse cuenta de que Tasha ya no nadaba a su lado, Luc se detuvo también y se volvió para mirarla.
–Hola.
Ella flotaba suavemente un metro más allá, con su pelo rizado tan aplastado y pegado al cráneo como po-

día estarlo. Lo miraba con los párpados entornados, echando fuego por los ojos.

—¿Qué demonios haces tú aquí?

Buena pregunta. Pero antes de que pudiera responder, ella añadió:

—Ay, Dios mío, ¿me estás siguiendo?

—No, qué va, estaba con...

—Porque ya te di las gracias por ayudar en la pizzería el viernes por la noche...

—Sí, ya me las diste —murmuró él—. Y hasta me invitaste a lo que había tomado, con cerveza y todo.

—Sí —repuso ella con sorna—. Me parecía que era una forma de agradecértelo más inmediata que extenderte un cheque por la parte proporcional del salario mínimo que les pago a mis camareros. Te lo agradezco de verdad. No debí dejar que a Tiff se le acumulara tanto trabajo. Pero eso no significa que puedas seguirme como un acosador de tres al cuarto.

—¿Como un acosador? Te lo tienes muy creído, ¿no? —la miró fijamente—. Estaba con Jenny y Jake cuando Jenny ha escuchado tu mensaje y hemos bajado a la playa a verte saludar cuando pasaras, como habías dicho.

—Ah.

De acuerdo, avergonzándola no iba a conseguir ganársela. Además, sus mejillas tenían un leve rubor y el sol brillaba en sus ojos, realzando las pequeñas estrías doradas que tenía alrededor de las pupilas. Luc se acercó un poco, pero tuvo cuidado de no tocarla.

—Siento haberte rozado al pasar. Entiendo que te hayas asustado, creyendo que estabas sola en el canal. Pero no ha sido a propósito, ángel mío. Intentaba alcanzarte y sin darme cuenta te he adelantado.

No le dijo que había aprovechado sin pensarlo dos veces la oportunidad de estar a su lado. Y, de todos modos, eso distaba mucho de ser acoso.

–Bueno, puede ser que me haya precipitado un poco –reconoció ella torciendo la boca con aire contrito.

El humor irónico de Tasha era una de las cosas que más lo habían atraído de ella desde el principio, desde su primer encuentro en aquella isla lejana, hacía mucho tiempo.

–Sé que a Jenny le molesta que nade sola –añadió ella.

–Dice que puedes nadar fácilmente varios kilómetros y le preocupa que te metas en el mar sin que nadie te vigile –se acercó más aún y una de sus piernas se enredó un momento con las de Tasha mientras flotaban. Bajó la voz–. Piensa en mí como en tu vigía.

Ella soltó un bufido y se puso a nadar otra vez. Luc admiró un momento su forma de nadar y luego la siguió.

Tasha nadó a ritmo constante durante un rato. Luego comenzó a detenerse cada cien metros, buscando algo. Luc comprendió que lo había encontrado cuando cambió de dirección y comenzó a nadar enérgicamente hacia la playa. Unos minutos después la vio salir del agua y admiró su torso largo y fibroso. Y en cuanto a su trasero...

En fin...

Su culo siempre lo pillaba por sorpresa. Era precioso y asombrosamente redondo teniendo en cuenta que casi no tenía caderas.

Sintió el impulso de tocarla. Inquieto, se metió las manos en los bolsillos del bañador para refrenar aquel impulso, pero tuvo que sacarlas un momento después para mantener el equilibrio mientras pisaba con cuidado las piedras y las conchas, descalzo.

No le sorprendía desear a Tasha. A fin de cuentas era un tío, y ella era tan atrayente que no tenía más remedio que desearla. Pero aquel afán de perseguirla... Eso era otra cuestión bien distinta.

Era una locura, eso era. Su trabajo consistía en desmantelar cárteles, y sin duda faltaba poco tiempo para que le encomendaran una nueva misión en el oscuro mundo del narcotráfico latinoamericano. Así pues, cualquier cosa que pudiera haber entre ellos no tenía ningún futuro.

Recordó por un momento el cansancio de vivir siempre al límite, un cansancio que compensaba con creces el subidón de adrenalina que él tanto amaba. Pero a veces vivir siempre mintiendo resultaba muy... fatigoso.

Se sacudió aquella idea traicionera. Era solo una insatisfacción momentánea. La había sentido otras veces y siempre se disipaba tan pronto volvía a la acción. El problema era aquella obsesión con Tasha. Si lo que quería era tener una aventura con una mujer deseable, lo más lógico sería empezar de cero con alguien con quien no tuviera una historia pasada. La química que había entre Tasha y él seguía siendo tan inflamable como al principio, pero Tasha estaba cabreadísima con él, y convencerla de que se olvidara de su rencor le costaría muchísimo trabajo. A cambio de muy poco.

De pronto la vio en las Bahamas, en medio de un orgasmo. Aquella imagen cruzó su mente como un relámpago y tuvo que sofocar un gruñido. Bueno, a cambio de muy poco, no. Pero aun así...

Se rio de sí mismo y apretó el paso para alcanzarla. Porque sabía perfectamente que iba a lanzarse a por todas. Qué demonios, Jake y Jenny también lo sabían, después de cómo se había quitado la camiseta y la había arrojado al suelo junto con su cartera y su móvil al decir Jenny que le preocupaba que Tasha saliera a nadar sola.

—Ya tiene acompañante —había mascullado.

Alcanzó a Tasha en la pasarela y la empujó por el trasero para que pasara por encima de la barandilla. Notó la firmeza de sus nalgas a través del algodón y la licra. Sin apenas mirar hacia atrás, ella le lanzó un manotazo.

—Quita de ahí esa mano, chaval.

Luc sonrió porque le encantaba esa actitud suya de no consentir que le tocaran las narices.

—Solo intentaba ayudarte.

—Sí, ya, pues ayúdate a ti mismo. Y luego sigue andando hasta que llegues al pueblo —se dirigió hacia la barandilla del otro lado.

—Vale.

Antes de que Tasha pudiera pasar por encima de la barandilla, se encaramó a la pasarela y, dando un paso, la agarró por la muñeca. La obligó a darse la vuelta para mirarlo y observó su expresión inquisitiva.

—Pero antes de que me vaya... —agachó la cabeza y la besó.

La impresión que le producía sentir su boca era cada vez como un nuevo descubrimiento. Y, sin embargo, al mismo tiempo, tenía la sensación de que su sabor, su textura, estaban impresas en su cerebro desde su nacimiento. El deseo de devorar su boca era tan avasallador que un profundo gruñido resonó en su pecho. Moviéndose para acorralarla entre su cuerpo y la barandilla, levantó las manos y tomó su cara entre ellas.

Le encantaba la suavidad de sus labios, sobre todo la de su carnoso labio superior. Le encantaba también el abandono con que lo besaba. Tal vez no lo deseara, pero era tan incapaz como él de resistirse a la electricidad que generaban. Le rodeó el cuello con los brazos y pegó su cuerpo al de Luc. Su piel estaba aún fresca por el baño y su bikini helado, pero Luc solo sintió el calor abrasador de su boca.

Apartó la boca de la de ella para darle un último y suave chupetón y dobló las rodillas para saborear la piel de debajo de su mandíbula, lamiendo las gotas saladas que caían de sus rizos. Besó su garganta con la boca abierta, y luego su pecho, y llegó a las turgencias de sus pechos, que rebosaban de las copas del bikini. Tras disfrutar unos segundos del pálido canal de entre sus pechos, levantó la cabeza y apretó la mandíbula para apartarse de ella.

Dio un paso atrás.

—Con eso me bastará para llegar al pueblo —murmuró pasando un nudillo por su mejilla. Bajó la mano y la miró a los ojos—. Quizá puedas recordar esto la próxima vez que se te pase por la cabeza mandarme a paseo —luego dio media vuelta y echó a andar hacia el pueblo.

En cuanto se despejó, le dieron ganas de abofetearse por no haber cerrado la boca. Porque sabía muy bien cómo funcionaba la mente de Tasha. Si se hubiera limitado a marcharse, tal vez ella se hubiera replanteado en serio lo que podía haber entre ellos. Pero había tenido que hacerle notar cómo había reaccionado a su beso, y ahora se helaría el infierno antes de que reconociera nada, y mucho menos que lo había besado con entusiasmo.

Pero de todos modos no pensaba darle más vueltas. Tenía cosas mejores que hacer con su tiempo.

Por desgracia, en ese momento no se le ocurría ninguna porque no paraba de recordar el poco tiempo que había pasado con Tasha en la isla de Andros, un recuerdo que hacía mucho tiempo que había decidido arrumbar en un rincón muy lejano y oscuro de su memoria. Las paredes que había levantado a su alrededor, sin embargo, habían empezado a agrietarse desde el momento en que había descubierto que Tasha vivía allí, y ahora se habían desmoronado por completo.

Se acordó entonces de la llamada que había hecho al despacho de su superior.

Aquella noche, siete años atrás, al saber que no iba a poder volver con ella al bungaló de la playa, se había angustiado pensando que Tasha iba a creer que la había abandonado, que no le importaba lo suficiente para mandar a alguien que se cerciorara de que estaba bien. Pero aquella preocupación se había convertido en furia y resentimiento al saber por Paulson que Tasha se había marchado unos minutos después de ausentarse él.

Pero no había sido así. Y desde que había hablado con Tasha en la terraza hacía unos días, se había estado preguntando por qué diablos su equipo no se había enterado de que estaba detenida. Evidentemente habían hablado con la policía de las Bahamas, puesto que sabían lo del registro. ¿Y no se habían enterado de lo de la detención? ¿Cómo era posible?

Cada vez que lo pensaba se enfadaba un poco más. Alguien aquella noche había metido la pata hasta el fondo. El trabajo del equipo consistía en recabar toda la información acerca de una misión, y más aún cuando las cosas se torcían como aquella noche en las Bahamas.

Alguien no había hecho su trabajo y Tasha había pagado por ello. Así pues, el viernes por la mañana Luc había llamado a Paulson para averiguar quién demonios había omitido aquel detalle. Al saber que Paulson estaba de vacaciones, había solicitado una copia del informe. Pensaba leerlo con toda atención para descubrir de quién había sido el error.

Cabía la posibilidad de que fuera un fallo burocrático, de que alguna secretaria, en alguna parte, hubiera transmitido mal una información o leído mal la mala letra de un agente o interpretado los datos de manera incorrecta. Esas cosas pasaban. Pero eso no explicaba por qué no se habían enterado de que Tasha había pasado dos malditas noches en una prisión en las Bahamas.

En cualquier caso, Luc quería ver el informe y hablar con Paulson cuando volviera a la oficina. Con un poco de suerte el informe estaría en su buzón cuando volviera a su apartamento. Confiaba en que sí.

Necesitaba algo en lo que concentrarse, aparte de Tasha Riordan y sus labios adictivos.

Capítulo 10

«Menos mal que el día es corto». Tasha estaba cortando verduras en la cocina del Bella T y observando a Jeremy montar pizzas. Pero no podía quitarse de la cabeza aquel beso. ¡Maldito Luc Bradshaw! Tenía que hacer algo al respecto.

Lo primero era dejar de pensar en él. Tras observar unos minutos más a Jeremy, le hizo un gesto de asentimiento con la cabeza.

–Estás haciendo un trabajo estupendo.

Él le lanzó una sonrisa.

–¿Tú crees?

–Claro que sí. Aprendes deprisa... y eres muy ordenado. Eso me gusta mucho. Tengo manía a las cocinas desordenadas. Hace que me rechinen los dientes.

–Sí, a mí tampoco me gustan. Odio tener que rebuscar entre un montón de cosas para encontrar lo que necesito.

A Tasha le gustaba que Jeremy pareciera sentirse cada vez más cómodo con ella. Se notaba en que ahora, de vez en cuando, le decía lo que opinaba.

Pero cuando Peyton entró en la cocina llevando su

caja de plástico con vasos, platos y cubiertos sucios, Jeremy se quedó callado de repente y su sonrisa fácil se borró de golpe. Tasha advirtió que miraba a hurtadillas a la guapa muchacha mientras ella metía hábilmente los cacharros sucios en el lavavajillas.

Esbozó una sonrisa. Al parecer, ella no era la única que tenía anhelos románticos.

Se cuadró de hombros. ¿De dónde había sacado aquella idea? Ella no anhelaba a Luc Bradshaw, y desde luego la atracción sexual que había entre ellos no tenía nada que ver con el romanticismo.

Pero desde que Luc había llegado al pueblo se descubría a menudo embargada por el recuerdo de aquellos cortos días que habían pasado juntos antes de que todo se torciera. Y no podía mentir: eso sí lo anhelaba.

—Pues olvídate de ello —masculló para sí misma.

Notó que Tiff estaba intentando llevar pedidos a las mesas, anotar otros nuevos y atender a los chicos que se ponían en fila para pagar, y decidió salir a echarle una mano haciéndose cargo de la caja.

Acabó de cobrar a siete animadoras y estaba pensando si debía abrir otro mazo de monedas de cuarto de dólar cuando un hombre carraspeó a su lado. Levantó los ojos y vio a Axel Nordrum.

Y sonrió porque al fin tenía ante sí a un hombre que no suponía ningún problema. Conocía a Axel desde primero de primaria.

Era alto, rubio y guapo. Pero a pesar de todas esas cualidades era muy vergonzoso, muy tímido y muy, muy dulce. Un tipo realmente estupendo.

Hacía mucho tiempo que estaba enamorado de ella, pero era tan discreto que jamás la presionaba.

—Hola, Axel. Hacía mucho que no te veía. ¿Has estado otra vez de viaje?

Era ingeniero y viajaba bastante por trabajo.

—Sí, he estado en las Aleutianas haciendo un poco de trabajo de campo.

—Pues llegas en buen momento. Justo a tiempo para disfrutar de este veranillo de otoño. No puedo creer que el miércoles ya sea uno de octubre.

—Tienes razón. ¿Qué ha sido de septiembre?

Ella se encogió de hombros.

—Ni idea, pero dudo que este tiempo vaya a durar mucho más.

—Bueno, a veces dura hasta bien entrado octubre –sonrió lentamente, con reticencia–. Aunque reconozco que no muy a menudo –se removió y un leve rubor cubrió sus pómulos–. En Alaska he comido un montón de pescado y llevo dos semanas fantaseando con comerme un buen filete –carraspeó–. Me... me preguntaba si te apetecería venir conmigo a Silverdale una de estas noches, a cenar.

—Yo no...

—Me refiero solamente a una cena entre amigos –le aseguró él.

Lo primero que pensó Tasha fue que, si aceptaba la invitación, estaría cometiendo una deslealtad hacia Luc, y eso la irritó. Era absurdo.

Para corregirse, lanzó a Axel su mejor sonrisa.

—¿Sabes qué? Estaría bien. El problema es saber qué noche, claro. Deja que mire el cuadrante y que le pregunte a mi nuevo cocinero si cree que puede quedarse solo o si prefiere que cierre temprano. ¿Puedo llamarte cuando lo sepa?

—Claro que sí –le sonrió y sacó su cartera del bolsillo de atrás del pantalón. Un segundo después le dio una tarjeta–. Ten, aquí está mi número de móvil y también el de la oficina. Gracias, Tash. Me apetece un montón.

A ella también. Pero tenía la sensación de que no por los mismos motivos.

Esa noche, un minuto después de cerrar la pizzería, Tasha cruzó la puerta de su apartamento y se fue derecha al dormitorio. Se quitó la goma del pelo, se deshizo rápidamente la trenza y sacudió la cabeza. Luego se quitó la ropa de trabajo y se puso un camisón de color turquesa viejo, cómodo y descolorido. Se dirigía a la cocina cuando oyó que llamaban imperiosamente a la puerta.

Enseguida pensó en Luc. Vio mentalmente sus hombros musculosos, su pecho velludo. Sus grandes manos y sus estúpidos besos.

¡No! Estaba harta de que la trastornara. Se acercó a la puerta y la abrió con decisión, lista para plantarle cara.

Pero al abrir tuvo que bajar significativamente la vista.

–¡Jenny! –miró estupefacta a su amiga, que estaba allí de pie, agarrando una bolsa entre los brazos–. ¿Qué haces tú aquí? –retrocedió y le hizo gestos de que pasara–. Quiero decir que me alegro de verte. Pero ¿qué te trae por aquí?

–Esta noche cenamos juntas, tú y yo, solas las chicas –metió la mano en la bolsa de papel que llevaba y sacó un objeto cilíndrico envuelto en papel de carnicero. Se lo lanzó a Tasha y volvió a meter la mano en la bolsa.

Tasha lo agarró al vuelo. Notó su calor a través del papel blanco, se lo acercó a la nariz y aspiró el aroma del pan francés, el cerdo, el cilantro y las hortalizas marinadas.

–Umm, bocadillos vietnamitas.

–Sí. Me he pasado por el Saigon Boat –Jenny le dedicó una sonrisa de medio lado–. He pensado que te vendría bien darte un descanso de comida italiana.

–Buena idea. Esto huele de maravilla –ladeó la cabeza señalando la puerta corredera–. ¿Quieres que nos los comamos en la terraza?

–No. Me apetece más tomarme una copa de vino sentada en tu cómodo sofá. ¡Me pido el lado del diván!

–Maldita sea, siempre me tomas la delantera –dejó su bocadillo sobre la mesa, junto al lado del sofá que no era el del diván, y rodeó la barra del desayuno para sacar una copa y una vieja taza de café del armario. Sirvió el vino para Jenny y luego sacó una Coca–cola para ella. Tras vaciarla en la taza, sacó un par de cubitos de hielo del congelador, los echó dentro y llevó las dos bebidas al sofá.

Comieron en silencio. Solo de vez en cuando Tasha comentaba:

–Me encantan estas cosas –y daba otro mordisco, y Jenny contestaba con sorna:

–Sí, ya.

Luego se recostaron en el sofá, repletas. Tasha giró la cabeza para mirar a su amiga.

–¿Quieres más vino?

Jenny dijo que no con la cabeza.

–No, gracias. Estoy llena.

–Mejor. De todos modos, creo que no me quedan fuerzas para levantarme y traértelo.

–No tienes por qué mover ni un músculo –Jenny también la miró–. Quédate aquí sentada y cuéntame qué está pasando entre Luc y tú.

Varios músculos se contrajeron bajo la piel de Tasha.

–¡Ah, conque una emboscada! ¿Por eso me has traído la cena? ¿Para aplacarme antes de entrar a matar?

–Pues sí –contestó Jenny con descaro–. Sé que hoy os habéis visto porque estaba con Jake y conmigo cuando recibí tu mensaje. Bajamos todos a la playa para verte pasar y le dije que me molestaba muchísimo que salieras a nadar sola, como hago siempre.

–Sí, Luc me lo dijo.

Su amiga esbozó una sonrisa.

–Te aseguro que nunca he visto a un tío tan ansioso por echar una mano. Parecía estar deseando hacerte de salvavidas.

Tasha dejó escapar un gruñido.

–Sí, es todo un buen samaritano.

–Y estoy segura de que no se le da nada mal hacer el boca a boca.

–¿Qué? –Tasha dio un respingo–. ¿Es que ahora tienes visión de rayos equis? ¿Cómo sabes esas cosas? ¿Y cómo es que yo no tengo ese gen si lo tienen todas las chicas?

–Vamos, por favor, no hay que ser precisamente un sabueso para adivinarlo. ¿De qué gen hablas? –meneó la cabeza y movió el dedo índice delante de su cara–. Tienes una rozadura como de barba debajo del labio.

Tasha se llevó la mano al lugar que le indicaba y notó la piel irritada.

–Genial –resopló, enojada–. Hoy han pasado por la pizzería prácticamente todos los adolescentes del pueblo ¡y yo mientras tanto con la piel irritada por culpa de un beso! –se giró para mirar a su amiga–. Sigue igual, Jenny –se quejó–. Sabe que me cuesta resistirme, y me besa en cuanto puede –suspiró–. Además, me lo encuentro a cada paso. No puedo huir de él. Y encima parece que entre nosotros hay todavía más química que en las Bahamas –se puso un poco más derecha–. Pero aun así no es más que química, y puedo resistirme.

–Por supuesto que sí.

–Por eso he aceptado ir a cenar con Axel Nordrum.

–¿Vas a ir a cenar con Axel?

Tasha ni siquiera oyó la pregunta.

–O puede que...

–¿Qué? No, eso sí que no –protestó Jenny–. No es buena idea.

Tasha miró fijamente hacia delante, pero no vio el paisaje porque estaba demasiado ocupada pensando en la idea que acababa de ocurrírsele.

–Sí que lo es. Porque la atracción es mutua. Y a este juego pueden jugar dos.

Jenny pareció alarmada.

–Eh, no estoy segura de que sea...

Tasha la miró.

–¿Por qué tiene que ser Luc quien dicte los términos, Jen? Si quiere jugar, muy bien, yo soy muy competitiva y puedo jugar tan bien como él.

Le respondería con la misma moneda. Sería agradable tomar la iniciativa para variar.

Fijó los ojos con decisión en su mejor amiga.

–¿Para qué voy a enfadarme cuando puedo tomarme la revancha? Hará frío en los trópicos antes de que permita que Luc vuelva a marcarme un gol, pero ¿por qué no dejar que se acerque al área, que amague, incluso que dispare a puerta si estoy de humor? Bien sabe Dios que llevo mucho tiempo a dos velas.

–¿Y no te preocupa estar comportándote como una niña de instituto si lo provocas de esa manera?

Tasha le lanzó una sonrisa malévola.

–Claro que sí, pero no me importa.

–No sé, Tash, ese plan...

–No pasa nada, cielo, porque yo sí lo sé –le dio unas palmaditas en la mano.

Aquel maldito hombre llevaba años atormentando sus sueños, hasta el punto de que le había quitado el gusto por los demás hombres. Era justo que ella le devolviera el favor.

Ahora sería ella quien atormentara sus sueños, para variar.

El jueves siguiente por la tarde, en el Anchor, Luc bebía una cerveza mientras esperaba a que Max lanzara su dardo. Sabía ya que al grandullón de su hermano le gustaba estudiar cada ángulo antes de lanzar.

–Por Dios, ¿puedes tirar de una vez? –preguntó por fin Jake–. Es como jugar con mi abuelo.

–No me fastidies –replicó Max sin apartar la mirada de la diana–. Además, ni que tuvieras abuelo –miró a Luc–. ¿Tú tienes abuelos?

–Mi abuelo materno, César, todavía vive. Mi abuela murió cuando yo estaba en el instituto. Por el lado de mi... de nuestro padre no queda ninguno.

–Pues ya nos sacas ventaja a Jake y a mí –Max lanzó por fin el dardo, que fue a clavarse justo a la izquierda del centro de la diana.

Jake soltó un suspiro como si el dardo hubiera rebotado en la diana y hubiera caído al suelo.

—Vale, imagino que estarás un poquito avergonzado después de un lanzamiento tan penoso —dijo apartando a Max—. Aparta y deja que un experto te enseñe cómo se hace.

Pero Luc vio la sonrisa cariñosa que lanzó a su hermano y sintió una punzada de celos. Disfrutaba mucho de aquellos encuentros con sus hermanos, pero también estaba descubriendo que le producían cierto estrés. Él nunca había sentido envidia y sin embargo era consciente de que, cuanto más tiempo pasaba con Jake y Max, más envidiaba su relación.

Él no había vivido desde siempre en el mismo pueblo que sus hermanos y no podía compartir la naturalidad con que se relacionaban entre sí. Sentía, en cambio, que tenía que estar constantemente demostrándoles algo.

Dios. Tenía treinta y cinco años. Creía que hacía mucho tiempo que había superado esa necesidad de obtener la aprobación de los demás. Pero por lo visto no, al menos en lo tocante a su familia.

Pero quizá se tratara precisamente de eso. Su trabajo le impedía trabar relaciones estrechas de ninguna clase, y hacía mucho tiempo que había perdido el contacto con sus amigos del instituto y la universidad. Pero la familia... por amor de Dios. Cuando estaba con Jake y Max sentía el anhelo de ese vínculo tan profundo que compartían ellos.

Todavía, sin embargo, le costaba hacerse a la idea de que su padre, el padre de los tres, que para él había sido el mejor de los padres, hubiera abandonado a aquellos dos tíos geniales como si no le importaran lo más mínimo. Y, lo que era peor, como si no existieran. No le cabía en la cabeza que no le hubiera dicho nunca que tenía dos hermanos que vivían en otro estado. Tal vez si se lo hubiera dicho, si hubiera asumido sus responsabilidades, tal vez él también habría podido tener una historia compartida con ellos.

Terminaron la partida un rato después y Luc se acabó su cerveza.

–Bueno, tengo que irme –dijo. Todavía no se había acostumbrado a eso de tener familia y sentía la necesidad repentina de alejarse un poco de ellos.

–Marca el sábado en el calendario –le dijo Max–. Harper y yo queremos hacer una barbacoa en casa. Hemos pensado hacerla temprano para que también pueda venir Tash antes de que haya mucho jaleo en la pizzería. Tú puedes traer las patatas fritas.

–Vale –recogió su cartera de la mesa y se la guardó en el bolsillo de atrás–. ¿A qué hora nos vemos? ¿A la una? ¿A las dos?

Max se encogió de hombros.

–Ni idea. Se lo pregunto a la jefa y te aviso.

Jake lo miró con lástima y levantó una ceja mirando a Luc.

–Está esclavizado.

–Sí –repuso Luc con sorna–. Menos mal que tú no.

Su hermano se limitó a lanzarle una sonrisa que parecía decir «oye, que yo soy el tío con más suerte del mundo». Luc se encogió de hombros, sonrió, les dijo adiós y regresó a la calle Harbor.

Cuando llegó a casa se quedó un rato junto a la puerta corredera de su estudio, mirando el mar. La bahía estaba lisa como un espejo, pero más allá el canal se veía agitado y orlado de espuma. Las nubes surcaban veloces el cielo parcialmente azul. Estuvo contemplándolas un rato y se preguntó por qué había tenido tanta prisa en marcharse del Anchor si no tenía nada que hacer el resto de la tarde. Llevaba solo diez minutos en su apartamento y ya sentía un hormigueo de inquietud.

Oyó música procedente de la puerta de al lado y algún que otro ruido mientras Tasha se movía por su casa. Intentó imaginar lo que estaba haciendo por los ruidos que hacía, pero eran demasiado difusos. Por fin, cansado de aguzar el oído, abrió la puerta corredera y salió a la terraza. La del apartamento de Tasha estaba cerrada, lo que amortiguaba aún más los sonidos procedentes de su casa.

Luc se acercó a la balaustrada y, apoyándose en su grueso borde, estuvo observando a dos barcos entrar en el puerto y buscar un sitio en el atracadero.

El tiempo había cambiado el día anterior. Todavía hacía sol, pero las nubes habían empezado a moverse, disipándose para luego amontonarse de nuevo. El aire tenía un frescor que anunciaba el otoño inminente, lo cual no era sorprendente teniendo en cuenta que estaban a dos de octubre.

Luc lamentó, sin embargo, no tener la oportunidad de volver a ver a Tasha en bañador en un futuro inmediato.

O seguramente nunca más, puesto que cuando llegara el verano él haría mucho tiempo que se habría marchado. Para entonces estaría ya inmerso en algún cártel sudamericano.

Esperó a sentir la emoción que siempre le producía pensar en un nuevo caso, pero no llegó, y se preguntó por qué la idea de volver al trabajo no le hacía tanta ilusión como antes. Movió los hombros. Seguramente era porque aún tenía un asunto pendiente allí, en Razor Bay. Con Max y Jake. Y también con Tasha, aunque ella no quisiera reconocerlo.

Una llamada a la puerta lo sacó de sus cavilaciones y, contento por poder dejarlas en suspenso de momento, entró y se acercó a la entrada. Abrió... y se quedó boquiabierto.

Tasha estaba en el pasillo, pero aquella no era la Tasha de todos los días. Aquella versión llevaba un vestido corto, verde azulado, de cuello redondo y mangas pequeñas. Y calzaba unas sandalias muy altas, de tiras, con las que debía de medir cerca de un metro ochenta.

–¡Ostras!

Llevaba los ojos pintados de gris y la boca de un color rosa brillante, y su melena era un tumulto de largos rizos. Estaba despampanante.

–No te quedes ahí como un pasmarote –dijo al pasar a su lado dándole un suave empujón, y le dio la espalda. Apartándose los largos rizos del cuello y la espalda, se los pasó por el hombro–. Súbeme la cremallera.

Luc vio entonces que el vestido, de talle ceñido y falda corta y acampanada, tenía también un amplio escote redondeado en la espalda. La cremallera estaba subida hasta donde ella había podido subírsela. Luc se acercó y agarró entre los dedos la lengüeta de la cremallera. Estando tan cerca de ella, detectó un esquivo olor a sándalo mezclado con una pizca de... ¿de caramelo? Aspiró aquel olor mientras le subía sin prisas la cremallera del vestido. La piel de su nuca era pálida y fina, y le dieron ganas de lamerla desde la curva del hombro hasta la oreja.

Ella giró lentamente la cabeza para mirarlo.

–¿Me estás olisqueando?

–Pues sí. Para eso te pones perfume, ¿no?

Tasha se encogió de hombros.

–Supongo que sí. Me lo he puesto para... mi cita.

Luc se quedó de piedra.

–¿Vas a salir con alguien?

–Sí –se dio la vuelta del todo y quedó muy, muy cerca de él–. Gracias por subirme la cremallera –dijo alegremente y, poniendo la mano sobre su pecho, se puso de puntillas. Le dio un rápido beso en los labios y volvió a apoyar los talones en el suelo–. Estoy segura de que Axel también te lo agradece.

Luego, lanzándole una sonrisilla sagaz, giró sobre sus tacones de aguja y salió cerrando la puerta a su espalda.

Luc, por su parte, se quedó estupefacto, preguntándose qué demonios acababa de pasar.

Capítulo 11

–Hola otra vez.

Jeremy levantó la vista de su trabajo cuando Peyton Vanderkamp pasó a su lado como una exhalación camino del lavavajillas de la pizzería. Farfulló una respuesta.

Cuando Peyton había empezado a trabajar allí no le había dicho ni una palabra. Ahora, en cambio, parecía creer que tenía que saludarlo cada vez que entraba en sus dominios. A Jeremy se le quedaba la boca seca cada vez que la veía, y aquella era la tercera vez que entraba en la cocina esa noche.

De acuerdo, era su trabajo, solo estaba haciendo aquello para lo que la habían contratado: llevar los platos sucios desde las mesas a la cocina, donde los metía en el lavavajillas. Jeremy no podía hacer nada al respecto. El problema era que se distraía cada vez que la veía, y sin Tasha allí para hacer de amortiguador, su presencia lo ponía aún más nervioso que de costumbre.

Como si no fuera ya suficientemente estresante hacerse cargo él solo de la cocina, aunque Tasha le hubiera dicho que podía hacerlo perfectamente. Y podía.

Podía y lo haría. Pero habría preferido hacerlo sin distracciones.

Y Peyton era una distracción de las grandes. Era tan guapa, con aquella piel fina como la de un bebé, aquellos ojos marrones dorados y el pelo corto y negro, que la hacía parecer un dibujo de Disney... Pero su cuerpo era muy real.

No tenía unos pechos descomunales, ni un trasero de los que hacían que se parara el tráfico. Por suerte no lo necesitaba. En ese mismo instante, su trasero, que tenía forma de corazón puesto del revés, estaba apuntando hacia él mientras Peyton se inclinaba para llenar el recipiente del detergente, y a Jeremy no le habría importado que lo meneara un poquito.

Pero ella se incorporó y cerró la puerta del lavavajillas. Apretó un botón y el zumbido del electrodoméstico resonó en la cocina. Jeremy parpadeó para borrar aquella visión, que parecía haber quedado impresa en su retina.

Y enseguida puso los pies en la tierra.

Dios, aquella chica formaba parte de aquella pandilla de niños ricos que frecuentaban la pizzería y que se comportaban como si fueran los amos del local. Bueno, no todos, pero la mayoría sí. Y el peor de todos era el novio de Peyton, ese imbécil de Cokely que le había puesto la zancadilla y se había partido de risa.

Vale, para ser justos, Peyton se había negado a marcharse con él aquel día. Y Jeremy no estaba seguro de haberlos visto juntos desde entonces. Pero, aun así, Peyton seguía estando muy fuera de su alcance.

Ese sentimiento, sin embargo, lo sacaba de quicio. Se había esforzado mucho por mejorar su autoestima con el psicólogo de Cedar Village, y últimamente se sentía muy a gusto consigo mismo. Ninguna chica iba a hacerle retroceder en ese aspecto. Ni pensarlo. Por muy buena que estuviera.

Miró la espalda de Peyton mientras ella recogía su bandeja. Tenía que conservar la calma cinco segundos más, hasta que ella saliera de la cocina. Diez, como mucho. Diez segundos interminables.

Podía soportarlo.

Y de pronto se oyó preguntar a sí mismo:

–¿Por qué trabajas aquí, de todos modos? Está claro que no necesitas el dinero.

Peyton se volvió lentamente para mirarlo con expresión pétrea y altiva.

–Eso dice todo el mundo –contestó con frialdad y se acercó a él como si no tuviera una sola preocupación en el mundo.

Pero cuando echó la cabeza hacia atrás para mirarlo, lo observó con interés y, sujetando la bandeja en equilibrio contra la cadera, le clavó un dedo en el pecho.

–¿Cómo diablos sabes tú lo que necesito o no?

Dios, qué pequeñita era. Medía quizás un metro sesenta y cinco, y era unos quince centímetros más baja que él y mucho más menuda. «Lo cual, Newhall, no viene a cuento». Irguiéndose en toda su estatura, Jeremy se apartó de su dedo.

–Sé que vives ahí arriba, en el acantilado, con todos los peces gordos.

–¿Y crees que yo pago la hipoteca de mi casa? Pues siento desilusionarte, colega, pero eso es cosa de mi pa... –se aclaró la voz–. De mi padrastro.

–¿Y qué? ¿Es que no te da suficiente paga?

Peyton lo miró como si fuera algo que tenía que quitarse de la suela de su elegante sandalia roja.

—No sé qué te hace pensar que es asunto tuyo, pero no me da paga y punto. Mi madre y él van a divorciarse y, en lo que a él respecta, yo he dejado de existir.

—Uf, mierda —su ira se desinfló como un globo y, sin pensarlo, alargó la mano. Pero la bajó antes de llegar a tocarla al ver que se ponía tensa—. Lo siento —dijo—. Eso es muy duro. Mi madre tiene... problemas, así que sé lo que es que uno de tus padres pase de ti.

Peyton negó con la cabeza.

—No puedo creer que te lo haya contado. No es que no vaya a saberse, seguramente dentro de muy poco. Pero hasta que se sepa, pensaba guardarlo en secreto —se encogió de hombros—. Claro que, conociendo a mi madre, seguramente piensa sacarme a rastras de Razor Bay en cuanto firmen el divorcio, así que no sé por qué me esfuerzo tanto en ocultarlo. No creo que importe mucho quién lo sepa si ya no vivo aquí. Y, de todos modos, ya se lo he contado a Tasha y a mi amiga Marni —lo miró entornando los párpados—. Y ahora a ti.

—Oye, que tu secreto está a salvo conmigo —la miró rápidamente de arriba abajo y ladeó una ceja—. A ti, en cambio, no parece que se te dé muy bien guardarlo.

Peyton soltó una risita, sorprendida.

—¡Qué dices!

—Yo —Jeremy fue contando con los dedos—. Marni. Y Tasha —movió los tres dedos.

—Bueno, está bien, supongo que tienes razón. En este caso. Pero normalmente soy como una tumba. Es imposible sacarme un secreto.

—Sí, ya.

Peyton le dio un puñetazo en el brazo.

—¡Es verdad! —luego lo observó un momento antes

de preguntar–: ¿Y cómo te enfrentaste tú a los problemas de tu madre?

Jeremy hizo una mueca.

–No me enfrenté, por lo menos de manera constructiva. Por eso acabé en Cedar Village. Y al final resultó ser el mejor sitio para mí, así que no puedo decir que haya tenido mala suerte.

«Tío... Ella no es la única que de pronto se va de la lengua. ¿Qué te pasa?».

Intentó olvidarse de aquella idea. Peyton no parecía tener intenciones ocultas y parecía sinceramente interesada en lo que tenía que decir. Así que exhaló un suspiro y añadió:

–Ellos me ayudaron a aprender cómo enfrentarme a las cosas.

–¡Peyton! –gritó de pronto Tiffany desde el mostrador que separaba la cocina del comedor, y Jeremy se sobresaltó–. ¡Hay que limpiar unas mesas aquí fuera!

–Uy –Peyton le lanzó una sonrisa sorprendentemente dulce. Luego dio media vuelta y, alzando la voz, dijo–: ¡Perdona, Tiff! ¡Enseguida voy!

Mientras se ponía de nuevo manos a la obra montando pizzas, Jeremy se preguntó por qué se había relajado tanto con ella. Por norma general era muy reservado, sobre todo con los chicos del pueblo. Y sin embargo...

A fin de cuentas, suponía que a él también podía considerársele un chico del pueblo. Y ya trabajaba allí. Ya no era un chico de Cedar Village. Ese mismo domingo iba a dejar su habitación en el internado y a irse a vivir a un pequeño apartamento alquilado en Henderson Road.

Estaba un poco nervioso por eso. Tendría que buscar una bicicleta barata que pudiera comprar, porque su casa nueva estaba a unos cuatro kilómetros del trabajo. Y aparte de una cama bastante decente, de un par de muebles cutres que había en el cuarto de estar del tamaño de un sello de correos y de una o dos cazuelas en la cocina, iba a necesitar... en fin, de todo.

Pero la verdad era que estaba muy ilusionado porque aquella era la primera vez que iba a vivir solo. Y en cuanto tuviera su propia dirección... también sería oficialmente un ciudadano de Razor Bay.

Quizás entonces se sentiría más a la par con Peyton, que al parecer era mucho más que una niña pija del acantilado. Jamás lo habría adivinado, pero al parecer su fachada de indiferencia y de superioridad era solo eso, una fachada.

De hecho, era una auténtica charlatana. Empezó a hablar en cuanto entró otra vez en la cocina.

—Es la primera vez que te quedas solo en la cocina, ¿verdad? —preguntó mientras empezaba a vaciar el lavavajillas y a ordenar su contenido.

—Sí.

—¿No te pone un poco nervioso estar a cargo de todo?

Jeremy quiso hacerse el valiente y negarlo. Pero la verdad se le escapó de la boca.

—Un poco, sí.

Ella le lanzó una sonrisa por encima del hombro.

—Sí, a mí también me pasaría. Pero lo estás haciendo genial, así que está muy bien, ¿no?

Él esbozó una sonrisa.

—Sí, muy bien.

Peyton colocó el último plato en la estantería, agarró de nuevo su bandeja y comenzó a llenar con su contenido el lavavajillas vacío.

–Tiffany dice que Tasha tenía una cita esta noche.

Jeremy tardó un segundo en asimilar el cambio de tema. Luego asintió con la cabeza.

–Sí, algo me dijo. Con un tal Axel no sé cuantos.

Peyton se volvió para mirarlo con un vaso sucio en la mano.

–Será una broma. ¿No ha salido con ese tal Bradshaw, el nuevo? Por cómo se miran, yo creía que...

–No. Axel. Un nombre así no se olvida.

Peyton se rio.

–No, supongo que no –se quedó callada un minuto mientras acababa de llenar el lavavajillas.

Tiffany entró con dos pedidos nuevos y un vaso grande de refresco con hielo. Tan impecablemente arreglada como siempre, le pasó a Jeremy la bebida.

–He pensado que tendrías sed.

–Gracias –contestó Jeremy, sorprendido y agradecido por que hubiera pensado en él.

–De nada –Tiffany lo saludó con la mano por encima del hombro y regresó al comedor.

–Es simpática –comentó Peyton antes de cerrar la puerta del lavavajillas–. Y sabe maquillarse. Hasta las pijas más pijas del instituto le piden consejo sobre cosméticos. Es capaz de echarle un vistazo a una chica y decirle exactamente qué color de carmín o de sombra de ojos le va mejor con su tono de piel. Hasta la marca, incluso –se volvió hacia él–. Es un... –se interrumpió en medio de la frase y se quedó mirándolo, impresionada al parecer por cómo se estaba bebiendo el refresco de un trago. Luego sacudió la cabeza–. Un don.

–Perdona –dijo él, secándose el labio inferior con el canto de la mano–. ¿Es de mala educación beber así? Disculpa, pero Tiff tenía razón. Estaba sediento.

—No me extraña. Hace calor aquí –se estremeció–. Por cierto, que yo tengo que volver al trabajo. Parece que hoy hay más trabajo que de costumbre para ser jueves noche.

—Dímelo a mí.

Ella se rio y regresó al restaurante. Jeremy volvió al trabajo, pero mientras preparaba los pedidos que le había llevado Tiff se descubrió sonriendo de oreja a oreja, como un bobo.

Al llegar a la puerta de su casa, Tasha se volvió hacia Axel.

—Gracias por la cena, Axel. Me lo he pasado genial –había llegado la hora de decir buenas noches, ese momento que estaba temiendo. ¿Intentaría él besarla? ¿Se lo permitiría ella? Habían acordado que irían a cenar como amigos, pero ella sabía que Axel quería algo más.

Y, efectivamente, él apoyó una mano en el marco de la puerta, junto a su cabeza, y se inclinó. Tasha no protestó, se limitó a mirarlo fijamente. Y él la besó.

Fue agradable. Muy agradable, de hecho. Besaba... muy bien. Pero por bien que besara no...

La puerta del estudio de al lado se abrió de repente. Axel tardó en levantar la cabeza y los dos se volvieron lentamente a mirar a Luc, que había salido al pasillo y estaba echando la llave de su casa.

Tenía la mandíbula tensa y, aunque tenía una bolsa de basura en la mano, pareció olvidarse de ella cuando los miró.

—Vuelves tarde de cenar, ¿no?

Tasha se puso rígida.

—¿Qué eres tú, el policía de las citas? Hemos estado hablando y se nos ha hecho tarde —replicó un poco a la defensiva.

—Era solo un comentario —repuso él tranquilamente—. Cuando te ayudé a vestirte antes de que aquí tu amigo pasara a recogerte...

—¡Pero...! —Tasha empujó a Axel, se acercó a Luc con decisión y le lanzó un puñetazo al pecho—. ¿Que me ayudaste a vestirme? ¡Y un cuerno! ¡Serás idiota! —se acordó de repente de que había dejado a Axel junto a su puerta y, maldiciéndose en voz baja, dio media vuelta y volvió con él—. Perdona, Axel. Ha sido una grosería imperdonable por mi parte —le dedicó su mirada más sincera—. Es solo que... odio que intente que parezca que ha pasado algo entre nosotros que no ha pasado.

O que casi no había pasado. En realidad, había ido al apartamento de Luc para que le subiera la cremallera, cuando podía subírsela ella misma con un poco de esfuerzo, porque estaba cansada de que jugara con sus emociones.

Apartó de nuevo la mirada de Axel y la clavó en Luc.

—¿No tenías que sacar la basura? —preguntó ásperamente. Miró la bolsa de basura que colgaba de su mano y esbozó una sonrisita sagaz al ver que estaba solo medio llena—. A fin de cuentas —dijo con suavidad— sería una pena que no la sacaras, estando tan llena. Toda esa basura...

Luc se puso un poco colorado, pasó junto a ellos y dio un portazo al salir. Tasha oyó sus pasos mientras bajaba por los peldaños de madera de la escalera exterior.

Se sintió exultante por un momento, hasta que se volvió hacia Axel, que la miraba con perplejidad. Comprendió entonces que su grosería era más que imperdonable. Le había dicho que lo sentía y acto seguido se había puesto a hablar otra vez con Luc.

—Ay, mierda —dijo consternada—. Lo siento de verdad. Sé que no debo pelearme con Luc, pero no puedo evitarlo —la expresión de Axel no cambió, y ella añadió dubitativa—: ¿Te apetece entrar a tomar un café? O tengo vino si lo prefieres. Prometo ser mejor compañía.

Axel se limitó a mirarla en silencio un momento. Luego, bruscamente, la señaló a ella y a sí mismo.

—Tú y yo... —dijo lentamente—. Para ti no hay ni una sola chispa de química, ¿verdad? —su tono no era de reproche, pero, aun así, Tasha se sintió culpable. Porque...

—No —reconoció—. Me temo que no. Me gustas mucho, Axel, pero... no de esa manera.

—La verdad es que lo sé desde sexto curso —dijo él muy serio—. Supongo que pensaba que, si no lo reconocía, las cosas podían cambiar —la traspasó con sus ojos nórdicos—. Pero no va a ser así, ¿verdad?

Ella negó con la cabeza.

—No, lo siento. Ojalá pudiera decir otra cosa.

—Sí, yo también lo siento. Pero así son las cosas —se inclinó y le dio un beso en la frente. Luego se irguió de nuevo y la miró largamente, sin sonreír. Por último asintió con la cabeza—. Buenas noches, Tash.

—Adiós, Axel —deseaba disculparse una vez más, pero dudaba de que a él le interesara escuchar sus disculpas.

Lo vio marcharse, sabiendo que, pese a que se preciaba de ser una buena persona, en este caso no lo había sido. Ahora tendría que vivir con la certeza de que se había portado muy mal con un tipo estupendo.

Maldición, se parecía más a su madre de lo que quería reconocer. Porque, al igual que Nola, había rechazado a una persona maravillosa para entregarse a un estúpido juego de seducción con un hombre que iba a pasar solo una temporada en el pueblo.

En lo tocante al amor, las Riordan eran un completo desastre.

Capítulo 12

−¡Pásamelo a mí, tío Luc!

Luc sonrió y lanzó el disco a Austin, el hijo de Jake. Vio que el chico lo agarraba al vuelo y se lo pasaba a Max. Su hermano, en vez de pasárselo a Jake, volvió a lanzárselo a él en diagonal, pillándolo por sorpresa.

Habían estado lanzándose el disco los cuatro en el jardín trasero de Max mientras esperaban a que las brasas alcanzaran su temperatura óptima para cocinar. A Max no le gustaban las parrillas de gas. Según él, quienes las usaban eran unos memos. Jake y él habían estado discutiendo sobre barbacoas más de diez minutos, metiéndose el uno con el otro. Ninguno de los dos había cedido ni un ápice, pero a fin de cuentas estaban en casa de Max y allí imperaban sus normas. Tenía una bandeja llena con filetes de primera calidad e iba a asarlos al viejo estilo.

Luc movió los hombros. Todavía le alucinaba un poco ser tío. Tenía un sobrino, por amor de Dios. Y no un sobrino cualquiera, sino aquel chaval increíble de pelo moreno y ojos verdes claros.

Había visto a Austin otras veces desde que estaba en el pueblo, pero cuando había llegado a Razor Bay las vacaciones de verano del chico estaban acabando. Tenía catorce años y, como todos los adolescentes, se pasaba el día saliendo con los amigos e intentando aprovechar al máximo sus últimos días libres antes de que empezaran otra vez las clases.

Ahora que había empezado el curso pasaba más tiempo en casa, pero aun así, siempre que Jenny y Jake se lo permitían, salía con su novia, Bailey, y con su mejor amigo, Nolan. Poco a poco, sin embargo, Luc y él iban conociéndose.

–¡Espera! –gritó el chico–. ¡Tienes que ver esto! –lanzó el disco en ángulo y voló en paralelo a la parte de atrás de la casa antes de virar y estar a punto de rozar la pared. Faltó poco para que tocara las vigas de cedro de la fachada. Luego se desvió y pasó a medio metro de Luc, que lo atrapó al vuelo.

Los tres hermanos Bradshaw lanzaron un grito de júbilo y Austin sonrió entusiasmado.

–¿Cómo has hecho eso? –preguntó Luc.

–He visto vídeos de Brodie Smith en You Tube como un millón de veces –contestó su sobrino–. Y he estado practicando –sonrió tímidamente y añadió–: Solo me sale bien una vez de cada tres o cuatro.

–Que es cien veces mejor de lo que me saldría a mí.

Luc nunca había pensado en tener hijos propios, pero entendía por qué Jake se sentía tan orgulloso de Austin. Era de verdad un gran chico.

–¡Tasha! –exclamó Harper al mismo tiempo que Jenny decía:

–¡Has podido venir!

Luc dejó de mirar a Austin y, tras lanzarle el disco a

Max, se paró a mirar y vio que Tasha doblaba la esquina del garaje y entraba en el jardín de atrás.

La temperatura había bajado unos quince grados desde el jueves, y se había puesto unos vaqueros ajustados y unos botines. Los había combinado con una blusa estampada en colores otoñales, cubierta casi por completo con una chaqueta de lana larga de color óxido, abrochada con enormes botones de hueso. Llevaba el pelo suelto y sus rizos se agitaban con cada movimiento que hacía.

Luc oyó murmurar a Jake:

—¡Arriba esa cabeza, hermano!

Pero fue el grito de Austin lo que llamó su atención:

—¡Cuidado, tío!

Acababa de volver la cabeza cuando el disco le golpeó en el pecho. Le escoció, pero, como no quería que se le notara, se limitó a agarrarlo para que no rebotara. Se sintió como un idiota por haber permitido que lo sorprendieran mirando boquiabierto a Tasha.

—Buenos reflejos —comentó Max—. Debes de haberlos sacado de mí. Jake no lo habría agarrado.

—Tío —dijo Austin—, que estás hablando de mi padre.

—Perdona, chaval, pero más vale que aceptes que tu viejo tiene ciertas limitaciones que no se pueden solucionar. Si no esperas mucho de él en cuanto a proezas físicas, no te llevarás un chasco continuamente. Está claro que tú has salido al tío Luc y a mí.

Austin se rio.

—No le hagas caso, papá —dijo dando unas palmaditas a Jake en el brazo. Luego dijo de repente—: Tengo hambre. Voy a ver cómo están las brasas —y salió corriendo.

Luc se volvió hacia Jake con una sonrisa.

—Tienes un hijo estupendo. Debes de estar muy orgulloso.

Su hermano asintió con la cabeza.

—Sí, lo estoy. Pero el mérito no es mío. Es de Jenny.

—¿Sí? Yo creía que Jenny era tu novia. ¿Es la madre de Austin?

—No —contestó Jake. Vaciló un momento y luego meneó la cabeza—. Mira, si voy a contarte esta historia necesito una cerveza.

Se acercó a la nevera que había junto a la escalera trasera, sacó tres botellas, las abrió y le pasó una a Luc y otra a Max. Bebió un largo trago de la suya, bajó la botella y fijó la mirada en Luc.

—Cuando estaba en el instituto —dijo—, conseguí una beca muy completa para ir a la Universidad de Columbia. Todavía estaba celebrando que me habían admitido cuando me enteré de que había dejado embarazada a mi novia —exhaló un suspiro—. Dios mío, soñaba con marcharme del pueblo, me había esforzado durante años para conseguirlo —meneó la cabeza un poco como si reviviera aquel momento—. Pero Kari y yo nos casamos y yo empecé a trabajar en el hotel. Como muchos chavales de esa edad que se ven atrapados en las mismas circunstancias, yo era muy infeliz y ella también. Nuestro matrimonio hacía aguas por todas partes cuando nació Austin —miró a lo lejos y bebió otro sorbo de cerveza. Luego miró de nuevo a Luc—. En estos tiempos las empresas de seguros obligan a los hospitales a dar el alta a la gente demasiado pronto, y poco después de llegar a casa, Kari tuvo una hemorragia. En resumidas cuentas, que murió.

—Dios —Luc no supo qué decir—. Lo siento.

—Sí. Yo estaba hecho polvo. Emmett y Kathy, sus padres, me dijeron que aceptara la beca, que ellos cuidarían de Austin. Yo aproveché la oportunidad, pero estoy seguro de que no esperaban que no volviera hasta esta última primavera.

–Tío... –dijo Luc, sorprendido–. ¿En serio?

–Por desgracia, sí. No tengo excusa. Era joven y egoísta, y por eso me he perdido casi toda la vida de Austin.

Luc miró a las mujeres, que estaban recostadas en unas tumbonas, al otro lado del jardín, riéndose a carcajadas de alguna cosa. Se distrajo un momento mirando a Tasha y luego fijó de nuevo la vista en el menor de los hermanos Bradshaw.

–¿Y qué tiene que ver Jenny con todo eso?

–Jenny llegó al pueblo a los dieciséis años –contestó Max en lugar de su hermano–. Los motivos por los que vino son largos de contar. Ya le diré que te lo cuente si le apetece. El caso es que empezó a trabajar en el hotel después de clase y los fines de semana, unos dos días después de instalarse en el pueblo. Era muy trabajadora y se llevaba muy bien con los Pierce –pareció darse cuenta de que Luc no sabía quiénes eran, porque añadió–: Los padres de Kari.

–Espera. ¿Son los dueños del hotel?

–Sí. O lo eran, mejor dicho. Ya han muerto los dos. El caso es que, cuando su madre murió un año después de llegar aquí, más o menos, Emmett y Kathy la invitaron a vivir con ellos.

–Es lo más parecido a una hermana que tiene Austin –comentó Jake–. Lo más parecido a una madre, en realidad. Fue ella quien se aseguró de que sus abuelos no lo mimaran demasiado, como era natural teniendo en cuenta que su única hija había muerto y yo había pasado de él.

—¡Las brasas están listas! —gritó Austin desde el porche.

—¡Gracias, tío! —respondió Max y, bajando la voz, miró fijamente a Jake—. Déjalo, hermano. Ya has pagado por tus errores, y estás haciendo todo lo que puedes para compensar tu ausencia.

A Luc le conmovió que saliera en defensa de su hermano. Pero al mismo tiempo sintió de nuevo aquella punzada de envidia. Todavía estaba intentando descubrir cuál iba a ser su papel en aquella familia.

No tuvo, sin embargo, tiempo de pararse a pensar en ello porque Max llamó a Harper a gritos. Cuando ella se volvió en la tumbona y lo miró levantando las cejas, Max esbozó una sonrisa y dijo:

—Vamos a empezar a hacer la carne. ¿Está todo listo?

—Claro —contestó ella majestuosamente. Luego le dedicó una amplia sonrisa y levantó su botella de cerveza en un brindis.

—¡Estupendo! —Max le lanzó una mirada cálida e íntima y se volvió hacia los hombres—. ¡Vamos a asar esos filetes!

Luc ocupó su turno frente a la barbacoa, pero no le importó que alguno de sus hermanos le apartara de ella. De todos modos, estaba distraído pensando en Tasha. Ella parecía ignorar su existencia, pero Luc la observaba mientras entraba y salía de la cocina con las otras mujeres para poner la mesa, hasta que decidieron que hacía demasiado frío para comer fuera y volvieron a meterlo todo dentro.

La noche en que había salido a cenar con aquel tal Axel, había vigilado como un halcón la calle Harbor, esperando en la terraza a que volviera. Al ver que la acompañaba aquel tipo alto y rubio, había entrado en su estudio y esperado a oírles entrar, y después se había sacado de la manga aquella absurda excusa para salir al pasillo.

No había sido buena idea. Tasha se había dado cuenta enseguida de que sacar la basura era solo una estratagema y no había vacilado en hacérselo notar, haciéndole quedar como un idiota. Había sido una idiotez, desde luego, pero ¿qué hombre quería hacer el ridículo de esa manera delante de la mujer a la que deseaba?

Y, lo que era peor aún, había visto cómo aquel tipo la besaba.

La oleada de furia que había sentido lo había pillado completamente desprevenido. Aquella imagen había quedado grabada a fuego en su cerebro, a pesar de que solo había tenido valor para mirar un momento. Maldición. Ninguna otra mujer le hacía sentirse así.

Los agentes secretos de la policía que se dedicaban a la lucha contra el narcotráfico no tenían relaciones de pareja. Tenían encuentros superficiales. Líos pasajeros. Eran gajes del oficio, sencillamente. No podía contarle a nadie a qué se dedicaba. No podía utilizar su verdadero nombre. Y mentir a cada paso no era el mejor cimiento sobre el que edificar una relación duradera.

Cuando trabajaba en Estados Unidos, pasaba sus horas de ocio saliendo con otros agentes secretos de la policía. Eran los únicos que comprendían las presiones de su trabajo, y le hacía la vida más fácil porque así al menos podía tener un par de amigos de verdad. En Sudamérica, donde, debido a que hablaba perfectamente español, había pasado la mayor parte de su carrera, se relacionaba solo con asesinos y narcotraficantes.

Y no le parecía mal, porque le encantaba la emoción constante de mantenerse siempre un paso por delante de ellos para evitar una muerte violenta. Siete años atrás, sin embargo, cuando se había tomado aquellas vacaciones, había buscado algo distinto. Había querido hablar con alguien que perteneciera al mundo normal. A alguien que no interpretara constantemente un papel.

Y lo había conseguido: había conocido a Tasha.

Con ella todo había sido distinto. Sobre todo, cómo le había hecho sentir. Había sido tan espontánea, tan auténtica... Y le había hecho sentirse vivo como nunca, de una manera que no tenía nada que ver con la adrenalina. Había deseado pasar horas y horas hablando con ella. Saberlo todo de ella y contarle cosas de sí mismo. Durante dos días se había sentido como si él también llevara una vida normal, como si fuera un tipo corriente.

Luego había pasado lo de aquella noche y todo se había ido a la mierda. Tasha ya no lo miraba y se reía y decía lo que se le pasara por la cabeza.

Y en realidad era mejor así. Era imposible que tuvieran una relación de pareja cuando él se pasaba meses y meses, incluso años enteros, fuera del país. Su trabajo era sucio y peligroso, y tenía que centrarse en él al cien por cien. Un agente no podía permitirse preocuparse por su familia o por la novia que había dejado en casa.

Los pocos agentes que conocía que lo habían intentado, habían acabado muertos por no centrarse en su trabajo o habían perdido a su familia porque sus esposas se habían cansado de estar siempre solas.

Así que tenía que dejar en paz a Tasha. Tenía que

dejar de besarla cada vez que ella intentaba quitárselo de encima. Y tenía que dejar de sentir aquellos celos cuando otro hombre la besaba.

Sí, claro.

Dudaba de que eso último fuera a ocurrir. Si el jueves por la noche había logrado controlarse y no portarse como un simio, era únicamente porque había visto marcharse a aquel tipo rubio unos minutos después de salir él. Si no, no sabía qué habría hecho.

De no ser por sus hermanos, se largaría de allí para escapar de la tentación. Averiguaría dónde le necesitaba la DEA e iría para allá. Tal vez intentaría conseguir un caso en Estados Unidos para variar.

Pero tenía dos hermanos de padre y sentía la necesidad de cimentar una relación duradera con ellos. Quería forjar un vínculo con ellos de modo que pudiera volver allí entre misión y misión sin que lo miraran como preguntando: «¿Luc? ¿Qué Luc?».

Se había quedado alucinado al saber que Jake había pasado tantos años lejos de Razor Bay. Max y él seguramente se habían mantenido en contacto durante su ausencia, pero aunque él pensaba que habían estado juntos toda la vida, y estaba claro que no era así.

—¡La carne ya está!

Luc sacó otra cerveza para cada uno y siguió a sus hermanos al interior de la casa. Eligió una silla en el extremo opuesto, pero en el mismo lado de la mesa que Tasha para no tener que verla. Gracias a ello pudo disfrutar de la comida sin tener que preocuparse porque alguien le sorprendiera mirándola constantemente.

Se dieron un festín de carne perfectamente hecha: entrecots para los hombres y para Austin, y solomillo para las mujeres. Harper sacó una enorme fuente de ensalada de patatas, otra de ensalada verde, pan crujiente y una bandeja con peras, manzanas y uvas frescas.

Cuando acabaron de comer, Max miró en torno a la mesa.

–Seguramente ya sabéis que el sheriff Neward se jubila a principios de año –dijo, y titubeó. Luego bajó la barbilla–. Harper y yo hemos estado hablándolo y hemos decidido que voy a presentarme para sustituirlo.

La respuesta fue inmediata y entusiasta.

–¡Muy bien! –exclamó Jenny.

Jake asintió.

–Todo el mundo sabe que tú eres el mejor candidato a sheriff. He oído algunas de tus ideas para mejorar el servicio y están muy bien pensadas.

Luc, a quien Max también le había contado algunos de sus planes para mejorar la eficacia, también asintió.

–Desde luego, eres el más indicado para modernizar el departamento.

Tasha sonrió.

–¡Ay, Max! ¡Es estupendo!

Max les lanzó una sonrisa irónica.

–Me alegró de que estéis de acuerdo, porque voy a necesitar vuestra ayuda. La pega de este asunto de presentarse a sheriff es que tendré que hacer campaña. Y puede que no lo hayáis notado –añadió con sorna–, pero no soy el tío más parlanchín del mundo.

Jenny puso cara de pasmo.

–¡No me digas! –exclamó–. ¿Tú?

–Sí, ya sé. De momento no sé a quién voy a tener que enfrentarme en las elecciones, pero ya sabéis que serán más simpáticos que yo. No estoy seguro de que sea capaz de ponerme a besar bebés y a dar la mano a miles de personas sin que se me note que estoy fingiendo.

–Lo único que tienes que hacer en realidad es demostrarle a la gente que eres el más indicado para ese trabajo –dijo Luc–. Y como lo eres, diles lo mismo que nos has dicho a nosotros. Explica tus ideas acerca de cómo mejorar el servicio y ahorrar dinero a los contribuyentes. Con eso, y con tu historial como ayudante del sheriff, será pan comido.

Max le lanzó una sonrisa satisfecha.

–Sí, tienes razón, gracias, hermano. Eso es justamente lo que voy a hacer. Tengo montones de ideas sobre cómo convertir nuestro departamento del sheriff en el mejor de su tamaño en todo el país. El de Silverdale es el doble de grande que el nuestro, y apuesto a que incluso podríamos aventajarles.

Luc se sintió bien por haber animado a su hermano y se dio cuenta de que era así como empezaba a pensar en Max y Jake, como en sus hermanos. Se había presentado en su vida de repente y sin embargo le habían acogido en su familia desde el principio. Y Luc se lo agradecía. De pronto lo embargó la emoción, notó un nudo en el estómago y tuvo que tragar saliva.

Intentando dominar sus emociones, echó mano de la ensalada de patatas para servirse otra ración.

–¿Te ha dicho Tasha lo de mañana?

Se quedó helado, con el cucharón de servir que acababa de vaciar en su plato suspendido en el aire. Miró a Max.

–¿Qué?

–Le ha buscado a Jeremy una casita en Henderson Road y el chico va a mudarse mañana. Era uno de nuestros chicos de Cedar Village antes de que empezara a trabajar para Tash, así que estamos muy ilusionados. De hecho, fue Harper quien les presentó.

–Y fue un día de suerte para el Bella T –comentó Tasha–. Trabaja de maravilla –miró a Luc–. Se marcha de Cedar Village mañana. Es un momento muy importante para él y vamos a echarle una mano. Puedes venir, nos vendría bien que arrimaras el hombro. Jeremy no tiene casi nada, pero hemos juntado unas cuantas cosas: muebles, sábanas, en fin, todo lo que pueda venirle bien para la casa.

–Solo he traído un petate a Razor Bay, así que no tengo nada de eso. Pero puedo aportar un poco de dinero para las cosas que no hayáis podido reunir.

Tasha le dedicó la primera sonrisa verdaderamente amigable que Luc le había visto en mucho tiempo.

–Estaría bien. Vamos a ir a su casa a las nueve de la mañana. Si vienes, hemos quedado delante del Bella T. O uno de nosotros puede darte su dirección, si no puedes ir tan temprano.

–No tengo nada que hacer –contestó él francamente–. Contad conmigo.

Capítulo 13

Mary-Margaret llamó enérgicamente al marco de la puerta abierta y se asomó a la habitación de Jeremy.

–Hola, Jeremy. Ha llamado Harper para decir que estará aquí dentro de cinco minutos. ¿Ya estás listo?

Jeremy recorrió la habitación con la mirada para asegurarse de que no olvidaba nada y asintió con la cabeza mirando a la directora de Cedar Village.

–Sí, creo que lo tengo todo.

–Y, si no, estás a dos kilómetros de aquí –repuso ella con una sonrisa–. Si alguna vez necesitas ayuda o una sesión de refresco con tu orientador, ya sabes que solo tienes que llamar.

–Gracias, Mary-Margaret. Significa mucho para mí.

Todos los residentes de Cedar Village a los que conocía se habían llevado la misma impresión al ver por primera vez a Mary-Margaret: habían pensado que era una auténtica bruja. Cuando no sonreía, tenía los labios curvados hacia abajo de manera natural, lo que le daba una expresión de constante amargura. Pero la verdad era que sonreía casi todo el tiempo, y cualquiera que llegara a conocerla se daba cuenta de que era un encanto.

—¿Estás nervioso? —preguntó suavemente al entrar en la habitación.

Abrió la boca para decir «¡qué va!», pero volvió a cerrarla. Si aquel iba a ser el principio de su independencia, de su vida como adulto, más valía que fuera sincero. Esa era la clave de todo lo que le había enseñado Ryan, su orientador: que la verdad era el ingrediente principal que podía aportar a cada aspecto de su vida.

—Si quieres ganarte el derecho de que te consideren un hombre —gustaba de decir Ryan—, tienes que ser dueño de tus actos.

Y de sus sentimientos también, aunque el psicólogo reconocía que eso solía ser mucho más complicado.

Jeremy se encogió de hombros.

—Un poquitín. Pero sobre todo estoy ilusionado —y era verdad.

Le ponía nervioso no tener todas las cosas básicas que iba a necesitar, pero pensaba que seguramente era solo cuestión de logística, no de que él fuera incapaz de conseguirlas. Harper le había buscado la casa y había conseguido que no tuviera que pagar el último mes por adelantado. No quería defraudarla. El hecho de no tener que reunir un buen pellizco de dinero, además de pagar el primer mes de alquiler y la fianza, había sido todo un alivio. Había ahorrado todo lo posible y, si gastaba lo menos posible y estaba atento a las gangas, tendría dinero suficiente para ir comprando las cosas necesarias. El problema era llevar las cosas a casa una vez compradas. Porque aunque podía encontrarlas, probablemente tendría que hacer un montón de viajes para transportar todo lo que necesitaba.

Habría sido genial que Razor Bay tuviera un mejor servicio de autobuses, y no los dos viajes diarios a Silverdale de ida y vuelta, porque aún no tenía la bicicleta de segunda mano que pensaba comprarse, y menos aún un medio de transporte que tuviera maletero. Pero tenía pies, y con ellos llegaría adonde tuviera que ir hasta que pudiera permitirse otra cosa.

Llamaron otra vez a la puerta abierta y entró Harper.

—¡Hola! ¿Listo para la gran mudanza? Hola, Mary-Margaret.

—Hola, querida. Os dejo para que acabéis —se volvió hacia Jeremy—. Enhorabuena, Jeremy. Estamos muy orgullosos de ti. Y, si necesitas algo, avísanos y haremos todo lo posible por conseguírtelo.

—No me importaría suscribirme a *Maxim*.

«Serás idiota». Le dieron ganas de abofetearse por haberle dicho aquello a una mujer que podía ser su abuela.

Pero Mary-Margaret se rio.

—Todo, menos eso —dijo con sorna, y le dio un rápido y fuerte abrazo—. Sé bueno —dijo con vehemencia—. Y vuelve a visitarme —luego salió de la habitación.

Jeremy se dio una palmada en la frente.

—No puedo creer que le haya dicho eso.

—No te fustigues —repuso Harper—. Mary-Margaret ha oído de todo, y seguro que eso no ha sido lo peor —se rio—. Poco apropiado sí, desde luego, pero no lo peor —indicó las cosas que él había amontonado sobre la cama—. ¿Eso es todo?

—Sí —no tenía gran cosa, así que no tardarían mucho en llevarlo todo al coche. De pronto se dio cuenta de que allí faltaba alguien y tragó saliva, decepcionado—. ¿Max tenía que trabajar hoy? —preguntó aparentando indiferencia.

El corpulento ayudante del sheriff era una de las mejores personas que había conocido. Pasaba mucho tiempo en Cedar Village, y les caía bien a todos porque era como si supiera exactamente lo que era estar en su situación. Les había contado con franqueza que él a su edad también la había cagado y lo que había tenido que ocurrir para que diera un vuelco radical a su vida. Todos se daban cuenta de que era un adulto feliz. Y lo mejor de todo era que no parecía dudar de que ellos también pudieran serlo también algún día.

Harper meneó la cabeza.

–Tenía un par de cosas que hacer, pero se reunirá con nosotros en tu casa.

Jeremy sonrió.

–Mi casa –murmuró, saboreando el sonido de aquellas palabras como si fuera un helado delicioso.

–Sí, lo sé –Harper le lanzó aquella enorme sonrisa que hacía que se le encogieran los ojos–. Es fantástico, ¿verdad?

–Ni que lo digas.

Guardaron sus cosas en el asiento de atrás del coche de Harper y, al arrancar, Jeremy giró el cuello para ver como desaparecía Cedar Village de su vista. Unos minutos después Harper se detuvo delante de una casita beige.

–Bienvenido a tu nueva casa.

Jeremy empezó a sudar. Dios... ¿Cómo se le había ocurrido? Él no había vivido solo en toda su vida. Había soñado con ello muchas veces cuando a su madre le daba uno de sus absurdos ataques de llanto. Pero, ahora que por fin iba a hacerlo, sintió el repentino impulso de regresar a Cedar Village.

Debió de notársele en la cara porque Harper le apretó la mano.

–Todo va a salir bien –dijo con voz suave, pero luego sacudió la cabeza–. No. Va a salir estupendamente. Esto se te va a dar tan bien como dice Tasha que se te da el trabajo.

–¿Eso dice?

–Sí. Piensa que eres increíble, Jeremy. Igual que Mary-Margaret, que Max y que yo.

Aquel cumplido consiguió animarlo y, estirándose en el asiento, se desabrochó el cinturón de seguridad.

–Vamos a llevar mis cosas dentro.

–¿Puedes sacarlas tú? He traído unas cosas para ti en el maletero –salió del todoterreno y dio la vuelta para abrir el portón.

Jeremy la siguió. Al mirar por encima de su hombro, vio que el maletero estaba lleno casi hasta arriba de cajas y bolsas.

–¡Hala! ¿Todo eso es para mí?

–Sí. Casi todo es de segunda mano, claro, pero le hemos dicho a la gente que necesitabas de todo para tu casa nueva y han contribuido muy generosamente a la causa.

–Es... –se interrumpió, abrumado. Luego carraspeó. Y sonrió de oreja a oreja–. ¡Es genial!

Habían llevado una remesa de cosas a la casa y habían vuelto a por una segunda cuando Jeremy oyó que un vehículo paraba delante de la casa y al mirar por encima del techo del coche de Harper vio la camioneta de Max. Detrás iba el Jeep azul de Tasha y, detrás, otro coche que no reconoció. Se quedó boquiabierto mientras aparcaban, y Max y sus dos hermanos salieron de la camioneta. Tasha, Jenny y Tiffany salieron del Jeep de Tash, y Peyton y su amiga, una chica a la que había visto en el Bella T, pero a la que nunca le habían presentado, salieron del tercer coche.

Durante un segundo se quedó tan sorprendido que no pudo moverse del sitio. Luego se espabiló y fue a saludarles.

—¿Qué hacéis todos aquí? ¡Esto es bestial!

—Y eso es bueno, supongo —comentó Luc Bradshaw antes de acercarse a la trasera de la camioneta para bajar el portón.

—Sí, lo es —contestó Peyton en aquel tono petulante que empleaba siempre cuando estaba nerviosa. Habló en tono completamente distinto cuando se acercó a él, lo agarró del brazo y dijo con cariño—: Hemos venido a ayudarte con la mudanza, y te hemos traído unas cosas —lo llevó junto a su amiga y Jeremy vio que se le iluminaba la cara al presentársela—. Esta es Marni, mi mejor amiga —dijo, y luego se volvió hacia Marni—. Mar, este es Jeremy, y esta es Tasha, mi jefa.

—Encantada de conocerte, Marni —dijo Tasha—. Peyton habla muy bien de ti.

Peyton se puso colorada y se apresuró a decirle a su amiga:

—Y a Tiffany ya la conoces, claro.

—Sí —dijo Marni mirando a la camarera—. Y no solo por las pizzas. Me aconsejaste que me comprara el carmín de la marca Mac.

—Y veo que me hiciste caso —repuso Tiffany—. Sabía que te quedaría genial.

Peyton saludó con la mano a las dos mujeres y a los hombres a los que no conocía.

—A ti sí te conozco —le dijo a Luc, refiriéndose a la noche en que ambos habían echado una mano a Tiffany—. Pero, para los dos más, soy Peyton, y esta es mi amiga Marni.

Los hermanos de Max, Harper y Jenny se presentaron. Luego comenzaron todos a acarrear las cosas que habían llevado a la casa nueva de Jeremy.

–Madre mía, esto es como mi cumpleaños y Papá Noel todo junto –dijo Jeremy al abrir una caja y encontrar un juego casi completo de platos.

–Me los han dado los Myer, y me han dicho que te avise de que son antiguos –dijo Jenny–. O sea, que no se pueden meter en el microondas.

–No pasa nada –él se rio–. No tengo microondas.

–Sí que lo tienes –repuso Luc desde la puerta–. Hay más cosas ahí fuera.

–Mi madre te manda algo de comida para estos primeros días –comentó Marni señalando una gran bolsa de compra que acababa de llevar a la casa–. Son cosas básicas: huevos, leche, pan y mantequilla, latas de sopa y eso. Voy a guardar en la nevera lo que pueda estropearse.

–Esto es tan alucinante que no sé ni como daros las gracias. Ni a quién tengo que dárselas.

–Para eso está Jenny –le dijo Tasha–. Tiene una lista de todo, te la ha copiado y naturalmente ha traído tarjetas de agradecimiento para que las rellenes y las mandes por correo. Así que te aconsejo que lo hagas o tendrás que vértelas con ella.

–Vamos, por favor –dijo Jenny–. No doy tanto miedo.

–Sí que lo das –repuso Jake, y sonrió a Jeremy–. No dejes que las apariencias te engañen, chico. Puede que parezca que una brisa un poco fuerte podría lanzarla al canal, pero, créeme, más vale no enemistarse con ella. Si viene a por ti y le brillan los ojos como el acero, estás perdido.

Jenny soltó un soplido y dejó de hacerles caso.

—Marni, dame tu dirección —dijo—. Voy a añadir a tu madre a la lista.

—Ah, qué bien, sábanas —comentó Harper mientras revolvía en una caja—. Umm. No sé si poner las blancas o las verdes. Las rosas con flores las guardaremos para... eh...

—El día en que se quede sin otras y no le quede más remedio que ponerlas en la cama —concluyó Max categóricamente.

Jeremy le dio la razón con un soplido.

—Y lo dice el que tiene lacitos en sus toallas de baño —comentó Jake.

—Cuidado con lo que dices, listillo —le dijo Jenny a su prometido—. Yo todavía le tengo el ojo echado a ese juego con encaje para tu cuarto de baño. Ya hemos hablado de esto antes, pero pareces olvidar que en una casa viven hombres y mujeres, y que nosotras las mujeres no creemos que todo tenga que ser gris industrial —sacudió la cabeza—. ¡Hombres! Menos mal que para algo sirven.

Las demás mujeres le dieron la razón entre vítores, y Jake pasó al lado de Jenny y le dio una palmada en el trasero sonriendo provocativamente.

—Luego te enseño para lo que sirvo —le oyó decir Jeremy en voz baja.

Harper y Marni hicieron la cama mientras Peyton llevaba una mesita que Jeremy podía utilizar como mesilla de noche. La siguiente vez que entró en el cuarto de estar llevaba una bonita lámpara metálica con la pantalla muy ajada. Miró a Jeremy.

—¿Crees que esto te servirá para tu cuarto?

—Sí, es genial —no podía creer que hubieran conseguido tantas cosas para convertir aquella casa en un hogar.

—¡Peyton! —gritó Tasha desde el otro lado de la habitación—. Hay una pantalla nueva para esa lámpara en alguna de estas cajas. Creo que está.... ¡Sí, aquí está!

Peyton se acercó a recogerla.

—Ah, esta queda mucho mejor —dijo, y se sentó en el suelo para quitar la vieja y poner la nueva.

—Hay un par de lámparas más por aquí, en alguna parte. Jeremy puede cambiar las cosas luego si le parece que quedan mejor de otra manera.

Jeremy se sonrió. Ni siquiera había pensado en lámparas cuando había hecho su lista de cosas básicas para la casa, y ahora podía elegir entre más de una.

Max lo llamó y, al levantar la vista, vio que le hacía señas desde el umbral de la puerta de entrada. Salió a reunirse con él. Max lo llevó a la camioneta y abrió la puerta. Se inclinó hacia dentro, arrastró una caja grande y la levantó.

—Esto es de parte de Tasha, de Mary-Margaret, de Harper y mía —dijo volviéndose para que Jeremy viera la parte delantera de la caja—. Vas a necesitar un ordenador si piensas ir a la universidad. También te hemos pagado un año de acceso a Internet. Se supone que el instalador vendrá esta tarde, antes de las tres.

—¡Hala! —musitó Jeremy mirando boquiabierto la fotografía del portátil—. ¡Madre mía, Max! —se le quebró la voz al decir el nombre del ayudante del sheriff y tuvo que respirar hondo y contener la respiración unos segundos—. Gracias. Nunca me habían hecho un regalo así —se le llenaron los ojos de lágrimas y, horrorizado, se volvió para limpiárselas.

La manaza de Max aterrizó de pronto sobre su coronilla y Jeremy sintió que se deslizaba hasta su nuca y que le apretaba un poco el cuello antes de soltarlo.

Aquel contacto breve y cálido lo reconfortó y, respirando hondo, consiguió dominar sus emociones.

—No sé qué decir —reconoció en voz baja—. Todo esto es tan... alucinante.

—No tienes que decir nada. Solo tienes que trabajar duro cuando vayas a la universidad.

—Lo haré, te lo juro.

—Sé que lo harás. Tash está muy contenta con tu trabajo, ¿sabes? Y el Bella T es la niña de sus ojos, así que no hace cumplidos a la ligera.

—Me siento muy afortunado por trabajar para ella —repuso mirando al suelo—. Por tener la ayuda de todos vosotros —miró a Max—. Solo no podría haber hecho nada de esto.

—Claro que podrías —dijo una voz femenina detrás de él, y al volverse vio acercarse a Tasha—. No pretendía espiaros —añadió—, pero, ya que he oído vuestra conversación, debo decirte que podrías haberlo hecho todo tú solo, aunque te hubiera costado un poco más. Eres muy maduro para tu edad, Jeremy. Imagino que Max era igual cuando se marchó de aquí para enrolarse en los Marines, a tu edad. Y si no era igual de maduro, desde luego lo era cuando volvió. Tienes el ímpetu y la capacidad de esfuerzo necesaria para conseguir lo que te propongas. Nosotros solo queremos darte un empujoncito.

Luc se acercó con las manos metidas en los bolsillos de los vaqueros.

—Yo llegué al pueblo solo con un petate, así que no tengo nada concreto con lo que contribuir a la causa —dijo—. Pero quiero que me avises si necesitas algo que no te hayan dado hoy, y te echaré una mano. Además, soy muy manitas, así que, si necesitas arreglar algo o que te enseñe cómo se arregla, yo soy tu hombre.

—Gracias —respondió Jeremy. No conocía mucho a Luc Bradshaw, pero decidió tomarle la palabra si alguna vez le hacía falta—. No se me dan mal los motores de los coches americanos, porque mi padre es mecánico y he pasado un par de veranos con él en el taller donde trabaja. Pero no tengo ni idea de bricolaje, así que eso de que me enseñes me parece muy buena idea.

Una mirada extraña cruzó el semblante de Luc, pero desapareció tan deprisa que Jeremy pensó que eran imaginaciones suyas.

—Lo de que me avises si necesitas algo también iba en serio —añadió Luc con una sonrisa—. Quiero contribuir.

—Bien, pues puedes contribuir con el almuerzo —dijo Jenny—. Normalmente llamaríamos a la pizzería de Tash, pero está claro que hoy eso no nos sirve. ¿Quieres ir a buscar unos sándwiches vietnamitas o algo así al Saigon Boat?

—Claro —se sacó su smartphone del bolsillo—. Decidme qué queréis.

A las tres de la tarde la casa de Jeremy parecía un hogar. Tenía todo lo que necesitaba y hasta muchas cosas que ni siquiera se le habían pasado por la cabeza, como una alfombra en el suelo y cojines y una manta para el sofá. Max y Luc habían colocado en el cuartito de invitados un escritorio endeble que Jeremy pensaba pintar y debajo del cual Luc colocó unos ángulos para hacerlo más estable. Jeremy había llevado una de las sillas de madera de la cocinita y había instalado sobre el escritorio su flamante ordenador portátil, junto con la lámpara más pequeña de las que le habían regalado.

Tasha se acercó a él cuando se estaba despidiendo del instalador del servicio de Internet.

—No tienes que ir al Bella T hasta las cinco —le dijo—. Hoy me encargo yo de prepararlo todo.

—Gracias —dijo él de todo corazón—. Por todo.

—De nada, tesoro. Eres un empleado muy valioso, lo sabes, ¿no? —no esperó a que él respondiera—. Y lo que es más importante, Jeremy: eres de los buenos.

Después, en cuestión de segundos, tras recoger todos los envoltorios y las cajas de cartón vacías, los adultos montaron en sus coches y se marcharon, dejándolo con Peyton, Tiffany y Marni. Tiffany fue corriendo a su coche a buscar algo y los tres adolescentes se sentaron en el cuarto de estar.

—Ha quedado muy, muy bien —comentó Marni, y Peyton asintió con la cabeza.

—Sí —dijo—. Tasha y sus amigas tienen talento para convertir un montón de trastos viejos en una decoración genial.

—Una vez le oí decir a Tasha que Jenny y ella habían crecido en un barrio muy pobre —comentó Jeremy—. Así que me imagino que tienen experiencia sacando el mayor partido a las cosas.

—Sea como sea —comentó ella alargando el brazo para tocarle la mano—, tienes suerte de que sean tus amigas.

Jeremy se quedó paralizado y miró un momento su mano. Solo cuando Peyton apartó los dedos se acordó de qué estaban hablando.

—Sí —se aclaró la voz—. Sé perfectamente que, si no me hubieran ayudado, seguramente me estaría muriendo de hambre —miró a su alrededor—. Y esto, desde luego, estaría mucho más vacío.

Tiffany volvió con una neverita portátil.

—Bueno, no vayáis a pensar que quiero que os deis a

la mala vida –dijo sacando tres botellas de cerveza de la nevera–, pero he pensado que esto merecía una celebración –miró las tres cervezas y a los otros tres–. Será mejor que saquemos unos vasos. Lo siento, Marni – añadió mientras Peyton se levantaba de un salto para ir a buscar los vasos–, no sabía que ibas a venir. Si no, habría traído otra.

Marni se encogió de hombros tranquilamente.

–Puedo tomarme una Coca-cola. De todos modos no me gusta el alcohol.

–¡Yo te la llevo, Mar! –gritó Peyton desde la cocina, y volvió enseguida. Le dio la lata a su amiga–. Lo siento, no hay hielo. Todavía no se ha congelado del todo.

Tiffany repartió las cervezas y levantó la suya.

–¡Por la casa nueva de Jeremy! –exclamó.

–¡Por su casa nueva! –dijeron las demás, hicieron entrechocar las botellas y la lata y bebieron.

Después de que se marcharan, Jeremy dio una vuelta por su casa tocando las cosas y sonriéndose. Varias veces pasó junto al teléfono de prepago que se había comprado y por fin se detuvo, lo agarró y marcó un número. Sonó cuatro veces antes de que contestara un hombre. De fondo se oyó el ruido de un taller mecánico.

–Hola, papá, soy yo –dijo–. No sé qué haces trabajando en domingo, pero quería que supieras que ya me he mudado a la casa de la que te hablé. Y darte mi dirección y mi número de teléfono.

Capítulo 14

–¡Hala! Si yo intentara hacer eso, seguramente me cortaría todos los dedos.

Tasha, que estaba picando verduras con furia, levantó la vista y vio a Peyton entrar en la cocina de la pizzería. No supo si le molestaba que la chica hubiera interrumpido mientras exorcizaba sus demonios, o si se alegraba. Pero, aunque le molestara, no podía pagar su mal humor con Peyton, así que respiró hondo y dijo:

–Hola, Peyton. ¿Qué haces aquí tan temprano? Creía que estaríais todavía en casa de Jeremy.

Peyton se encogió de hombros elegantemente.

–Hemos pensado que estaría bien dejarlo un rato solo para que disfrute tranquilamente de su casa nueva –esbozó una sonrisa que, para sorpresa de Tasha, parecía casi tímida–. Ha quedado increíble. Vosotras sí que sabéis decorar casi sin gastar un céntimo.

–Ni Jenny ni yo teníamos dinero cuando éramos más jóvenes, así que tenemos muchísima práctica – contestó Tasha con una sonrisa irónica.

Peyton miró el montón de verduras que había cortado.

–¿Esperas que venga mucha gente esta noche?

–¿Qué? –Tasha también miró las verduras–. Vaya –dijo. Al volver de casa de Jeremy, se había puesto a pensar en Luc y en cómo la sacaba de quicio, y se le había ido la mano preparando los ingredientes para las pizzas–. Aquí tengo bastante para dos días –se maldijo mentalmente por no prestar atención y comenzó a sacar recipientes de conservación.

–Estabas soñando despierta, ¿verdad? Yo también lo hago a veces, sobre todo en el coche. Hay veces que voy tan distraída que llego a un sitio sin recordar nada del trayecto.

–No sé qué es peor, si distraerse mientras pilotas una tonelada de metal en movimiento o mientras cortas a toda velocidad con un cuchillo bien afilado –pero se alegraba de que Peyton le hubiera ofrecido aquella excusa para explicar su comportamiento, que en realidad no sabía a qué atribuir.

Se lo había pasado muy bien ese día en casa de Jeremy. Había conseguido estar varias horas cerca de Luc y sobrevivir con bastante tranquilidad, y hasta mostrarse civilizada y amable cuando había tenido que relacionarse con él. Aunque, a decir verdad, Luc parecía haber puesto tanto empeño en evitarla como ella en evitarlo a él, lo cual estaba muy bien.

Más o menos.

No, sí, sí, estaba muy bien. Era justamente lo que ella le había exigido. Y se... alegraba de que Luc por fin le hubiera hecho caso.

Pero era evidente que todavía estaba enfadada con él por sacarla de sus casillas constantemente. Naturalmente, la culpa de lo que hacía la tenía ella, pero era él quien la impulsaba a actuar de una manera que normalmente ni se le habría pasado por la cabeza. Había sido así desde el principio, cuando se habían conocido en las Bahamas. Aquello había terminado siendo un desastre, y allí estaba otra vez, comportándose como una loca.

Eso era lo que la había impulsado a ponerse a picar pimientos y cebollas sin ton ni son: pensar en todos sus tropiezos desde el día en que Luc Bradshaw había llegado al pueblo, y no el hecho de que ese día la hubiera dejado en paz, como ella le había pedido.

Porque eso sería una idiotez.

Dio un suspiro. Como una idiota era como se comportaba desde que él estaba en el pueblo. Aquel hombre pulsaba teclas que ella ni siquiera sabía que tenía, y ella, que normalmente se pensaba bien las cosas antes de hacer nada, saltaba como un resorte cuando estaba con él.

Cada vez.

No había más que ver lo que había hecho con Axel. Había pasado años rechazándolo amablemente y, tras un par de estúpidos besos de Luc, no solo había utilizado a aquel hombre encantador, sino que además le había hecho daño.

—Oye —dijo Peyton tranquilamente—, ¿puedo preguntarte una cosa?

«Sí, por favor». Cualquier cosa con tal de olvidarse de aquel lío.

—Claro —contestó.

—¿Cómo sabes cuándo le gustas a un chico?

Ay, Dios. Tiffany le había contado hacía poco que sus empleados adolescentes pensaban de ella que era una tía genial. Los pobres ingenuos pensaban de verdad que lo tenía todo controlado.

¿Y ahora Peyton quería pedirle sabio consejo? ¿Sobre el amor?

«Sí, niña, haces bien en recurrir a mí. Porque fíjate lo bien que llevo mi vida amorosa».

Mientras cerraba el recipiente en el que había guardado los pimientos sobrantes, sintió el impulso casi irrefrenable de gritar:

«¡Huye! ¡Corre como el viento!».

O al menos decirle a Peyton que fuera a hablar con Jenny. O con Harper. Ellas sí sabían lo que era sacar adelante una relación de pareja.

Pero Peyton se lo había preguntado a ella. Y Tash no tenía ni idea de qué contestarle.

Así que le dijo la verdad.

–Le has preguntado a la persona equivocada, niña –dejó el recipiente de la cebolla encima del de los pimientos y puso el sobrante en un cuenco de acero inoxidable–. La única vez que de verdad me arriesgué y me abrí a un hombre poniendo en él toda mi confianza, acabé metida en un embrollo espantoso, esposada y encerrada en una cárcel de las Bahamas –se le revolvió un momento el estómago al pensar en aquello, pero se dominó lo mejor que pudo y miró a los ojos a Peyton–. Pero, en mi opinión, si él se abre a ti, sobre todo si te cuenta detalles personales que nunca le has oído contarle a otra persona, es seguramente porque le gustas. Y lo mismo si puedes hacerle reír cuando por lo general es un tipo bastante serio, y parece querer pasar tiempo contigo. Y si te refieres a Jeremy, Peyton, teniendo en cuenta cómo te mira... Bien, creo que está bastante claro que ya le gustas. Así que, si él también te gusta a ti, limítate a ser tú misma con él. Trátalo bien y sé sincera, y tendrás muchas oportunidades de construir una relación sólida y auténtica con él.

Peyton se quedó mirándola.

–Le das mucha importancia a la sinceridad, ¿verdad?

–Sí.

–¿Y eso de la cárcel de las Bahamas? Imagino que no te apetece hablar de ello.

–No, no me apetece.

Peyton sonrió.

–Vale. Pero ¿de verdad me mira Jeremy como si le gustara?

–Sí –y sonrió, porque recordaba lo que se sentía al descubrir que habías conquistado a alguien que de verdad te atraía.

Por desgracia, como en su caso no había tenido ni tiempo ni predicamento en el instituto para experimentar y enamorarse durante su adolescencia, esos sentimientos los había vivido por primera vez con Luc. Antes de conocerlo había tenido un par de experiencias sexuales, pero ni siquiera con el chico con el que había perdido la virginidad había sentido una emoción comparable a la que había sentido con Luc.

Así que, a pesar de que aquella noche fatídica se le hubiera hecho trizas el corazón, envidiaba a Peyton por sentir aquella emoción nueva y deslumbrante. Y confiaba en que a Jeremy y a ella les fuera bien, durara lo que durase.

Esa noche, se sentó en el cuarto de estar de Jenny con su mejor amiga.

–Te alegrará saber –le dijo mientras tomaba un té con galletas– que he renunciado a mi plan de dar a probar a Luc de su propia medicina. Tenías razón. Era una estupidez de plan.

—No creo que la palabra «estupidez» saliera de mis labios —dijo Jenny suavemente.

—Pero seguro que lo pensaste, y con razón. Era una idiotez, pero, maldita sea, la culpa de que se me ocurriera fue de Luc —hizo una mueca—. Vale, decirlo en voz alta me hace parecer aún más tonta. Tengo voluntad. Estoy al mando de mi destino.

—Eres una mujer —dijo Jenny con sorna—. Lo sé porque te he oído rugir.

—Búrlate de mí todo lo que quieras, pero ese hombre hace que salga lo peor de mí —le contó lo de su cita con Axel—. Me siento fatal por haberlo utilizado así.

—Estoy de acuerdo en que no fue una actuación estclar por tu parte, pero ¿quieres saber qué creo que deberías hacer para quitártelo de la cabeza?

Tasha se encogió de hombros.

—Claro. Seguro que es mejor que cualquier cosa que se me ocurra a mí.

—Creo que deberías tirarte a Luc.

«¡Sí! ¡Sí!», gritó entusiasmado su cuerpo, pero su cerebro no estaba del todo frito, como ella temía, pues se quedó mirando pasmada a su amiga.

—Pues me había equivocado —dijo con sorna—. Eso es igual de idiota que lo que se me había ocurrido a mí. Por amor de Dios —añadió—, ¿es que has tropezado y te has dado un golpe en la cabeza?

—No. Piénsalo, Tasha. Has intentado evitar a Luc, ¿no?

Tasha asintió con la cabeza.

—Para lo que me ha servido... Es hermano de Jake y de Max y encima vivimos en el mismo edificio. Pero estoy intentando no pensar en él en las raras ocasiones en que no me veo obligada a estar a su lado.

–¿Y te está dando resultado?

Hizo una mueca.

–No.

–Mira, corazón, llevas años atascada. Desde tu viaje a las Bahamas, de hecho. Ya va siendo hora de que te muevas. Entre Luc y tú hay una química increíble, eso lo ve cualquiera que tenga ojos en la cara. He visto cómo te perseguía él y cómo lo evitabas tú desde que llegó al pueblo, y la verdad es que no pareces muy contenta tal y como están las cosas. En lugar de tu actitud de siempre, positiva y decidida, estás nerviosa y de mal humor. Y tú misma lo has dicho: lo que estás haciendo no da resultado. Además, ¿cuántas veces te he oído quejarte de que no te comes una rosca? Así que ¿por qué no probar con él? Tíratelo hasta que consigas dejar de estar obsesionada con él. Por lo menos ya sabes que es un as en la cama.

«Oh, sí que lo es». O por lo menos lo había sido.

Pero no quería que sus pensamientos fueran por ese camino, así que sacudió la cabeza para cortar las imágenes que habían empezado a aparecer como fogonazos en su pantalla mental.

–A ver si me aclaro –dijo lentamente–. ¿Me estás aconsejando que baile con el diablo?

–Pues sí, si así vuelve la Tash que yo conozco y a la que quiero.

Le daban tentaciones, no podía negarlo. Pero la cruda realidad era que, aun sabiendo que no tenía ningún futuro con Luc, solo habían hecho falta un par de besos para que empezara a fantasear como Nola Riordan. Y no pensaba comportarse como una descerebrada por ningún hombre.

Se puso en pie, irritada, y miró a Jenny.

–Sí, bueno, eso no puede ser. Ya confié en Luc Bradshaw una vez y mira lo que pasó. Tienes razón: he estado mucho tiempo hecha polvo. Así que estás loca si crees que voy a dejar que vuelva a destrozarme la vida.

Luego, sin saber qué hacer con la sensación de haber sido traicionada que notaba en el estómago, dio media vuelta y salió de casa de Jenny.

Jenny cruzó la puerta del Sand Dollar, enfrente de su casa, al otro lado del aparcamiento, y llamó a Jake. Sin esperar a que contestara, pues sabía que estaba haciendo las maletas para pasar seis días en los montes Ozark haciendo fotos para una revista, subió corriendo las escaleras hasta la primera planta.

–¡Estoy aquí! –respondió un instante antes de que ella irrumpiera en su dormitorio.

Jenny se detuvo en la puerta para recuperar el aliento. Luego afirmó categóricamente:

–Tú y yo vamos a juntar a Luc y Tasha.

–¿Qué? –Jake se quedó parado y la miró como si se hubiera vuelto loca. Luego entornó los ojos verdes y se puso muy serio. Desvió la mirada para guardar varias camisetas de seda en la maleta, se incorporó y fijó en ella toda su atención–. No vamos a meternos en su vida amorosa, ni lo sueñes.

–No me digas –replicó ella–. ¿Y desde cuándo me dices lo que puedo o no puedo hacer?

Él abrió la boca para decir algo y volvió a cerrarla. Soltó un soplido. Y sacudió la cabeza.

–Mierda. No vas a dar tu brazo a torcer en este asunto, ¿verdad?

—Bueno, la verdad es que me vendría bien tener un poco de ayuda en el hotel. Ya sabes que está a punto de empezar la Oktoberfest —asintió con la cabeza—. Sí, debería llamar a Luc y Tasha.

—Sí, estoy seguro de que ella en particular estará encantada de ayudarte —contestó Jake en tono neutro—. Como no tiene nada que hacer en la pizzería...

—Vale —dejó caer los hombros—. Tienes razón. Este año está teniendo mucho trabajo. Los dos primeros años el negocio bajó en picado después de agosto, pero este año no —sacudió la cabeza—. Maldita sea, no puedo pedírselo.

—Bueno, míralo por el lado bueno: así no le quitará el trabajo a Harper.

—Sí, muchas gracias, eres de gran ayuda —comentó ella desanimada. Con la emoción, no se había acordado de que ya le había pedido a Harper que la ayudara con la Oktoberfest—. Pero tienes que reconocer —añadió— que Tash necesita contratar a alguien más. Ahora tiene a Jeremy, pero, aun así, casi no puede tomarse ni un día libre.

—Sí, lo sé, cariño. Y entre los meses que lleva trabajando sin parar y que Luc está aquí, estoy seguro de que el estrés le está pasando factura —abrazó a Jenny, se dejó caer en el sillón de su cuarto y la acomodó sobre sus rodillas—. Pero lo tuyo no son las estratagemas de casamentera. Tú y Tash tenéis una de las amistades más estrechas que he visto nunca, y lo que más admiro de esa amistad es lo sinceras que sois la una con la otra.

Jenny se quedó mirándolo, impresionada por la verdad de sus palabras. Luego exhaló un largo suspiro.

—Maldita sea, Jake, odio equivocarme.

—¿Perdona? —se metió la punta de un dedo en la oreja y lo agitó. Al sacarlo, examinó la yema limpia—. Juraría que has dicho que te has equivocado. Pero eso es imposible.

—Muy gracioso —apoyó la cabeza en su pecho y dio otro suspiro—. Solo quiero que Tash sea tan feliz como yo, ¿sabes?

—Sí —acarició su pelo—. Pero tienes que dejar que ella decida cuándo dar el paso —bajó la barbilla para mirarla con expresión sombría—. ¿Te ha contado alguna vez con detalle lo que pasó esos días que estuvo en la cárcel?

—No, qué va, y yo nunca he insistido para que me lo cuente porque es evidente que fue un trauma para ella.

—Seguramente el que Luc haya aparecido de pronto en Razor Bay ha hecho aflorar todo aquello otra vez.

Jenny se sintió un poco mareada.

—Y yo no la estoy ayudando empujándola a que se acueste con él.

—No, no la estás ayudando —ladeó la cabeza y le sonrió—. Y, de todos modos, tu plan de emparejarlos no habría salido bien ni aunque estuvieran hechos el uno para el otro, como nosotros —le puso un mechón de pelo detrás de la oreja—. Piensa en cómo te habrías sentido tú si ella hubiera intentado tenderte una trampa para que estuvieras conmigo antes de que los dos estuviéramos preparados para dar ese paso.

—Le habría arrancado la piel a tiras —dio un resoplido—. Y ella es tan independiente como yo. Así que reconozco que he calculado mal. Me he equivocado. Aun así, ¿sabes qué te digo, tío listo? Que si yo mandara en el mundo, las cosas irían mucho mejor.

—Sí, desde luego —convino él—. No lo dudo ni un segundo.

Tasha iba que echaba humo cuando regresó al pueblo. Por suerte podía caminar por la pasarela con los ojos cerrados, porque estaba muy oscuro, las nubes tapaban la luna y empezaba a caer una fina llovizna.

Cuando llegó a la pizzería, no tuvo valor para subir al apartamento. Estaba tan enfadada que sabía que se subiría por las paredes, así que cruzó la calle hasta el puerto. «Cuando tengas dudas», decía siempre, «acércate al mar y mira los barcos». Bueno, en realidad nunca lo había dicho. Pero, aun así, era un buen plan.

El pantalán flotante del muelle principal osciló bajo sus pies cuando avanzó por su suelo de madera. Las embarcaciones atracadas en él se mecían suavemente con el oleaje, subiendo y bajando.

No podía creer que Jenny le hubiera dicho aquello. ¿Se había metido ella en su relación con Jake? No. Así que, ¿por qué demonios intentaba convencerla su amiga de que se embarcara en una relación sexual en la que no tenía ningún deseo de...?

«Das mucha importancia a la sinceridad, ¿verdad?».

«Sí».

Se paró en seco junto a la proa de un gran velero de madera.

—Mierda —susurró—. ¡Mierda, mierda, mierda!

No estaba enfadada con Jenny porque se hubiera entrometido. Estaba enfadada con ella porque había sentido la tentación casi irresistible de hacer exactamente lo que le había sugerido Jenny.

Pero no lo había hecho. Se había refrenado.

Creía firmemente en lo que le había dicho a Peyton. Pensaba que la sinceridad era el elemento más importante de una relación de pareja. Decir la verdad, aun a sabiendas de que mintiendo podría haber salido más fácilmente de muchas situaciones, había sido la piedra angular sobre la que había edificado su vida. Había demasiada gente que mentía. Como acerca de su madre, por ejemplo, o incluso de ella misma. La gente mentía constantemente.

Pero ella no.

O así, al menos, había sido siempre. Pero desde el momento en que había visto a Luc sentado a la mesa de Max, no había parado de mentir. Sobre cómo se sentía cuando él estaba cerca. Sobre el deseo que sentía como un fuego en la boca del estómago.

Y sabía lo que tenía que hacer para poner remedio a aquella situación.

Dio media vuelta y avanzó por el pantalán de regreso a la calle.

Capítulo 15

Luc estuvo tres cuartos de hora dando vueltas por su apartamento, hasta que por fin se dejó caer en el sofá. Apoyando los pies en la mesa baja, se quedó mirando la oscura niebla que se apretaba contra la puerta corredera. Era raro en él estar aburrido. Y tal vez lo que sentía en ese momento no fuera aburrimiento, aunque no supiera decir con exactitud qué era. Se sentía al mismo tiempo hastiado y nervioso y, aunque en parte estaba agotado, le costaba trabajo estarse quieto.

A pesar de todo, no encendió la tele ni fue en busca de uno de sus hermanos. Tomó el libro que había dejado a un lado anteriormente y confió en que esta vez consiguiera atrapar su atención. Sin embargo, cuando de pronto llamaron a la puerta del apartamento, lo dejó sobre la mesa baja sin pensarlo un segundo. Alegrándose de tener una distracción, se levantó y fue a abrir.

Tasha estaba al otro lado de la puerta y entró nada más abrir él. Tenía la piel un poco húmeda y el cabello rubio anaranjado aún más rizado que de costumbre. La sensación de hastío de Luc se disipó al instante. Cerró la puerta tras ella.

–¿Tienes algo de beber? –preguntó Tasha mientras se acomodaba en el sillón de mimbre, enfrente del sofá–. En el restaurante tengo toda clase de vinos, pero, claro, no se me ha ocurrido traerme ninguno hasta que he subido... y no me apetece volver a bajar.

–Tengo una cerveza o dos en la nevera.

–¿Nada más fuerte? –lo miró con fastidio–. Me vendría bien algo con un poco más de pegada. Gasoil para aviones, por ejemplo.

–Está bien, espera. Creo que tengo algo por aquí –se acercó a la cocina y sacó del estante de arriba de un armario una botella de bourbon Buffalo Trace. Sacó también dos vasos, lo puso todo en una bandeja y lo llevó a la zona de estar.

Tasha estaba dando golpecitos con el pie en el suelo, impaciente, pero se detuvo al verlo.

–Ah, qué bien –dijo, y dio unas palmaditas sobre la mesa baja, entre ella y el sofá.

–No tengo nada con qué mezclarlo –Luc puso la bandeja donde le indicaba–. Pero si quieres agua...

–Solo está bien.

Luc se preguntó qué le pasaba, pero se limitó a abrir la botella y a servir un dedo de licor en cada vaso. Ella le hizo seña de que llenara más el suyo y Luc añadió un par de dedos más. Tras devolver la botella a la bandeja, le pasó el vaso más lleno.

–¿Te importa decirme qué te ocurre?

Ella apuró el whisky de un trago, tosió y dejó el vaso vacío en la bandeja. Cuando levantó la mirada hacia él, sus ojos claros tenían una expresión sombría. Se quedó callada un momento. Luego, dando un suave suspiro, se recostó en el sillón y dijo algo en voz tan baja que Luc tuvo que inclinarse para oírla.

—¿Qué?

Tasha se aclaró la voz.

—La noche que me detuvieron —dijo un poco más fuerte—, esos policías me metieron en la parte de atrás de un coche y estuvieron conduciendo durante horas, o eso me pareció.

Luc se dejó caer en el sofá y se mantuvo alerta, con las rodillas separadas y las manos juntas entre ellas. Cada átomo de su ser estaba atento al rostro crispado de Tasha. Ella nunca le había contado con detalle lo sucedido esa noche, y el corazón le latía con violencia en el pecho. Había querido saber lo ocurrido desde el instante en que había descubierto que las cosas no habían sucedido como él imaginaba.

Sin embargo, una parte de él no quería saberlo.

—Eran tres —continuó ella—. En cierto momento, mientras estábamos en el coche, uno de ellos llamó al inspector Rolle, el que mandaba, a su móvil. No sé si tenía algo que ver con mi situación. Solo pude oír lo que decía el policía, y eran casi todo gruñidos y algún que otro «sí, señor» o «no, señor», pero tuve la sensación de que no le hacía ninguna gracia lo que le estaba diciendo Rolle, y poco después de colgar me llevaron a un pequeño edificio en medio de la nada. No se parecía a ninguna comisaría que yo hubiera visto, pero me tomaron las huellas dactilares, me hicieron fotos y algunos otros trámites policiales.

»Yo no paraba de decirles que habían cometido un error y de pedirles que me dejaran llamar a la embajada estadounidense, pero, aunque el inspector Rolle había respondido a mis preguntas mientras estábamos en el bungaló, de repente era como si allí nadie oyera mi voz, excepto yo. En aquel momento pensé que aquello estaba siendo lo peor de la noche, porque ¿cómo iba a salir del lío en el que me encontraba si ni siquiera me hablaban?

Se quedó mirando la mesa baja como si le fascinara. Luego añadió con un sarcasmo que a Luc le pareció forzado:

—Qué equivocada estaba. Porque cuando acabaron de ficharme o como se diga... —su voz se apagó, agarró la botella y bebió un trago directamente de ella.

Levantó el bajo de su camiseta para limpiar el cuello de la botella dejando al descubierto parte de su tripa y devolvió la botella a la bandeja. Por fin levantó los ojos, miró a Luc y dejó escapar un suspiro trémulo.

—Me llevaron a una habitación, me metieron dentro de un empujón y cerraron la puerta —su semblante se tiñó de horror mientras miraba fijamente a Luc. Se rodeó con los brazos y comenzó a mecerse suavemente en su asiento—. En realidad no era una habitación. Era más bien un armario, más o menos del tamaño del cuarto de baño de la caravana de mi madre. Y estaba tan oscuro... —se quedó con la mirada perdida—. ¿Por qué está tan oscuro? Nunca he visto una oscuridad tan negra y tan espesa. ¿No deberían habérseme acostumbrado ya los ojos?

Luc se puso tenso y sintió que se le erizaba el vello de los brazos al ver su mirada perdida. Intentó atropelladamente sacarla del trance en el que había caído. Pero antes de que se le ocurriera nada, ella dio un respingo.

—Ay, mierda, ¿qué es eso? —se le erizó la piel de los brazos y comenzó a dar manotazos al aire—. ¿Son telarañas? No veo... ¡Ay, Dios, se me están pegando! —comenzó a frotarse frenéticamente la cabeza, los brazos, el pecho.

Luc se levantó de un salto, pasó por encima de la mesa y la levantó de la silla. Dándose la vuelta, se dejó caer en el sillón de mimbre y la sentó sobre su regazo, estrechándola entre sus brazos. Entonces se dio cuenta de que tenía la ropa mojada y, echando la barbilla hacia atrás, vio que tenía pequeñas gotas de lluvia en el pelo.

—No pasa nada —dijo con voz baja y firme—. No estás allí. Estás a salvo —le frotó los brazos y luego acarició con firmeza sus mejillas, su nariz, sus labios, su barbilla con la esperanza de disipar aquellas telarañas recordadas. La miró, pero sus ojos grisáceos seguían estando inexpresivos, como si miraran hacia dentro en lugar de hacia fuera.

—¿Las tengo en el pelo? —preguntó acercándole la cabeza—. Odio las arañas. ¡Quítamelas del pelo! —gimió.

Luc frotó con las manos su hermosa melena.

—Shhh, cariño —susurró. Luego se replanteó su estrategia y añadió con voz enérgica—: No, olvídalo. ¡Despierta! Eso fue hace siete años, Tasha. Ahora no tienes bichos en el pelo.

El apartamento quedó en silencio un momento. Luego...

—Mierda —su voz sonó casi como siempre y de pronto se desplomó entre los brazos de Luc—. Ya lo sé —exhaló un suspiro—. Qué mierda. Estoy más loca que Norman Bates cuando tenía problemas con su madre. Pero, Dios, Luc, fue una experiencia tan horrible... —levantó los ojos y lo miró con fiereza—. No suelo revivir esto todos los días, ¿sabes? Lo superé hace mucho tiempo —se encogió de hombros un momento–. Pero de vez en cuando algo desencadena un recuerdo y es como si hubiera sido ayer, porque puedo revivirlo todo. Que en mi celda había un cubo que un hombre que nunca hablaba vaciaba una vez al día. Que dentro debía de haber cuarenta grados y que entre eso y el cubo olía como una pocilga. Y que yo no olía mucho mejor –levantó la vista y lo miró a los ojos–. Y no había solo arañas, también había otros bichos. Dios mío, odio acordarme de esos bichos. ¿Sabes cuántas variedades distintas hay en las Bahamas? –preguntó cansinamente–. Debe de haber cientos, si no miles, y te juro que por lo menos la mitad de ellos estaban en ese cuartucho, correteando a mi alrededor y... ¡Dios! Se me pone la piel de gallina solo de pensarlo.

»Pero lo peor de todo era no saber qué estaba ocurriendo –añadió–. Si me hubieran dicho que iba a pasar allí dos noches, habría sido espantoso, pero al menos saber que había un plazo concreto de horas lo habría hecho más llevadero. Pero no lo sabía, y me aterrorizaba pensar que tal vez estuviera allí en aquel agujero inmundo el resto de mi vida. Que podía morir allí dentro, chillando y arañándome la piel.

De pronto, como si se diera cuenta de dónde estaba, se apartó de él y se levantó. Miró a todas partes menos a Luc y, al ver aquella mirada desvalida y asustada, Luc sintió un escalofrío. Él también se levantó.

—Siempre vas a culparme por lo de esa noche, ¿verdad?

—¿Qué? –volvió a mirarlo y se irguió–. No. En realidad, eso es lo que he venido a decirte. He pensado que, para que entiendas por qué estaba tan enfadada contigo, tenías que saber lo que me había pasado. Y quería decirte cara a cara que te he perdonado.

—¿Sí?

Su escepticismo debía de ser evidente, porque Tasha hizo un gesto de impaciencia.

—Sí, ya sé. No es eso precisamente lo que da a entender mi actitud —se encogió de hombros—. No niego que en parte quería seguir culpándote. Quería seguir pensando que tú eras el responsable, incluso cuando me enteré de que lo de la droga que encontraron en el bungaló no era culpa tuya y de que creías que era yo quien te había dejado plantado. Porque nunca debieron detenerme y volver a verte me trajo demasiados recuerdos que creía haber dejado atrás. Supongo que pensé que, si podía cargarte a ti con la culpa, esos recuerdos serían de algún modo más soportables —lo miró muy seria y sacudió la cabeza suavemente—. Pero necesito dejar todo eso atrás. La rabia me está convirtiendo en alguien que ni siquiera reconozco, y no quiero ser así. Quiero ser la de siempre —se cuadró de hombros. Dio un suspiro—. Así que te absuelvo oficialmente, Luc Bradshaw —se puso colorada. De vergüenza, supuso él—. Y prometo portarme mejor contigo. De hecho... —de pronto se acercó a él, le rodeó el cuello con los brazos, se puso de puntillas y lo besó.

Luc comprendió racionalmente que aquella era su forma de tomar el mando de la situación después de mostrarse tan vulnerable ante él.

Pero a su cuerpo le importó un pimiento. Y por un momento se dejó llevar y disfrutó del placer de que por una vez fuera ella quien tomaba la iniciativa. La apretó contra sí, sintió el calor de su cuerpo y el impulso de llevarla a la cama estuvo a punto de adueñarse de él. Quería tumbarla y sentir de nuevo su energía, aquella entrega que nunca había podido olvidar.

Pero levantó de mala gana la cabeza, deslizó las manos por su espalda y le levantó los brazos. Los apartó de su cuello y dio un paso atrás.

—No tienes ni idea de lo difícil que es para mí decirte esto —dijo con voz ronca, y carraspeó—. Pero has bebido, Tash, y estás alterada, y no quiero darte un motivo más para odiarme por la mañana. Así que tengo que mandarte a casa.

Ella se encogió de hombros y dio un paso atrás.

—Tú te lo pierdes —dijo con frialdad.

—Ni que lo digas, nena. Y si alguna vez te apetece volver a intentarlo cuando estés sobria y despejada, aquí estaré.

—Lo tendré en cuenta —dio media vuelta y, un segundo después, Luc la vio cerrar la puerta.

Se acercó a la pared más cercana y comenzó a dar suaves cabezazos contra ella.

—Idiota —decía cada vez que se golpeaba—. Idiota, idiota, idiota.

El miércoles siguiente, durante el periodo de calma que precedía a la hora de la cena, Tasha subió corriendo a su apartamento a cambiarse de camiseta porque la que llevaba puesta se había manchado de tomate frito. Al entrar en el estrecho pasillo que recorría a lo largo el edificio, detrás de los apartamentos, vio enseguida un sobre de papel marrón apoyado contra su puerta. Un momento después se agachó para recogerlo y vio que estaba dirigido a Luc.

Se quedó mirándolo un momento. Oyó música en su estudio y no entendió por qué no le habían dejado el sobre en su puerta.

Pero al incorporarse sonrió.

El domingo por la noche había estado mucho menos ofuscada por el alcohol de lo que creía Luc, pero tenía que reconocer que su acercamiento a él, más que deberse a un deseo irrefrenable, había sido un intento de dejar de sentirse vulnerable. Así que sí, seguramente Luc había hecho bien al pararle los pies antes de que llegaran demasiado lejos.

¿Y acaso reconocerlo no era una muestra de madurez por su parte? Sonriendo, se llevó el sobre a su apartamento y lo dejó sobre la cómoda de su cuarto. Se quitó la camiseta manchada, entró en el cuarto de baño, la dejó en el lavabo y lo llenó de agua fría. Una semana antes, seguramente habría interpretado la actitud de Luc como un rechazo. Ahora, en cambio...

Sacó el teléfono del bolsillo de su delantal y marcó un número. La línea sonó tres veces antes de que alguien contestara alegremente al otro lado:

–Pizzería Bella T.

–Hola, Tiff, soy yo. Me ha surgido una cosa. ¿Creéis que podréis arreglároslas solos esta noche?

–Claro. De momento esto está muy tranquilo, y ya sabes que entre semana nunca hay mucho jaleo. Lo tenemos todo controlado.

–Gracias. Mañana te veo –colgó y llenó la bañera, añadiéndole un puñado de sales de baño.

Se dio un baño relajante, aunque no muy largo, y al quitar el tapón agarró la maquinilla de afeitar y se afeitó las axilas y las piernas mientras se vaciaba la bañera. Cuando salió, se secó con la toalla y se dio crema en todo el cuerpo. Tras lavarse los dientes, entró desnuda en su dormitorio, abrió el cajón de las braguitas y buscó su mejor lencería.

Tenía poco donde elegir, pero encontró un sujetador de color burdeos y unas braguitas a juego que rara vez se ponía porque, francamente, no le gustaban mucho los tangas y no sabía cómo se le había ocurrido comprarse aquel conjunto. Bueno, sí: era precioso, por eso se lo había comprado a pesar de saber que era incómodo. Y al menos no estaba viejo, como la mayoría de su ropa interior. En serio, tenía que ir de compras uno de esos días.

Para lo que tenía en mente en aquel momento, sin embargo, el tanga le venía de perlas. Y, de todos modos, no pensaba llevarlo puesto mucho tiempo.

Se puso unos vaqueros ceñidos y una camiseta azul marino que, aunque tenía ya varios años, le sentaba muy bien. Luego se quitó la goma del pelo, se deshizo la trenza y se pasó los dedos por la melena. Se recogió el pelo a la altura de la nuca y volvió a ponerse la goma, pero sin apretarla mucho. Dejó sueltos un par de mechones para tener un aire más informal, se puso un poco de brillo de labios de color frambuesa y se miró al espejo.

–Bastante bien –agarró el sobre de Luc, salió del apartamento, se acercó a su puerta y llamó.

Al ver que nadie respondía, se desanimó.

–Ay, por el amor de Dios.

Tantos preparativos para nada.

Entonces se abrió la puerta y Luc apareció al otro lado.

Tasha se irguió y le puso el sobre contra el pecho.

–Esto es tuyo. Lo han dejado en mi puerta.

Él agarró el sobre y lo miró.

–Gracias. Estaba esperándolo –levantó la mirada–. ¿Eso es todo?

–No. Estoy sobria, despejada y lista para intentarlo otra vez –afirmó, repitiendo lo que le había dicho él el domingo por la noche–. ¿Dijiste en serio que estabas dispuesto a seguir adelante si se daban esas condiciones?

–Pues claro que sí –contestó. Y, alargando el brazo, la agarró por la muñeca, la hizo entrar en su estudio y cerró de un portazo.

Capítulo 16

Tasha se halló de pronto dentro del estudio de Luc, pegada a la puerta y acorralada por su cuerpo grande, duro y viril. Él entrelazó los dedos de ambos y le sujetó las manos contra la puerta de madera, a ambos lados de la cabeza.

Tasha lo miró fijamente, intentando respirar. De pronto tenía la sensación de que sus pulmones ya no funcionaban. No tuvo tiempo de tomar aire antes de que Luc agachara la cabeza para besarla.

Y sabía besar, desde luego. Teniendo en cuenta que sentía su erección apretándose contra su tripa, Tasha esperaba que la besara con ansia, casi sin control. Pero se acercó a ella con la boca abierta y, cuando estaba a escasos centímetros de besarla, se apartó. Después repitió la misma operación otra vez, y otra.

Pero justo cuando ella estaba a punto de desasir sus muñecas para agarrarlo por la cabeza, sujetarlo y enseñarle cómo se besaba de verdad, él se inclinó y le dio un rápido mordisco en la boca. Tasha dio un respingo y él levantó la cabeza para mirarla a los ojos. Después se concentró en besarla, solo que lo hizo sin ninguna prisa, devorando su labio superior con parsimonia, minuciosamente. Tasha cerró los ojos, pero solo consiguió que el placer de sus besos se redoblara. Y dejó escapar un profundo y largo suspiro.

Él emitió un gruñido gutural y mordió con delicadeza el labio que mantenía cautivo. Lo rozó con los dientes, saboreándolo antes de soltarlo. Al exhalar, refrescó la piel que había dejado mojada, y utilizó la punta de la lengua para seguir el borde afilado de los dientes de Tasha. Luego, finalmente, deslizó la boca sobre la de ella y, pasando la lengua entre sus dientes, la entrelazó con la suya.

Tasha se tensó, se encrespó, se esponjó, y se revolvió intentando liberarse. Pero sus uñas arañaron en vano los nudillos de Luc, que la impedían desasirse.

–Métemela.

Luc se restregó contra ella un momento. Luego se detuvo.

–Todavía no.

–Sí, ahora –lamió su lengua con ansia.

Y la tensión que había ido creciendo entre ellos estalló por fin. Luc le soltó las muñecas, metió los dedos entre su pelo y abrió la boca para devorar la suya con ansia. Tasha le rodeó la cintura con los brazos y clavó los dedos en su espalda. Se puso de puntillas, rodeando su cadera con una pierna, lo atrajo hacia sí. Luc apartó la boca y, bajando las manos, la agarró por el trasero y la levantó en vilo.

Tasha se asió a sus hombros. Levantó la otra pierna y cruzó los tobillos detrás de su espalda, basculando la pelvis para que la costura de sus vaqueros quedara alineada con la cremallera de los Levis de Luc.

Sosteniéndose la mirada, se quedaron inmóviles.

Luego Luc comenzó a mover las caderas. Al sentir su erección frotándose contra ella por entre las capas de ropa, Tasha echó la cabeza hacia atrás y se golpeó con la puerta. Maldiciendo en voz baja, Luc se apartó de la puerta. Ella dio un gritito al notar que el apoyo que sostenía su espalda desaparecía. Aferrándose a él, abrió los ojos sobresaltada y descubrió que la estaba mirando.

–Tenemos que hacer esto bien. No quiero que sea un aquí te pillo, aquí te mato, follar contra la puerta y adiós muy buenas –dijo él con voz ronca.

Y sosteniéndola todavía en vilo se dirigió al entrante del fondo de la habitación que compartía pared con el apartamento de Tasha. Cada vez que daba un paso, su erección presionaba el sexo de Tasha, haciéndole proferir un involuntario gemido de placer. Él bajó la mirada y ella sonrió dócilmente.

–Tómate tu tiempo. Por mí no tengas prisa.

–Has gemido.

–Puede ser.

–No, nena, eso ha sido un gemido clarísimo. Un gemido sexual.

–Sí, bueno, este es... un modo de locomoción muy interesante.

–¿Sí? –le lanzó una sonrisa–. ¿Quieres que siga dando vueltas por el estudio? ¿A ver si te sirve con eso?

–No –pero meneó las caderas y se restregó un poco contra él para demostrarle lo mucho que le gustaba aquella postura–. Te agradezco el ofrecimiento, pero prefiero que nos desnudemos.

–Ay, Dios –apretó el paso.

Un momento después la depositó suavemente sobre

la cama y se tumbó. Poniéndose a horcajadas sobre ella, le levantó la camiseta. Tasha se encorvó ligeramente y levantó los brazos para que pudiera quitársela. Él la tiró a un lado y luego la miró un momento en sujetador y vaqueros, fascinado al parecer por cómo se movían sus pechos cuando volvió a tumbarse. Un momento después acercó las manos y los tocó siguiendo el contorno del sujetador desde el tirante hasta la copa. Por fin apartó la mirada, esbozó una sonrisa remolona y se inclinó hacia delante para besarle el canalillo.

–Muy bonito –murmuró al incorporarse.

No se refería al sujetador. Ella se aclaró la voz.

–Ahora me toca a mí –metió las manos por debajo de su camiseta ultrasuave de color gris oscuro y deslizó hacia arriba las manos por su piel caliente, sintiendo fascinada el abultamiento de sus abdominales–. Quítate la camiseta.

Él echó un brazo hacia atrás, agarró la tela, se sacó la camiseta por la cabeza y la tiró al suelo. Tasha tragó saliva al ver toda aquella piel dorada y tensa sobre sus músculos y sus tendones. Había conservado el recuerdo exacto de lo bello que era su cuerpo, pero había procurado arrumbar aquel recuerdo en un rincón muy oscuro de su mente. Nunca lo había olvidado en realidad, por más que se hubiera ocultado a sí misma aquellos recuerdos. Sus hombros, sus abdominales, sus piernas, todo en él componía el tipo de cuerpo que más le gustaba en un hombre. Un cuerpo fornido, pero no excesivamente musculoso. Y el vello negro que cubría su pecho y que iba disminuyendo como una flecha por su torso hasta desaparecer bajo la cinturilla de sus pantalones era como la rodajita de limón de un combinado delicioso.

Se incorporó un poco para desabrochar el botón

metálico de sus Levis y le bajó despacio la cremallera. Luego se encorvó para depositar un beso en el hueco que había abierto y le oyó inhalar bruscamente. Levantó la vista al meter la mano en su bragueta abierta.

–Ah, no, no –gruñó Luc cuando rozó con los dedos su larga verga–. Me toca otra vez a mí –le sacó la mano de sus pantalones, se inclinó y, tras quitarle los zapatos, le desabrochó los vaqueros y le bajó la cremallera. Luego miró sus pantalones con atención y frunció las cejas–. Vaya –masculló–, sí que son estrechos.

Ella le lanzó una sonrisa y levantó las caderas para bajárselos.

–Agarra por los bajos y tira.

Luc se puso en pie y tiró de ella por los tobillos, arrastrándola hasta el borde de la cama. Luego agarró el bajo de sus perneras y le quitó los pantalones tan vigorosamente que ella tuvo que agarrarse a la cama para no caerse. Acabó tumbada de lado, mirando en dirección contraria.

Luc se quedó parado.

–Uf –dijo admirado–. Qué bragas tan bonitas –un segundo después la tumbó boca abajo, se puso de rodillas detrás de ella y tiró de ella para que alzara el culo. Se sentó sobre los talones y Tasha cerró los puños sobre la colcha al sentir su aliento cálido sobre su piel desnuda y el encaje húmedo de entre sus piernas.

Luc mordió su nalga izquierda y la lamió suavemente. Tasha sintió una punzada de placer directamente en la vagina. Juntó los muslos, tensándolos, y lo miró por encima del hombro.

–Disfrútalas mientras puedas –logró decir–, porque no suelo ponerme tangas. Me gustan más los *shorts* de hombre.

–Entonces tendré que aprovechar la ocasión, ¿no? –poniéndose de rodillas, metió un muslo entre los suyos y le separó las piernas.

Tasha sintió como deslizaba los dedos por debajo del tanga, en la raja de sus nalgas, y como acariciaba el encaje con el pulgar.

–Porque es una vista muy bonita –añadió él.

Dejando escapar un sonido de admiración, deslizó la mano arriba y abajo por el tanga, rozando con los nudillos su culo y tensando la tira de la braguita de modo que rozaba su sexo cada vez más mojado. Tasha comenzó a jadear.

–Me alegro de que te guste –dijo con voz ahogada.

–Me encanta –pasó la mano libre por la curva de su culo, luego la metió entre sus piernas y pasó dos dedos por la raja húmeda y cubierta de encaje, hasta tocar con las yemas de los dedos su clítoris erecto. Separó los dedos a ambos lados de él y los cerró como si fueran una tijera.

Tasha dejó escapar un gritito agudo y se apretó contra él.

–Dios... Ssssí.

–Maldita sea –jadeó él–. Es exactamente como recordaba.

–¿Umm? –se giró para mirarlo, pero no pudo concentrarse–. ¿Qué... recordabas? –se le cerraron los ojos y se frotó contra sus dedos.

–Lo mucho que te gusta el sexo y lo generosa y abierta que eres. He fantaseado con ello más de una vez.

–¿Sí? –entreabrió un ojo para mirarlo. Podría haberle dicho que era por él: que era con él con quien el sexo le parecía delicioso y natural. Pero la idea de decir algo así en voz alta la hizo sentirse tímida de repente, así que le lanzó una sonrisa traviesa–. ¿Te masturbabas pensando en mí?

Él sonrió con sorna.

–Ya te lo he dicho: más de una vez.

–Qué bien –se apartó a regañadientes de sus caricias, se acercó al cabecero de la cama y se volvió para mirarlo–. Enséñamelo.

–No voy a hacerme una paja. Quiero hacerte el amor.

–Eso también me vale –miró su erección, que se apretaba contra la abertura de los calzoncillos grises–. Pero deberías quitarte los pantalones. No veo cómo vamos a hacer nada mientras sigas llevándolos puestos.

–Tienes razón –metió los dedos bajo la cinturilla de los calzoncillos y se los bajó al mismo tiempo que los vaqueros, hasta las rodillas.

Tasha apenas le había echado un vistazo cuando él apoyó las manos en la cama y estiró las piernas para acabar de quitarse las dos prendas. Volvió a subir las piernas al colchón y se acercó a ella caminando de rodillas. Mientras lo miraba, Tasha tragó saliva. Estaba buenísimo, y ella se moría de ganas de tocarlo. Sobre todo de tocar aquella...

Antes de que pudiera moverse, Luc le tendió los brazos.

–Vamos a desnudarte a ti también.

Tasha se desabrochó el sujetador mientras él le bajaba las bragas y las tiraba al suelo. Una vez desnudos los dos, se miraron el uno al otro. Y sonrieron, encantados. Luc se tumbó encima de ella, apoyó las manos a ambos lados de sus hombros, se incorporó un poco y al mismo tiempo pasó su erección por el húmedo surco de su sexo. Los dos jadearon bruscamente. Luego, moviendo suavemente las caderas, agachó la cabeza y la besó en el cuello.

–Me acuerdo de esta piel –murmuró mientras la besaba con la boca abierta hasta el cuello–. Me acuerdo de cómo olías.

–¿A sudor? –preguntó ella con sorna.

–Dulce y sabrosa –jadeó–. Rica.

–Yo me acuerdo de lo fácil que era estar contigo –y no estaba segura de que debiera alegrarle estar experimentando de nuevo aquella sensación de facilidad. Nunca había sentido con nadie lo que había sentido con Luc, y quizá debiera desconfiar. A fin de cuentas, la vez anterior había acabado siendo un desastre.

Pero antes de que pudiera empezar a obsesionarse con esa idea, Luc se movió un poco y su glande chocó con su clítoris al final de una ligera pasada. Un gemido agudo escapó de su garganta. Él comenzó a deslizarse hacia abajo por su cuerpo. Besó sus clavículas y sus pechos, acercándose al pezón pero sin tocarlo.

–Vamos –Tasha se apoyó en los codos y se apretó contra su boca–. Ya basta de provocar. No estoy de humor.

Él sonrió junto a uno de sus pechos y abrió la boca sobre el pezón para lamerlo y mordisquearlo mientras la miraba fijamente con sus ojos marrones, casi negros.

–Diossss –se le aflojaron los codos y, rodeando su cabeza con los brazos, lo sujetó al tiempo que echaba la cabeza hacia atrás sobre la almohada.

Después, sin embargo, mientras él seguía lamiéndola, sintió la necesidad de ver lo que estaba haciendo y bajó la cabeza para mirarlo. No podía verle los ojos. Los tenía bajos y entornados, pero vio como se encogían sus mejillas cuando chupaba y sintió que una corriente eléctrica unía su pezón con el calor húmedo y vibrante de entre sus piernas. Parecía que todos los caminos conducían allí, y comenzó a mover las caderas contra el colchón.

—Vamos —jadeó—. Métemela ya, ya, ya.

Él soltó su pezón y masculló:

—Espera —movió la mano por su torso con clara intención, y ella intentó que no alcanzara su objetivo.

—No, por favor. Quiero...

Pero sus largos y cálidos dedos se deslizaron por su sexo y dos de ellos se hundieron en su calor. Sus yemas ásperas frotaron el lugar indicado dentro de ella y su pulgar acarició en círculos su clítoris. Tasha se deshizo de placer, jadeando y arqueando las caderas mientras sus músculos interiores se cerraban y se abrían en torno a sus dedos, una y otra vez.

Cuando el último latido frenético de su orgasmo se disipó por fin, quedó tendida contra el cabecero de la cama. Y sacudió la cabeza.

—Nooooo —jadeó—. No, no, no, y no.

—¿Qué? —él sacó los dedos pero los dejó sobre su sexo, arrugando el ceño—. ¿Te molesta haberte corrido?

—Pues sí —le pasó un brazo por el cuello y tiró de él de modo que su barbilla quedara apoyada en la curva de su cuello—. Bueno, haberme corrido no, pero sí cómo me he corrido —soltó una risa áspera—. Sí, ya sé que soy una desagradecida. Pero es que... quería correrme contigo dentro.

Sintió su sonrisa junto a su garganta.

—Eso puede arreglarse —dijo Luc, y se tumbó por completo sobre ella.

—Para el carro —le empujó por el hombro—. A pelo, no.

—Ah. Sí. No te vayas —se acercó a un extremo de la cama y se estiró para alcanzar sus pantalones. Agarró su cartera y sacó de dentro un preservativo que parecía muy viejo.

Ella miró con aire dudoso el envoltorio.

—¿Cuánto tiempo lleva eso ahí?

Luc miró el preservativo con recelo y contó de memoria.

—Bastante tiempo —la miró—. Imagino que no tomas la píldora —añadió esperanzado—. Los médicos de la DEA me hicieron una revisión completa cuando salí de Colombia y desde entonces no he estado con nadie que pueda suponer un peligro.

—Sí, tomo la píldora —contestó ella—. Pero es un poco pronto para esperar que confíe en ti hasta ese punto. Por suerte para ti, he venido preparada —salió de la cama y se acercó adonde había dejado sus pantalones. Rebuscó en un bolsillo y regresó con varios preservativos—. Estos por lo menos parecen fabricados este milenio.

—Oye, que estos los compré este año —se encogió de hombros—. Es solo que donde he estado no he tenido muchas ocasiones de usarlos.

Tasha se puso de rodillas y se colocó a horcajadas sobre él, apoyando el culo en sus muslos.

—Pues parece que tu suerte está a punto de cambiar —le dio uno de los profilácticos—. Ten, póntelo.

Luc lo hizo a tientas, como si no pudiera apartar los ojos de ella. Su pelo rubio cobrizo formaba un halo revuelto alrededor de su cabeza, tenía las mejillas coloradas y los ojos brumosos.

–Eres tan bonita... Lo sabes, ¿verdad?

–Bueno –le lanzó una sonrisa deslumbrante–, sigue hablando así y quizá llegues a tirar a puerta.

–¿Solo a tirar? –levantó los brazos, puso las manos bajo sus pechos y los movió ligeramente para verlos estremecerse–. Yo esperaba marcar un gol –pasó los pulgares por sus pezones y vio cómo se endurecían. Lo hizo otra vez y ella se removió encima de él.

–Es una posibilidad, desde luego.

Luc apretó suavemente sus pezones. Ella entornó los ojos y se deslizó hacia delante, hacia su polla. Sujetándola entre las piernas, frotó su dulce raja contra su verga, arriba y abajo. Luego, cerrando los ojos, se lamió los labios, sujetó su pene con una mano y se alzó para colocarse encima de él.

Después se deslizó hacia abajo.

Al ver como su pene desaparecía dentro de ella y sentir su calor abrasador como el de un horno, Luc levantó las caderas de la cama para penetrarla hasta más adentro. Tasha se irguió un poco sobre sus rodillas y apoyó las manos sobre su pecho al tiempo que él la agarraba de las caderas.

–No creía que pudiera estar lista otra vez tan pronto, pero lo estoy –dijo ella. Acercó una mano a uno de sus pechos y lo apretó, separó los dedos y los cerró apresando el pezón entre ellos. Tiró de él mientras subía y bajaba las caderas. Y miró a Luc con sus ojos soñolientos–. Por eso quería correrme contigo dentro –jadeó–. Porque me acordaba... Me acordaba de lo dulce que era –meneó las caderas.

Dios, él también se acordaba. Pero en ese momento se sentía a punto de correrse y, si se ponía a recordar, no podría controlarse. Clavó los dedos en las caderas de Tasha para impedir que se moviera demasiado.

—¿Crees en los orgasmos simultáneos? —preguntó entre dientes.

—No especialmente. Por lo menos, yo nunca he tenido uno. ¿Tú sí?

—No. Pero si hicieras el favor de correrte ya —la miró—, yo estoy listo.

—¿Sí? —lo miró inquisitivamente—. Pues no sé... Creo que a lo mejor tardo un poco. Como gracias a ti se me ha pasado el ansia... —se rio—. Seguro que ahora te arrepientes de no haberme hecho caso y haberte corrido antes.

Luc perdió el control un momento y la penetró con fuerza una vez, dos, tres veces antes de volver a dominarse. Pero por los pelos.

—O podría dejarte a dos velas.

Tasha hizo que se pusiera bizco cuando tensó los músculos alrededor de su verga. Le dio unas palmaditas en el pecho.

—Adelante, no tienes que esperarme.

—¡Maldita sea, Tash, vamos! —luego sacudió la cabeza—. Lo siento, perdona —dijo en un tono más razonable—. Gritarte seguramente no es la mejor manera de ponerte de humor —la agarró de la nuca con una mano y tiró de ella para besarla—. Lo siento —repitió cuando la soltó para tomar aire—. Llevo tanto tiempo pensando en esto que estoy perdiendo el control. Desliza las piernas así —la ayudó a estirarlas y a rodearle las caderas con ellas—. Sí, así, así estás perfecta —y estirando el cuello comenzó a chuparle los pezones.

Tasha empezó a jadear y a retorcerse encima de él.

–Más adentro. Por favor. Te necesito más adentro.

Esa era la pega de aquella postura: que no podía penetrarla tan profundamente como en otras. Pero hizo lo que pudo.

Ella se inclinó hacia atrás y apoyó las manos en la colcha, a su espalda. Aquella postura hizo que su pezón se le saliera de la boca a Luc, pero dejó sus sexos perfectamente alineados.

–Ay, Dios, eso es –jadeó mientras se restregaba contra él–. Así, así, así.

«¡Sí! Gracias, Dios mío». Luc intentaba aguantarse con todas sus fuerzas, pero temía no poder conseguirlo. Pero al oírla jadear de aquella manera, acercó el índice y el pulgar a su sexo, pellizcó su clítoris y comenzó a acariciarlo en círculo, suavemente.

Y sintió que su boca se distendía en una sonrisa feroz cuando aquella caricia precipitó a Tasha hacia el abismo. Sus músculos interiores se volvieron locos alrededor de su pene.

Dejándose ir, Luc la apretó contra sí y empujó con fuerza hacia arriba, penetrándola hasta el fondo. Y por fin se corrió.

Y se corrió.

Y se corrió.

Hasta que cayó de espaldas, arrastrando a Tasha consigo. La rodeó con los brazos mientras ella estiraba las piernas y se acomodaba sobre él, y sintió que su corazón comenzaba a calmarse. Y que algo muy en el fondo de su ser parecía cambiar.

Intentó decirse que aquello era simple sexo, como el que había tenido con muchas otras mujeres. Pero no se lo creyó. Al hundir la nariz entre el pelo fragante de

Tasha y acariciar su cuerpo esbelto, sintió un desasosiego repentino. Le habría gustado equivocarse.

Pero temía muy mucho que Tasha hubiera acabado de dar un vuelco a su vida.

Un vuelco irreparable.

Capítulo 17

A la mañana siguiente, cuando se despertó, Luc se encontró abrazando a Tasha. Su cuerpo era cálido y suave, y al recordar los pensamientos que había tenido antes de quedarse dormido esa noche, rebuscó dentro de sí con la esperanza de volver a ser el lobo solitario que no se comprometía con nadie.

Pero no fue así.

Naturalmente, también había esperado despertarse solo como hacía siempre. Y las cosas tampoco habían salido como esperaba en ese aspecto. Normalmente después de acostarse con una mujer se marchaba tras esperar un rato prudencial para no herir los sentimientos de nadie. O, en casos como aquel, cuando la chica iba a su casa...

Bueno, en realidad nunca se había dado el caso desde que trabajaba para la DEA. Pero, si se hubiera dado, habría intentado que la chica en cuestión se marchara mucho antes de que amaneciera.

Y sin embargo allí estaba acurrucando a Tasha al estilo cuchara. El lindo trasero de ella se apoyaba firmemente contra su erección matutina mientras yacía entre sus brazos, y era delicioso tenerla allí. No podía engañarse: igual que esa noche, seguía sintiendo que su vida había dado un vuelco. Se sentía... feliz.

Y eso lo ponía nervioso.

Porque no era propio de él. ¿Por qué no era el de siempre, por qué no estaba deseando volver a su vida llena de acción electrizante, a su trabajo reventando cárteles de narcotráfico? Estaba claro que, en cuanto un agente se comprometía con una mujer, podía despedirse de todo eso. Aquella no era vida para un padre de familia.

Pero Tasha tenía algo especial. Lo había sentido siete años antes, y lo sentía ahora. Poseía un extraño poder para...

–¿Tienes remordimientos? –preguntó ella con voz ronca, y levantó una mano para frotarse los ojos. Luego metió los dedos entre su pelo y se lo echó hacia atrás–. Huelo a circuitos quemados.

–No –contestó él. Estaba un poco asustado, quizá. Pero por lo demás se sentía sorprendentemente bien. Le apartó el pelo del hombro y, apoyándose en el codo, agachó la cabeza para besarle el cuello–. Puede que le esté dando vueltas, pero no me arrepiento de nada.

Y la tumbó de espaldas para demostrarle lo feliz que se sentía de verla por la mañana.

Hacía dos horas que se había marchado Tasha cuando Luc se acordó del sobre que le había llevado la noche anterior. Fue a buscarlo, pero no lo encontró enseguida. Luego vio una esquina del sobre marrón asomando debajo de uno de los sillones de mimbre.

Dios. Ni siquiera recordaba haberlo soltado. Pero no solo lo había soltado, sino que parecía haberlo tirado contra el suelo con fuerza antes de abrazar a Tasha contra la puerta. Esbozó una sonrisa al recordar. Luego, sacudiendo la cabeza para espabilarse, rasgó el sobre y se sentó en el sofá a leer.

Volvió a levantarse bruscamente unos minutos después.

—¡Malnacido!

Se sacó el móvil del bolsillo y marcó un número. Contestaron a su llamada al segundo pitido.

—Despacho del agente especial Paulson.

—Jackie —le dijo con aspereza a la asistente de su jefe—, soy Luc Bradshaw. Pásame con Paulson.

—Lo siento, agente Bradshaw —respondió ella, sinceramente contrariada por no poder hacer lo que le pedía. Pero añadió con firmeza—: Sigue de vacaciones.

—Entonces dame su número. Esto no puede esperar.

—Le pido disculpas otra vez, pero eso tampoco puedo hacerlo.

Luc se puso a maldecir. Luego se dio cuenta de con quién estaba hablando.

—Perdona, Jackie, no quería desahogarme contigo —dijo, y añadió con voz sedosa—: He recibido el informe que me enviaste, cielo. Pero al leerlo he visto que dice que la noche en cuestión el agente Paulson tuvo conocimiento de que la policía de las Bahamas había detenido a Ta... a la señorita Riordan.

—No sabría decirle, señor.

¿Señor? Salvo quizá el primer día que se habían conocido, Luc no recordaba que le hubiera llamado nunca «señor». Y Jackie estaba al corriente de todo lo que pasaba por el despacho de Paulson. Lo que ella no sabía, sencillamente no merecía la pena saberse. Luc abandonó toda pretensión de amabilidad.

–¿No sabes o no quieres?

Ella dudó un momento. Luego contestó apesadumbrada:

–No quiero.

–Joder. Entonces es cierto. Paulson dejó que Tasha se pudriera en esa cárcel por algo que no había hecho, y luego me mintió adrede.

–Lo siento...

–Sí, yo también –la cortó y añadió con aspereza–: Sé que sabes cómo ponerte en contacto con él. Dile que espero que me llame lo antes posible.

Puso fin a la llamada y soltó un bufido de frustración al dejar el teléfono sobre el sofá. Clavó los codos en las rodillas y apoyó la cabeza en las manos.

–Joder.

Estaba todo en el informe que había leído, escrito allí, en blanco y negro. Pero no había querido creerlo. Maldición, esa noche había abandonado a Tasha en las Bahamas, había renunciado a los únicos días de vacaciones que había tenido en un año. Y, lo que era peor aún, había renunciado a la única mujer que lo había fascinado, y todo porque Paulson lo había llamado. Se había marchado sin mirar atrás... y aquel tipo le había mentido a la cara.

Al echar la vista atrás se dio cuenta de que no había sido la primera vez. Bueno, tal vez no le hubiera mentido, aunque, si lo había hecho una vez, ¿quién sabía cuántas veces más podía haberle mentido? Pero había perdido la cuenta de las veces en que Paulson había insistido en que debía encargarse de una misión porque solo él podía hacerla. Por culpa de ello había disfrutado de muy poco tiempo para dedicarlo a su vida personal, y ni siquiera había podido pasar un poco de tiempo con su padre antes de que muriera.

De pronto comenzó a sospechar de todas sus misiones. Más valía que su jefe lo llamara pronto si esperaba que siguiera trabajando para él.

Porque estaba a un paso de tirar la toalla.

—Ni siquiera intentes dármela con queso —le aconsejó Jenny tajantemente en cuanto se alejó la camarera que había interrumpido el relato abreviado de Tasha acerca de su encuentro con Luc la noche anterior—. No vas a conseguir que me crea que es solo sexo.

—No veo por qué no —repuso Tash tomando su cerveza—. Eso es lo que es —acalló la vocecilla que murmuraba dentro de su cabeza «¡Mentirosa! ¡Mentirosa!».

Estaba claro que Jenny podía leerle el pensamiento. Su amiga le lanzó una mirada que parecía decir «no me vengas con chorradas» y añadió con sorna:

—No mires ahora, pero se te están quemando las bragas —dio una palmada sobre la mesa y Tasha dio un respingo—. Pero por si acaso he entendido mal, permíteme aclarar una cosa. Te has tirado al único tío que de verdad te ha puesto a mil en toda tu vida. Te niegas a darme detalles sobre vuestro encuentro sexual, pero reconoces que te ha dejado noqueada. ¿Y sin embargo crees que es solo porque tenéis buena química? ¿Que los sentimientos no tienen nada que ver?

—Bueno, claro que tienen que ver —«quizá demasiado», pensó para sus adentros, pero ahuyentó aquella idea–. Me gusta Luc, obviamente, o no me habría acostado con él –tocó la mano de su mejor amiga sobre la mesa–. Pero tú me conoces desde que éramos adolescentes, Jen. Ya sabes lo que pienso del amor.

Jenny apartó la mano y agarró su jarra de cerveza.

–¿Y mi experiencia y la de Harper no han hecho que cambies de opinión ni un poquito estos últimos meses? Porque... ¿qué pasa? ¿Es que crees que las dos nos estamos engañando? ¿O que tú sabes mejor que nosotras lo que sentimos?

Tasha odiaba sentir aquella extraña frialdad en el tono de su amiga. Pero no pensaba permitir que la obligara a decir lo que no estaba preparada para decir solo porque Jenny quisiera.

–¿Crees que podrías rebajar un poco el melodrama? No estoy ciega, Jenny. Sé que eso del Amor Verdadero funciona en el caso de Harper y en el tuyo. Pero eso no significa que a mí tenga que pasarme lo mismo. Aunque quisiera ver lo mío con Luc como un amor profundo y duradero, soy una Riordan. Fíjate en mi madre, por amor de Dios. ¿Recuerdas que alguna vez haya tenido algún novio del que no haya pensado inmediatamente que era el amor de su vida?

–No, tienes razón. Y es una lástima que tú precisamente te empeñes tanto en seguir sus pasos. Tienes que dar un paso atrás y olvidarte de ese empeño en perseguir el amor. Eso por no hablar de tu manía de enrollarte con un *pringao* tras otro. No es sano.

–¿Qué? –se quedó mirándola pasmada, como si de pronto estuviera hablándole en chino mandarín–. ¿Se puede saber de qué estás hablando? Yo nunca he...

–No, tú nunca has hecho eso –repuso Jenny enérgicamente–. Es tu madre la que lo ha hecho. Tu madre, Tash, no tú. Y convendría que te lo pensaras bien antes de tirar por la borda algo que podría ser muy bueno para ti.

Tasha parpadeó. Aquella manera de mirarlo era radicalmente distinta a la perspectiva que solía adoptar. Siempre se había esforzado por alejarse todo lo posible del modo de actuar de su madre. Pero tal vez Jenny tuviera razón. Tal vez lo que debía temer no era equivocarse. Quizá lo que de verdad le preocupaba era entregar su corazón sin reserva alguna. No saber poner límites.

–Está bien –dijo asintiendo con la cabeza–. Me lo pensaré –miró a su amiga a los ojos–. Me lo pensaré en serio. Hasta estoy dispuesta a reconocer que tal vez mis sentimientos hacia Luc sean más intensos de lo que me parece recomendable.

–¿Recomendable? –repitió Jenny–. Qué palabra tan rara.

–¿Tú crees? Porque imagina que de verdad me vuelvo loca y me enamoro, lo que parece ser tu objetivo. ¿Entonces qué, Jenny? ¿De verdad crees que para mí habrá un final feliz? Eres consciente de que Luc es un agente secreto de la DEA, ¿verdad?

Su amiga asintió con la cabeza.

–Eso significa que tarde o temprano va a marcharse, y que no sabré dónde está ni si corre peligro, ni cuánto tiempo estará fuera... si es que vuelve, claro.

«Dios mío, chica, cállate, cállate, cállate». Pero no parecía capaz de cerrar la boca. Estaba claro que había pensado en ello más de lo que creía y ahora tenía la necesidad de desahogarse.

–No estoy dispuesta a jugarme el corazón en esas circunstancias. Tú me conoces, Jen: no sería capaz de vivir con esa incertidumbre –dio un suspiro lastimero–. Así que deja que disfrute de esto mientras dure –miró fijamente a los ojos de su amiga–. ¿Puedes hacerlo por mí, por favor?

Se le saltaron las lágrimas, para su horror, y se las limpió con rabia.

–Ay, Tash, qué mierda –Jenny estiró el brazo y le agarró la mano–. Lo siento. No tengo derecho a decirte lo que tienes que hacer con tu vida amorosa. Y tienes razón: su trabajo es un obstáculo. Un obstáculo enorme, y yo ni siquiera me he parado a pensarlo.

Antes de que Tasha pudiera responder, una voz masculina dijo desde allí cerca:

–¡Vaya, mirad quién está aquí!

Levantó la vista y vio a los tres hermanos Bradshaw avanzando entre las mesas. Estaban todavía a unos metros de distancia, pero era evidente que se dirigían hacia su mesa. Tasha les lanzó una sonrisa forzada y miró a Jenny, que se encogió de hombros mientras intentaba mirar hacia atrás.

–Los Bradshaw –murmuró, y se señaló la cara con los dedos–. ¿Estoy bien?

–Sí. Solo tienes un poco corrido el rímel por aquí –Jenny tocó un punto debajo de su ojo.

Tasha se lo limpió y enarcó las cejas inquisitivamente.

–Ya está –Jenny se volvió para mirar a los hombres y se le iluminó la cara–. ¡Jake! –se levantó y se arrojó en sus brazos–. ¡No te esperaba hasta el sábado por la noche!

–Sí, pero ya sabes lo eficiente que soy –sonrió y le dio un beso apasionado. Cuando se separó de ella para tomar aire, le puso un mechón de pelo detrás de la oreja–. He llamado al hotel para avisarte de que había llegado y Abby me ha dicho que estabas aquí.

–¿Y lo primero que se te ha ocurrido ha sido llamar para quedar con tus hermanos? –Jenny arrugó el ceño–. Está claro que no me has echado mucho de menos en los montes Ozark.

–Aunque me gustaría dejar que siguieras apretándole las tuercas a Jake –terció Max antes de que su hermano pudiera responder–, la verdad es que ha sido casualidad. Luc me ha llamado desde su terraza cuando estaba en la calle Harbor pensando en tomarme un descanso antes de volver a mi mesa para ocuparme de un montón de papeleo, y luego tu chico ha estado a punto de atropellarnos cuando ha llegado al aparcamiento –se encogió de hombros–. Está claro que somos hermanos, porque tenemos un don innato para coincidir.

–Sí –convino Luc–. Las grandes mentes piensan de manera parecida –miró a Tasha–. Hola –dijo con suavidad.

El corazón de Tasha, que había empezado a latir con violencia nada más verlo, se calmó un poco al ver la cálida mirada de sus ojos casi negros. Era asombroso que aquel hombre pudiera ser al mismo tiempo lo más excitante y lo más perturbador de su vida.

–Hola –contestó atropelladamente, y apartó la mirada con esfuerzo para fijarla en Max–. ¿Por qué no te llevas el papeleo a casa? –preguntó.

–Porque no tiene sentido. Harper va a pasar la tarde echando una mano en Cedar Village, así que he pensado tomarme una hamburguesa aquí y aprovechar para ponerme al día con todo el trabajo que tengo acumulado. Déjame sitio –ordenó.

Tasha se apartó y Max se dejó caer en el asiento, a su lado.

«Vaya por Dios». Luc se pensó unos segundos si podría echar al grandullón de su hermano del asiento para sentarse al lado de Tasha. Luego se encogió de hombros y se sentó frente a ella.

Y se animó cuando Tasha le dedicó una sonrisilla y se encogió ligeramente de hombros. ¡Qué demonios! La vista desde allí era inmejorable. Además, de todos modos iba a ser él quien la acompañara a casa, no Max. Sonrió.

Ser el vecino de la mujer a la que amaba tenía claras ventajas.

«¡Ostras!». Durante unos segundos se le tensaron todos los músculos del cuerpo. ¿Quién había hablado de amor? Tasha era lista y divertida y una buena amiga de sus amigos, claro, aunque con él no hubiera sido muy simpática desde su llegada. Sin embargo, lo había atraído desde el principio, cuando la había conocido en aquella playa, hacía siete años. Era como si todo le pareciera más luminoso, más nítido cuando la tenía a su lado. Nunca había conocido a una mujer que lo fascinara tanto, tan espontánea y auténtica. Desde el momento en que la había conocido, había tenido la sensación de que se conocían de toda la vida.

Pero eso no equivalía necesariamente al amor.

Se obligó a relajarse. Aquel no era momento ni lugar para debatir consigo mismo esa cuestión. Corriéndose en el asiento para dejar sitio a Jenny y Jake, se alegró de que pasaran unos minutos decidiendo qué iban a pedir de beber, además de la hamburguesa para Max.

—Creo que yo también voy a tomar una —dijo Tasha—. A veces tengo la sensación de que ya solo como lo que hago yo.

Luc se irguió de pronto en el asiento como si un gong hubiera resonado dentro de su cabeza.

—¿Y si te llevo a cenar a Silverdale un día de estos? Para tomarte un respiro de la pizzería.

Por amor de Dios, le había hecho el amor en dos países distintos, pero nunca la había invitado a cenar.

Los ojos claros de Tasha se iluminaron.

—Sería estupendo. Puede que tengamos que ir a comer, en vez de cenar, pero deja que eche un vistazo a mi horario —luego hizo un gesto como borrando lo que acababa de decir—. No, ¿sabes qué?, que hasta si la pizzería está llena seguramente podamos ir a cenar.

Max se quedó mirándola.

—Deduzco que habéis hecho las paces, ¿no?

—Sí —repuso Tasha con una sonrisilla que hizo que a Luc se le acelerara el corazón—. Hemos firmado el armisticio definitivo. Y ahora que tengo un personal tan fabuloso, puedo salir a cenar sin mala conciencia. La verdad es que contratar a Jeremy ha sido lo más inteligente que he hecho desde que contraté a Tiffany. Es una máquina —clavó el codo en el costado de Max—. Y tengo que agradecéroslo a Harper y a ti. Ese chico tiene la cabeza muy bien plantada sobre los hombros y es muy trabajador.

—Bueno, tú le diste una oportunidad cuando mucha gente del pueblo no se la habría dado —repuso Max—. Además, te he visto con tus empleados y creo que seguramente si ha progresado tanto es porque tú eres su jefa, no porque nosotros te lo hayamos recomendado.

—Eso es verdad —comentó Luc—. Tienes buena mano con los adolescentes. Cuando voy por allí, les oigo hablar. Y, cariño, a esos chavales les chiflas –ladeó la cabeza y movió las cejas, mirándola–. Y tengo que reconocer que a mí también.

–Sí, bueno... –se sopló las uñas, se las frotó contra la camiseta y luego se las miró–. Pensándolo bien, ¿cómo iba a ser de otra manera? Soy adorable.

–Lo dice modestamente –dijo Jenny con sorna.

–Vaya, mira quién ha decidido unirse a la conversación –Tasha sonrió–. He pensado por un momento que íbamos a tener que deciros que os buscarais una habitación.

Jake la miró con satisfacción desde el otro lado de la mesa.

–¿Celosa, Tash? –preguntó.

Ella le lanzó una mirada a Luc que lo hizo removerse en su asiento, y clavó en Jake una mirada satisfecha.

–No, nada de eso.

Jake parpadeó y giró lentamente la cabeza para mirar a Luc.

–¿En serio?

Él lo miró fijamente.

–Vaya –Jake sacudió la cabeza–. Me voy un par de días del pueblo y me pierdo toda la acción.

–¿Qué pasa, es que piensas unirte a él? –preguntó Max–. ¿Con nuestra Tasha? Tú eres un pervertido, hombre.

–¿Qué? –Jake puso cara de pasmo–. No, no era eso lo que quería decir. Eh... –asintió con la cabeza–. Tú como siempre tan gilipollas. Muy gracioso.

Luc sabía que era una estupidez, pero lo cierto era que envidiaba el modo en que bromeaban sus hermanos entre sí. Max lo miró un momento extrañado y preguntó:

—¿A qué viene esa cara?

—¿Qué? —lo miró como si no tuviera ni idea de a qué se refería. Luego dijo—: Es mi cara de siempre.

—No, por un segundo has puesto una cara rara. ¿En qué estabas pensando?

Su primer impulso fue insistir en que no tenía ni idea de qué quería decir. Luego se encogió de hombros. Qué demonios, ya que estaba, podía hablar a las claras.

—Estaba pensando que me da envidia cómo os metéis el uno con el otro. Yo crecí sin hermanos, y está claro que vosotros habéis estado siempre muy unidos. Tiene que haber sido agradable.

Jake y Max se miraron. Luego se partieron de risa. Luc miró a uno y a otro, intentando no sentirse excluido.

—¿Qué pasa?

—Que de pequeños nos odiábamos a muerte —dijo Max.

—¿Qué? —Luc hizo un ademán brusco con la mano—. Bueno, te he oído, pero no puedo entenderlo.

Jake se inclinó hacia delante.

—¿Recuerdas que la noche que llegaste al pueblo te conté que nuestro padre había dejado a la madre de Max por la mía?

Luc asintió con la cabeza.

—¿Y que, en cuanto Charlie se vino a vivir con mi madre, Max dejó de existir a sus ojos?

—Sí, es difícil olvidarlo teniendo en cuenta que eso contradice la idea que me había hecho de mi padre —miró a Max—. No es que no os crea. Es que... me cuesta asimilarlo.

—Es lógico, dado que Charlie y tú tuvisteis una buena relación, y larga –comentó Max–. Y la verdad es que cuando se marchó de casa pasaba mucho tiempo fuera, viajando por trabajo. Yo, además, era muy pequeño, así que en circunstancias normales no le habría echado mucho de menos. Pero mi madre no se lo perdonó nunca, así que crecí oyéndola decir una y otra vez que la madre de Jake le había robado a Charlie y que el mierda de su hijo –lanzó a Jake una sonrisa ladeada–, o sea, tú, hermano, se había quedado con todo lo que me correspondía por derecho. Eso me convirtió en un chaval resentido y lleno de ira, de lo cual no estoy orgulloso. Pero en cuanto Jake fue lo bastante mayor para compartir patio conmigo en el colegio al que íbamos, me tomé la revancha.

–Empezamos a pelearnos cada vez que se presentaba la ocasión –añadió Jake–. Seguimos así hasta que Max se marchó de Razor Bay para enrolarse en los Marines. No fue hasta que yo volví al pueblo, la primavera pasada, que por fin logramos relacionarnos civilizadamente –empujó a Luc con el hombro–. Así que eres muy libre de bromear con nosotros todo lo que quieras.

–Sí –agregó Max–. Tú hasta tienes ventaja, porque nos has caído bien desde el principio.

Cada vez que estaba con aquellos dos tipos aprendía algo nuevo sobre ellos. Y aquello...

Por primera vez se dio cuenta de que no estaba tan alejado de ellos como creía. Tanto Jake como Max estaban de acuerdo en que había sitio para él en la familia.

La aceptación de sus hermanos disipó de una vez por todas el nerviosismo de baja intensidad que había experimentado intermitentemente desde que se había dado cuenta de lo feliz que era con Tasha. Cabía la posibilidad de que no tuviera ningún motivo para estar nervioso.

De pronto tenía una familia, cuando había creído que tras la muerte de su padre estaba completamente solo en el mundo. Además, sus hermanos conseguían equilibrar a la perfección las distintas facetas de su vida. Ambos se dedicaban a su trabajo y vivían con las mujeres a las que amaban. Y estaban forjando una verdadera relación familiar entre sí.

No había razón para que él no hiciera lo mismo.

Aquella idea lo dejó paralizado. ¿De dónde diablos había salido? Él no era un hombre impulsivo. No pensaba un buen día, de repente «oye, ¿por qué no dejo el trabajo que me encanta y empiezo de cero porque estoy loco por una mujer a la que conozco desde hace... eh... un mes y medio en total?». Ni siquiera aunque no hubiera podido olvidar del todo a aquella mujer en todos aquellos años, y no solo porque se entendieran a las mil maravillas en la cama. Eso por no hablar de las dudas que empezaba a tener sobre su trabajo...

De pronto, Max chasqueó los dedos delante de él.

—Tío, ¿estás bien? —preguntó su hermano, inclinándose para mirarlo a la cara—. Tienes una cara como si te hubiera caído un yunque en la cabeza.

—Sí, estoy bien —masculló, a pesar de que, en efecto, se sentía como si le hubiera caído un yunque encima. Si fuera un dibujo animado, tendría crucecitas en lugar de ojos y habría pajaritos piando alrededor de su cabeza. «Ay, Dios», pensó aturdido, y miró a Tash. «Ay, Dios mío».

«La quiero».

Capítulo 18

Jeremy oyó el coche delante de su casa y se acercó a la puerta antes de que el conductor apagara el motor. La abrió de golpe y miró el coche desvencijado y a Ben, su padre, que en ese momento se estaba bajando de él.

Sintió que una sonrisa distendía su cara.

—¡Hola! —exclamó—. ¿Qué ha sido de tu camioneta? ¿Estás pasando una mala racha o qué?

Le pareció que su padre dudaba un momento. Pero luego se encogió de hombros.

—No, todavía la tengo. Este lo he traído para ti.

Jeremy se quedó helado.

—¿Para mí?

—Sí. Sé que no parece gran cosa —añadió su padre—, pero...

—¿Bromeas? —lo interrumpió—. Si lo has puesto a punto tú, seguro que es el coche que mejor funciona del mundo. ¡Ostras, papá! —bajó de un salto el escalón, se acercó y abrazó a su padre con tanto entusiasmo que lo levantó unos centímetros del suelo. Luego lo soltó para inspeccionar el coche.

Era un Ford Escape antiguo. Parecía haber empezado siendo negro, pero había ido perdiendo color y ahora era gris oscuro, con manchas de un gris más claro en algunos sitios. No era el coche más bonito del mundo, pero Jeremy se volvió hacia su padre con una enorme sonrisa.

–¡Es el mejor regalo que me han hecho! Me he comprado una bicicleta de tercera mano para ir a trabajar, y es mucho más rápido que ir andando. Pero desde luego no me apetecía que empezara la temporada de lluvias. Hasta ahora, el par de días que ha llovido, he tenido suerte y me ha venido a recoger la chica que atiende las mesas en la pizzería –a la que aprovechaba cualquier oportunidad para ver–. ¡Pero es genial tener mi propio coche! –le habían hecho tantos regalos alucinantes últimamente que casi no podía asimilarlo.

Su padre le sonrió.

–Le he quitado las abolladuras y pensaba pintarlo, pero no me ha dado tiempo. He pensado que preferirías tenerlo así que esperar, pero quizá podamos acabar de arreglarlo en cuanto tengamos los dos un par de días libres. Si puedes traerlo a la ciudad, podemos pintarlo en el garaje. Harry me ha dicho que tiene un verde bosque muy bonito que un cliente decidió que no quería en el último momento porque no era de tono picea, vete tú a saber lo que es eso. El jefe le dijo que podía quedárselo, así que lo donará para la causa.

Harry era su vecino de la puerta de al lado, que trabajaba en un taller de chapa y pintura. Al oír hablar de él, Jeremy se puso un poco nervioso.

–Es muy amable, teniendo en cuenta que la última vez que lo vi le pegué una patada a la ventana de su sótano y lo llamé gilipollas.

–Cuenta las cosas como son, hijo. Lo llamaste «puto gilipollas» –pero su padre se encogió de hombros–. Estabas pasando por un mal momento, y Harry se alegra de que ahora te vaya mejor.

–Sí, papá, me va muchísimo mejor. Me encanta mi trabajo y he hecho algunos amigos que te gustarían un montón. Siento haberte fallado tantas veces.

Su padre alargó el brazo y le dio un apretón en el cuello.

–Tú nunca me has fallado –dijo con fervor–. En todo caso habrá sido al contrario. Tu madre te falló una y otra vez, y yo también por no apartarla de tu lado antes en lugar de permitir que siguieras aguantando sus locuras.

–Entonces, ¿vas a seguir adelante con el divorcio?

–Sí. Debí hacerlo hace años, cuando vi que se negaba a tomarse la medicación y que eso te estaba afectando. Siento no haberlo hecho, hijo. Durante mucho tiempo pensé que tus necesidades serían lo primero para ella. Hasta que el juez te mandó a Cedar Village no me di cuenta de que eso no iba a pasar nunca. Para mí fue la gota que colmó el vaso. Le dije que podía elegir entre estar bien y quedarse con nosotros si se tomaba la medicación o marcharse –hizo una mueca–. Y decidió marcharse.

Jeremy abrazó un momento a su padre, le dio una palmada viril en el hombro y se separó de él.

–No lamento haber pasado una temporada en Cedar Village, papá. Creo que estaba destinado a ir allí. Mi orientador me ha hecho entender las rutinas en las que había caído.

–¿Cuáles, por ejemplo? –preguntó Ben.

–Como mi manera de reaccionar con un comportamiento destructivo a la enfermedad de mamá, y al hecho de que no nos tomara en cuenta a ti y a mí. Pensé que mi orientador estaba chalado cuando me sugirió que era eso lo que estaba haciendo. Pero poco a poco me di cuenta de que tenía razón, porque la verdad es que hacía las mismas cosas una y otra vez. Me comportaba como un loco en lugar de intentar expresar cómo me sentía porque mamá me considerara menos importante que su derecho a ser una maniática caprichosa a veces y otras una depresiva que no se levantaba de la cama. La odiaba cuando se enfurecía, pero al mismo tiempo creía que estaba bien que yo hiciera lo mismo. Y elegía amigos que sabía muy bien que me meterían en líos.

»Ahora, en cambio, en vez de ponerme furioso y hacer lo primero que se me pasa por la cabeza, procuro tomarme tiempo para pensar y valorar las circunstancias –lanzó a su padre una sonrisa ladeada–. O al menos para valorarlas lo mejor que puedo. Todavía tengo que trabajar un poco en ese aspecto. Pero me tomo más tiempo para pensar y reacciono menos impulsivamente.

–Y eso está muy, muy bien –comentó su padre.

–Sí –Jeremy sonrió–. Además, gracias a que estuve en Cedar Village conseguí trabajo en el Bella T. Me encanta cocinar, papá. Tasha dice que tengo talento. Y creo que tiene razón. No te imaginas lo bien que me hace sentir eso.

–Sí que lo sé –su padre le enlazó el cuello y lo atrajo hacia sí para revolverle el pelo antes de soltarlo–. Descubrir que uno tiene habilidad especial para algo es una de las mejores cosas del mundo. Yo, cuando trabajo en un motor, me siento, no sé... fuerte, imagino. Y feliz.

—Sí, eso es exactamente —contestó Jeremy animado—. Así es como me siento cuando estoy trabajando en la cocina. Oye, ya que estás aquí debería llevarte y presentarte a la gente con la que trabajo. Y prepararte una pizza.

—Me encantaría. Pero ¿crees que podría ver tu casa primero?

—¡Uf, no puedo creer que no te haya invitado a entrar aún! Perdona —se rio, dio una palmada en el hombro a su padre y se dirigió a su nuevo coche—. Pero vas a tener que esperar, porque ahora mismo tú y yo vamos a ir a dar una vuelta en esta preciosidad.

Peyton había tenido un mal día y llegó al trabajo de muy mal humor. Últimamente, vivir en su casa era como estar atrapada en plena Guerra Fría, y eso solo en los mejores momentos. Ese día no había sido de los mejores ni de lejos, y su padrastro y su madre se habían atacado con más saña que el bloque del Este y el del Oeste que estaba estudiando en clase de Historia. Y luego, con las prisas por salir de allí, se había vertido zumo de naranja en su camiseta preferida y había llegado tarde al instituto.

Ojalá no hubiera ido, de todos modos. Porque, cuando por fin había llegado, había descubierto que ya se había corrido la voz de que sus padres iban a divorciarse. Varias presuntas amigas suyas habían pasado delante de ella como si fuera invisible. Y otras la habían fastidiado de lo lindo.

No le sorprendía, de todas maneras. Llevaba ya un tiempo esperando que las cosas fueran así. Pero sospechar que se avecinaba una tormenta y verse atrapada en el ojo del huracán eran cosas muy distintas.

Aun así tenía a Marni, que valía más que todas aquellas chicas mezquinas juntas. Y tenía un trabajo estupendo. Le encantaba estar con Tasha y Tiffany. Y con Jeremy, claro.

Soltó un soplido. «¿A quién quieres engañar, guapa?». Si su trabajo era tan fantástico, era precisamente por Jeremy.

Prácticamente no podía pensar en otra cosa. El solo hecho de estar en el mismo edificio que él era lo mejor de sus días, cuando compartían cuadrante. Los días como aquel, cuando no tenían el mismo turno, le parecían grises y aburridos.

Por suerte solían trabajar casi siempre juntos. Jeremy trabajaba muchas horas, y ella había aprovechado cada turno disponible para poder ahorrar todo el dinero posible antes de irse a la universidad el otoño siguiente.

También habían ido a su casa un par de veces, pero aunque era divertido estar en una casa en la que no mandaban los adultos, y hacía que se sintieran muy mayores, allí nunca estaban los dos solos. Siempre les acompañaban Marni o Tiffany, o las dos.

Por eso le encantaba traer o llevar a Jeremy al trabajo. Durante ese corto trayecto lo tenía para ella sola, y esperaba con ansia los momentos en que lo sorprendía mirándola como si quisiera que fueran algo más que amigos.

Aunque, si así era, lo disimulaba muy bien. Nunca la invitaba a entrar cuando lo llevaba a casa en coche, ni decía nada que pudiera indicar que sentía algo por ella, aparte de amistad.

Y sin embargo...

Traerlo y llevarlo a casa le daba esperanzas. ¿Quién

sabía? Tal vez uno de esos días la invitara a entrar. O a lo mejor ella se atrevería a preguntarle si le apetecía que fueran alguna vez a Silverdale a ver una película.

Entró en el callejón de detrás del Bella T para aparcar en la plaza que solía ocupar junto al coche de Tiffany. Y tuvo que dar un frenazo. ¿Qué demonios...?

En su sitio había un coche viejo y desvencijado. Dios, ¿aún podía empeorar más el día?

Intentando controlar su mal humor, aparcó en la manzana siguiente, regresó caminando a la pizzería y entró por la puerta de la cocina. Y en ese momento oyó exclamar a Tasha:

—¡Cuánto me alegro de conocerlo por fin! Quería tener la oportunidad de decirle en persona que Jeremy se ha vuelto imprescindible para el Bella T.

Peyton se animó al instante. ¿Estaba Jeremy allí? Moviéndose ligeramente hacia la derecha, lo vio en el local con Tasha y un hombre maduro, pero muy parecido a él físicamente.

—Voy a enseñarle esto —oyó decir a Jeremy—. ¿Te importa que prepare un par de porciones? Pago yo, claro, pero quiero enseñarle a mi padre lo que soy capaz de hacer.

—¡Claro que sí! Y aquí tu dinero no sirve, amiguito. Es una de las ventajas de trabajar en el Bella T: tú comes gratis y tus invitados también —Tasha se volvió hacia su padre—. ¿Le apetece una copa de vino, señor Newhall?

—Por favor, llámame Ben. Y me temo que nunca he desarrollado el gusto por el vino. Pero me tomaría una Pepsi o una Coca-cola.

—Coca-cola, entonces. ¡Tiff! —llamó Tasha a la camarera, que estaba limpiando una mesa al fondo del local–. Ven a conocer al padre de Jeremy. ¿Peyton ha llegado ya?

–Estoy aquí –se acercó al señor Newhall y le tendió la mano–. Usted debe de ser el padre de Jeremy. Se parece mucho a él –se rio–. O, mejor dicho, él a usted.

El señor Newhall le dio un fuerte apretón de manos.

–¿Tú crees?

–Sí, es verdad –Jeremy les dedicó una de sus raras sonrisas–. Soy tan guapo como mi padre.

No hacía falta ser un genio para darse cuenta de que se sentía feliz de estar con su padre, y Peyton sintió una punzada de envidia por no poder tener una relación parecida con el suyo y volvió a ponerse de mal humor.

Pero solo un momento. Porque su deseo de causar una buena impresión al señor Newhall era más fuerte que la envidia. Y eso estaba muy bien. Porque dentro de su cabeza oía la voz de su padrastro afirmando que el padre de Jeremy era de un estrato socioeconómico inferior al suyo. Que, aunque fuera limpio y bien vestido, su ropa era barata. Y que aunque pareciera haberse restregado bien las manos, seguían teniendo restos de grasa negra debajo de las uñas.

Pero todo eso eran... gilipolleces, se dijo. Como si ella o su padrastro o cualquier otra persona fuera mejor que el señor Newhall solo por tener más dinero. Así era como pensaban los chicos del instituto que se metían con ella ahora que sabían que iba a dejar de ser rica.

Levantando la barbilla, se dio cuenta de lo mucho que estaba cambiando ese otoño. Se estaba esforzando mucho por tener su propio criterio, y sabía que Tasha se avergonzaría de ella si pensaba aunque fuera por un segundo que se creía superior al padre de Jeremy. Y dado que su mantra de ese otoño era QHT (¿Qué haría Tasha?), se propuso conseguir que el señor Newhall se sintiera bienvenido.

De pronto, sin embargo, se acordó del coche desvencijado que había aparcado fuera.

—Oye —dijo volviéndose a Tasha—, ¿sabías que hay un coche aparcado en una de nuestras plazas? Es una mierda de coche, así que a lo mejor está abandonado.

Jeremy puso de pronto cara de póquer y el calor que solía irradiar de su mirada cuando se dirigía a ella se disipó como la niebla matutina bajo los rayos del sol.

—Esa mierda es mía —dijo con frialdad—. Mi padre lo ha arreglado y me lo ha traído.

¡Nooooo! Peyton sabía que debía disculparse, pero solo se le ocurrió pensar que aquella mierda de coche significaba que Jeremy no volvería a ir y a volver del trabajo con ella. Una mezcla de vergüenza y desesperación se alojó en su estómago. Pero a pesar de saber que estaba metiendo la pata hasta el fondo, no pudo refrenarse y preguntó con su antigua altivez:

—¿Eso está arreglado?

—Sí —Jeremy la miró como si fuera una de las pijas del instituto—. No a todos nos regalan nuestros papás un coche nuevecito. Pero mi padre es uno de los mejores mecánicos de esta zona, así que, aunque esa mierda de coche, como tú lo has llamado, no sea tan bonito como el tuyo, funciona mejor que un BMW.

—Qué... suerte la tuya —le dieron ganas de cerrar el pico. Tenía que hacerlo. Pero algo dentro de sí se limitaba a chillar y a chillar de dolor. Intentando acallar aquel grito dijo con indiferencia—: Entonces imagino que no tendré que llevarte más, ¿no?

—No —contestó él secamente—. Supongo que no —se

volvió hacia el señor Newhall–. Vamos, papá. Voy a enseñarte la cocina y a prepararte una pizza.

–Estupendo –el señor Newhall lanzó a Peyton una mirada pensativa antes de seguir a su hijo.

Peyton se quedó mirándolos hasta que doblaron la esquina y luego exhaló un suspiro.

–Has estado sembrada –murmuró Tiffany, pero le dio unas palmaditas en la mano y fue a atender a tres mujeres que acababan de entrar en la pizzería.

Armándose de valor para enfrentarse a Tasha, Peyton se volvió hacia ella. Pero Tasha, aquella mujer a la que admiraba tanto, se limitó a decir:

–Podrías haberlo resuelto mejor.

Se le llenaron los ojos de lágrimas. Porque era cierto: podría haberlo resuelto mucho mejor. Asintió con la cabeza bruscamente.

–Cualquier cosa habría sido mejor que lo que he dicho –reconoció.

–¿Sabes por qué has reaccionado así?

Se quedó mirando el suelo.

–Sí.

–¿Quieres hablar de ello?

Levantó la cabeza y miró los ojos grises de Tasha. Estaba claro que su ofrecimiento era sincero. Pero aun así...

–No.

–Muy bien. Si cambias de idea, ya sabes dónde estoy. Y ya sé que no me lo has pedido, pero el consejo que doy siempre puede aplicarse también a este caso. Deberías ser sincera con Jeremy, aunque solo lo seas con él. Porque al descalificar a su coche has descalificado también a su padre. Y no hace falta tener grandes dotes de observación para darse cuenta de que lo adora.

—Sí, lo sé —miró de nuevo hacia la cocina y vio que estaban examinando el horno de las pizzas—. ¿Te importa que le lleve el refresco al señor Newhall?

—Claro que no. Sería un gesto bonito —Tasha golpeó suavemente la cadera de Peyton con la suya—. Especialmente si va acompañado de una disculpa.

Peyton intentó rehacerse.

—Sí, señora. También pienso disculparme.

—Vaya, ahora vas a fastidiarme también a mí.

Peyton la miró con sorpresa, y Tash la señaló con el dedo autoritariamente.

—¡No me llames «señora»!

No supo por qué, pero aquello mejoró su humor y le hizo un saludo militar.

—¡Sí, señor!

Tasha suspiró.

—Ve a llevarle su bebida al señor Newhall, listilla. Y luego a trabajar.

Jeremy no supo qué pensar cuando se volvió tras sacar masa de la nevera y vio a Peyton dándole a su padre un vaso grande de Coca-cola e inclinándose para hablar con él en voz baja.

Estaba muy enfadado con ella. Y también un poco dolido, quizá, aunque le fastidiara reconocerlo. Había empezado a pensar que era un auténtico encanto, además de guapa y divertida. Creía que tal vez incluso pudiera haber algo entre ellos. Y que de pronto se pusiera tan altanera y mirara a su padre por encima del hombro...

Esperó a que Peyton regresara al comedor. Luego se acercó a su padre.

—¿Qué quería?

—Darme la Coca-cola... y disculparse por lo que ha dicho de mi regalo.

Maldición. Notó que su padre observaba su reacción y tuvo que hacer un esfuerzo por mantener una expresión neutra.

—Vale. Eso está... bien. Debía disculparse.

Aunque notó que no se había molestado en disculparse ante él.

—Supongo que sí —repuso Ben—. Aun así, ha sido agradable que lo hiciera —ladeó la cabeza y siguió observando a su hijo—. ¿Es rica?

—Sí. O por lo menos antes lo era. Pero sus padres se están divorciando y su padrastro ya no quiere mantenerla. Le ha dicho que, si quiere ir a la universidad, que se busque la vida.

—Menudo imbécil —Ben meneó la cabeza—. Dios, lo que daría yo por tener los medios para mandarte a la universidad...

—Sé que, si pudieras, lo harías sin pensártelo dos veces. Y es verdad que el padrastro de Peyton es un imbécil, por lo que me ha contado. Eso no tiene vuelta de hoja —se cuadró de hombros—. Pero no le da derecho a ella a comportarse también como una imbécil.

—Te gusta, ¿verdad?

—¿Qué? —soltó un bufido—. Nooo —la vio limpiando una mesa en la pizzería y estuvo observándola un momento cuando se inclinó para recoger un par de platos. Una franja de piel apareció entre su camiseta y la cinturilla de sus pantalones.

Luego se espabiló y volvió a mirar a su padre.

—Ya has visto que es una niña mimada.

—No estoy seguro de que lo sea del todo.

–¿Me tomas el pelo?

–No. No dudo de que tenga sus momentos de niña mimada, pero ha venido a pedirme disculpas cara a cara, y eso me hace pensar que quizá se está esforzando por superar esa actitud de malcriada. Además, ha dicho algo que...

–¿Qué? –preguntó Jeremy–. ¿Qué ha dicho?

–Creo que seguramente preferirá que no te lo diga. Pero creo que deberías darle un poco de cuartel.

–¿Es que es culpa mía que se haya puesto tan borde?

–Claro que no. Pero a veces eres muy terco y te cierras en banda cuando sería mucho más productivo que dejaras correr las cosas.

Eso era cierto. Era uno de los problemas que había intentado solventar con Ryan, su orientador. Exhaló un suspiro.

–Vale –dijo–. Me lo pensaré –al ver que su padre levantaba una ceja con aire escéptico, lo miró directamente a los ojos–. Lo digo en serio, papá. Voy a reflexionar sobre lo que has dicho. Pero hoy no, ¿vale? Ahora mismo solo quiero dejarte boquiabierto con una de mis pizzas.

Capítulo 19

—Esto no es exactamente lo que tenía pensado cuando te invité a cenar —masculló Luc cuando le abrió la puerta del bufé chino a Tasha.

—¿No te parece lo bastante elegante? —ella le sonrió al entrar en el restaurante—. En Silverdale no hay mucho donde elegir en ese aspecto. La próxima vez puedes llevarme a Silver City, invitarme a un *woo woo* y a una ración de su pescado empanado con patatas fritas y luego hacer conmigo lo que quieras. Pero esta noche... bueno, tengo ansia de verduras y me encantan las cosas a la parrilla que hacen aquí.

—Perdona, ¿has dicho algo después de «hacer conmigo lo que quieras»? —le lanzó una sonrisa de soslayo. Luego frunció las cejas—. ¿Qué demonios es un *woo woo*?

—Un combinado hecho con vodka, aguardiente de melocotón y zumo de arándanos.

—¿En serio?

Tasha se rio y se dirigió a una mesa.

—No pongas esa cara de horror. No espero que te lo bebas. Al lado del centro comercial de Silver City hay una cervecería muy buena. Sirven marcas de cervezas de primera calidad y... Pero, en fin, me estoy yendo por las ramas –respiró hondo y exhaló un suspiro–. Lo que quiero decir es que lo que importa es la compañía, y que estoy segura de que también podremos encontrar algo que te guste.

–Entonces, si me como mis verduras sin protestar, ¿dejarás que te invite a una copa en la cervecería después de la cena?

–Claro que sí –dejó su jersey en una silla y levantó dos dedos para que la viera la cajera.

–Entonces, trato hecho. Eh, ¿adónde vas?

–A llenar mi plato.

Luc la siguió.

–¿Qué has dicho?

Tasha se detuvo para mirarlo.

–¿Nunca has comido en un bufé chino?

–He pasado buena parte de mi vida adulta en Sudamérica, cariño, así que no, puedo decir sin temor a equivocarme que nunca he estado en un bufé chino. Pero he comido tortillas de maíz de todas las formas que puedas imaginar.

–Bien, entonces esto es una experiencia iniciática –Tasha se frotó las manos–. Sígueme –lo condujo a la barra de la comida y le dio un plato vacío–. Llénalo con todo lo que te apetezca: verduras, fideos... El tofu está al final, así que supongo que conviene que dejes un poco de hueco.

La expresión de Luc no tenía precio y, riendo, Tasha le dio un empujón con el hombro.

–Es broma. También hay ternera, cerdo, pollo y creo que marisco a elegir.

Llenaron sus platos con todo lo que les apeteció y

luego se los dieron al cocinero que atendía la parrilla. Un momento después les entregaron sendos platos fragantes repletos de arroz y de salteado a la parrilla.

Luc comió un poco. Luego sonrió a Tasha desde el otro lado de la mesa.

—Vaya —dijo—, está buenísimo.

—Ya te lo decía yo.

—Ah, conque regodeándote. Qué rasgo tan atractivo.

Ella sonrió impertérrita.

—Y aun así lo que es verdad es verdad —replicó. Y atacó su comida.

La conversación fue languideciendo mientras comían. A Luc le costaba trabajo apartar los ojos de Tash, que se había dejado el pelo suelto, cosa rara en ella. Sus rizos acariciaban su blanca clavícula y su hombro, y alguno que otro oscilaba sobre sus pechos cada vez que respiraba. Llevaba una falda de pana corta de color marrón claro, unas mallas marrones más oscuras, botas de ante hasta las rodillas y un jersey fino de cuello redondo, largo y de color ámbar que parecía suave como una nube y que se ceñía a la parte de arriba de sus pechos y rozaba el resto de su torso cayendo hasta las caderas.

Pero no era su físico lo que lo mantenía hipnotizado. Había empezado a darse cuenta de que, si la chica a la que había conocido en las Bahamas era irresistible, la Tasha que tenía delante lo era muchísimo más. Siempre había sido muy segura de sí misma, pero ahora se sentía más a gusto consigo misma que entonces. Había algo de arrebatador en su sentido del humor, en su eficacia y su energía, y Luc estaba seguro de que no era el único que notaba y que valoraba todas esas cosas. Todas las personas a las que había conocido en Razor Bay admiraban a Tasha. La respetaban.

Apoyó la barbilla en la mano.

—Bueno, cuéntame cómo montaste el Bella T. ¿Quiénes son tus inversores?

Ella parpadeó, y Luc añadió:

—Ya sabes, quién te dio el capital.

—¿El capital? —lo miró con el ceño fruncido—. Nadie —meneó una mano—. Nadie en concreto, quiero decir. No tenía amigos bien situados. Llevé mi plan de negocio al banco, les dije que tenía casi un tercio del dinero que necesitaba para empezar gracias a un inversionista al que había conocido en Tacoma y que había conseguido duplicar lo que había ahorrado desde niña —se rio, llena de orgullo—. Decidieron que era un riesgo aceptable y me dieron un préstamo para hacer el resto.

—¿Cuántos años tenías?

—Veintiséis.

—Caray —la miró admirado—. Es alucinante conseguir montar un negocio sin inversores, sobre todo en el sector de la hostelería, donde según tengo entendido el riesgo de fracaso es muy alto, y más aún teniendo menos de treinta años. ¿Cómo conseguiste ahorrar dinero siendo una adolescente? ¿Cuidabas niños?

—Sí, cuidé niños desde que tenía doce años hasta que cumplí dieciséis. Luego trabajé de camarera en el café Sunset. Me fijé y aprendí mucho sobre cómo llevar un restaurante.

—El edificio también es tuyo, ¿no?

—Sí. Bueno, mío y del banco. Pero algún día será todo mío. Naturalmente, también incluí en mi plan de negocio los ingresos que pensaba obtener alquilando el apartamento.

–Claro –repuso él–. Te admiro un montón, ¿sabes? Has conseguido muchísimas cosas tú sola.

Tasha le lanzó una sonrisa complacida y meneó la cabeza.

–Bueno, sola del todo no. El señor Jacobs, el anterior dueño del edificio, quería que lo comprara yo y eso influyó mucho a la hora de convencer a los del banco. Además, Jenny me ha apoyado casi desde que nos conocimos... y eso vale más que todo el oro del mundo –hizo una mueca–. Bueno, sí, el oro me habría venido de maravilla más de una vez. Pero Jenny creyó en mí desde la primera vez que le preparé una pizza en la cocina de mi madre cuando tenía dieciséis años. Jamás podré agradecerle suficientemente el apoyo y el ánimo que me ha dado.

–¿Por qué? ¿Es que tú no la has apoyado y animado también?

–Claro que sí... Ah. Muy listo. Lo que quiero decir es que es muy especial para mí.

Mientras la observaba hablar de su amiga, Luc se dio cuenta de que, a pesar de que hubiera reconocido lo que sentía por ella, seguía poniendo en duda sus propios sentimientos. Porque, a fin de cuentas, ¿qué sabía él del amor? Había creído en la legendaria historia de amor de sus padres y luego había descubierto que su padre había sido un sinvergüenza y un padre horrible antes de sentar la cabeza con su madre.

Y en cuanto a él... Desde que se había unido a la DEA, sus relaciones de pareja habían durado una semana como máximo.

Y aun así...

No podía seguir fingiendo que la arrolladora efusión de emociones que sentía dentro de sí no era amor, sino otra cosa. Nada de cuanto había sentido antes se aproximaba siquiera a lo que sentía cuando estaba con Tasha. La deseaba. Y no solo para ese día, ni para el siguiente o el otro. De pronto no concebía la idea de vivir sin ella.

Así que ¡qué demonios! Iba a lanzarse. Se inclinó hacia la mesa, listo para llevar a la práctica su plan. Paso uno: seducirla con su encanto.

Pero antes de que le diera tiempo a abrir la boca, Tasha fijó su atención en él.

—Basta de hablar de mí —dijo—. Cuéntame cómo acaba un chicarrón como tú —lo miró batiendo las pestañas— siendo un superagente secreto.

Luc sonrió.

—Empecé en la universidad, cuando a una chica a la que conocía le colaron una pastilla sin que se diera cuenta y la violaron.

Tasha se puso seria.

—¡Qué horror! ¿Qué hiciste? ¿Moler a palos al violador? —se inclinó hacia la mesa—. Por favor, dime que le diste una buena paliza.

—Ojalá, princesa mía, pero me temo que no pude. Lo que hice fue trabar amistad con él, fingir que era su nuevo mejor amigo. Luego me las arreglé para que la policía del campus lo detuviera la vez siguiente que intentó hacerle la misma jugada a otra chica.

—Vale —asintió con la cabeza satisfecha—. Eso también me vale.

—De aquella experiencia aprendí que se me daba bien interpretar un papel. Y que me gustaba el subidón de adrenalina que me proporcionaba aquello. Así me puse a estudiar Derecho Penal y dos semanas y media después de licenciarme entré en la DEA.

–Entonces imagino que... te encanta, ¿no?

–Sí –contestó, pero descubrió que su respuesta le chirriaba. Porque ¿le encantaba de verdad? ¿En serio?–. Me gusta la emoción, al menos –puntualizó–. Pero también aísla mucho –se miró la mano después de hacer un gesto involuntario como borrando lo que acababa de decir–. No me malinterpretes. Consigo trabar amistades. Me paso la vida con asesinos y canallas de la peor especie, pero sé por experiencia que la gente rara vez es del todo buena o del todo mala. Así que, durante los periodos en que estoy trabajando en una misión secreta, normalmente puedo encontrar a una o dos personas con las que me gusta estar.

»Pero la verdad es que todas esas relaciones son muy superficiales. Porque a fin de cuentas son asesinos y delincuentes, y yo me estoy jugando el tipo continuamente, así que no puede decirse que sean amigos de verdad –la miró fijamente a los ojos–. Soy muy consciente de ello, aunque ellos no lo sean.

Al decirlo en voz alta comprendió cuánto estaba disfrutando de la compañía de personas normales, de gente decente como Tasha y sus hermanos, desde que había llegado a Razor Bay. Abrió la boca para decírselo.

Pero...

Le encantaba que ella lo viera como un superagente secreto. Así que, ¿qué sentido tenía insistir en que, antes de llegar a Razor Bay, no había tenido un amigo de verdad desde hacía años? No, valía más que mantuviera la boca cerrada a no ser que pudiera decirle algo que la sedujera o la entretuviera. Por lo menos de esa manera tendría más posibilidades de que sintiera algo por él.

Aunque fuera solo una parte de lo que él sentía por ella.

Su cita había descarrilado y Tasha no estaba segura de qué había ocurrido.

Bueno, eso no era del todo cierto. Había sido después de que Luc le hablara de cómo lo aislaba su trabajo. A partir de ese momento, su cita había perdido esa especie de intimidad que previamente la había hecho tan especial.

Y luego, al trasladarse a la cervecería de Silver City, las cosas habían empeorado. El local estaba atestado de gente, había mucho ruido y más jaleo que las otras veces que Tasha había ido por allí. El nivel de ruido contribuyó a que entre ellos hubiera un vacío cada vez mayor, pero el verdadero problema, creía Tasha, había surgido al reconocer Luc que, debido a que su oficio lo obligaba a mentir, no tenía verdaderos amigos.

Ni siquiera podía imaginar lo agotador que debía de ser no poder ser nunca uno mismo. Tener que vigilar cada palabra que salía de tu boca. Pero ahora que Luc había hablado de ello no podía evitar preguntarse si acaso también le habría mentido a ella y a sus hermanos.

Dios santo. ¿A todos ellos?

«¡Contrólate, niña!». Sin duda sus sospechas carecían de fundamento y eran injustas. Intentó sacudírselas de encima. Pero el encanto repentino y desenvuelto que le había mostrado Luc después de aquel breve momento de confesión había hecho arraigar las dudas en su cabeza, por más que quisiera negarlo.

Hasta que no pudo soportarlo más y se inclinó hacia él.

–Vámonos –dijo alzando la voz–. Estoy harta de gritar.

Él asintió con la cabeza y Tasha recogió su bolso y se levantó. Luc la condujo hacia la puerta.

–Dios, me pitan los oídos –comentó ella cuando salieron de la cervecería–. Perdona. Había estado aquí otras veces, pero no a esta hora.

–¿Quieres que probemos en otro sitio? ¿O que vayamos al cine o algo así?

–No. Me duele la cabeza. Creo que prefiero irme a la cama.

Guardaron silencio en el trayecto de vuelta a Razor Bay. Tasha sintió que él la miraba varias veces, pero saltaba a la vista que no tenía ganas de hablar, pues siguió sin decir nada. Cuando llegaron a su apartamento, un rato después, agarró la llave que ella había sacado del bolso y abrió la puerta. La hizo entrar y cerró la puerta de una patada a su espalda.

–Bueno –dijo sin inflexión en la voz–, creía que eras una gran defensora de la sinceridad.

–¡Y lo soy!

–Y sin embargo en cuanto te hablo sinceramente te cierras en banda –la miró entornando los ojos–. Así que, ¿qué te pasa? –preguntó–. ¿Que te digo la verdad y empiezas a preguntarte si te habré mentido, o si habré mentido a todo el mundo desde que llegué al pueblo?

–¡No! –contestó indignada. Y añadió–: Bueno, sí. Puede ser –sacudió la cabeza–. No sé, ¿vale?

–Muy bien. Ven aquí –la agarró del codo y la llevó al sofá–. Siéntate.

—¡Cómo! –replicó ella–. ¿Qué te crees que soy, un perro desobediente?

Los dientes de Luc brillaron, blancos, en su cara dorada por el sol.

—Ahora mismo te estás poniendo intratable.

Tasha se encogió de hombros con petulancia. Luego se irguió.

—Muy bien, yo lo reconozco si tú reconoces que has pasado de contarme, seguramente, la primera cosa sincera sobre tu trabajo a convertirte en una especie de ligón de discoteca.

Él exhaló un suspiro y se pasó una mano por la cara. Luego la miró.

—¿Podemos sentarnos a hablar?

Tasha se encogió de hombros otra vez, pero se sentó en el sofá. Y lo miró con impaciencia.

—Habla.

Luc se acomodó en un cojín un poco alejado de la esquina, donde se había sentado ella.

—Reconozco que me he puesto quizás un poco superficial –admitió–. Pero no he podido evitarlo. Me ha entrado el pánico.

Ella pestañeó. ¿Luc, sintiendo pánico?

—¿Y se puede saber por qué?

—Dios mío, Tash –se pasó los dedos por el pelo–. He visto cosas, hecho cosas, que te pondrían los pelos de punta. Demonios, ¿a quién quiero engañar? Cosas que te revolverían el estómago. He reconocido delante de ti que no he tenido verdaderos amigos desde que salí de la universidad. Y tú te has quedado callada, ha empezado a dolerte la cabeza y has querido irte a casa.

—Porque has empezado a hablar como un vendedor

de crecepelo, y allí había mucho ruido y... Bueno, que ya no me estaba divirtiendo.

Luc se acercó un poco a ella.

—Pero ¿antes sí?

—Sí. Me lo estaba pasando genial. Me parecía al mismo tiempo muy natural y muy emocionante, como cuando te conocí en las Bahamas. ¡Ajá! —lo señaló—. Entonces sí me mentiste.

—Te mentí porque estaba en medio de una misión y tenía muy metido en la cabeza que nunca, bajo ningún concepto, se revela la propia tapadera. Daba igual que en ese momento estuviera a mil kilómetros del lugar donde se desarrollaba mi misión: esas eran, y siguen siendo, las reglas de cualquier operativo secreto —se acercó más aún y le sostuvo la mirada—. Pero te juro sobre la tumba de mi madre que no te he mentido desde que volvimos a encontrarnos. Ni les he mentido a mis hermanos, ni a sus mujeres, ni a Austin ni... Qué demonios, ni a nadie de este pueblo.

—Vale. Supongo que solo necesitaba oírtelo decir en voz alta.

—Entonces, ¿me crees?

Tasha se detuvo a pensar un momento. Luego dijo sinceramente:

—Sí.

—Bien —se giró, la levantó en brazos y la sentó sobre su regazo, de cara a él—. Ahora, respecto a lo de hacer lo que quiera contigo...

Ella se quedó boquiabierta, dejó escapar una risa estrangulada y le dio un manotazo en el hombro.

—¡Eres un cerdo!

—Oye, soy un tío y acabamos de tener nuestra primera... Caramba, ni siquiera sé cómo llamarlo. ¿Nuestra primera pelea? ¿Nuestro primer malentendido? –tiró de su pierna hasta que estuvo sentada a horcajadas sobre él. Luego la miró y se encogió de hombros–. Hace tanto tiempo que no tengo pareja que no controlo muy bien la terminología. Pero sé que cualquiera de esas situaciones requiere sexo para hacer las paces.

A ella se le aceleró el corazón.

–¿Eso es lo que somos tú y yo? ¿Una pareja?

«Ay, Dios, ay, Dios. Y yo que pensaba que no había ataduras...».

–Pues sí. Por lo menos... eso creo yo –frunció un poco la frente–. ¿Por qué? ¿Es que no estás de acuerdo?

Tasha quiso preguntarle cuánto creía que iba a durar su supuesta relación de pareja, pero decidió callárselo y se limitó a decir:

–Sí, estoy de acuerdo.

Luego agachó la cabeza para besarlo. Únicamente porque quería, no porque de ese modo tuviera una excusa para no examinar sus propios sentimientos. O para no hablar de adónde iría a parar todo aquello.

Capítulo 20

El miércoles siguiente por la noche, cuando Luc llegó a casa de Max, encontró la puerta entreabierta a pesar de que hacía frío. Salía música del cuarto de estar y su hermano estaba bailando con Harper. Durante unos instantes se quedó parado en el porche, observándolos. Max sabía moverse. Bailaba mejor que él, eso seguro.

Tocó al marco de la puerta cuando Max estaba inclinando a su mujer hacia atrás apasionadamente.

—¿Me he equivocado de noche?

Max levantó a Harper y se volvió hacia él con una sonrisa.

—No, pasa. Harper y yo estábamos pasando el rato antes de que llegue todo el mundo.

—¿Puedo traerte una cerveza, Luc? —preguntó Harper, dedicándole una sonrisa espontánea mientras se soltaba de los brazos de su marido—. ¿O un café o una copa de vino, quizá?

—Un café, por favor.

—Marchando un café. ¿Cómo lo tomas?

—Si tienes leche, genial. Si no, solo está bien.

—Tenemos de todo, incluso azúcar.

—Sí —convino Max—. Esta noche, por lo menos. Como habéis tenido todos la amabilidad de ofreceros a ayudarme en mi campaña, hemos hecho acopio de provisiones. Lo menos que podemos hacer es daros bien de comer y de beber. Por cierto, ¿quieres leche desnatada o prefieres lanzarte a tumba abierta y tomarla con toda su grasa?

—A tumba abierta —contestó él con sorna.

—Entera, entonces —dijo Harper, y se fue a su cocina inacabada.

Max bajó la música.

—Vamos a sentarnos.

—Vamos, Max —dijo Jake cuando todavía no habían dado ni dos pasos, y al volverse vieron al menor de los Bradshaw entrando en la casa con su futura esposa—. ¿Se puede saber por qué tienes la puerta abierta con el frío que hace?

Austin pasó a su lado y se fue derecho hacia ellos.

—¡Hola, tío Max! ¡Tío Luc! Esta noche yo también voy a ayudar. Papá me ha dicho que a lo mejor me dejabas usar la pistola de grapas.

—¿Sabes qué? Esto es justo lo que necesito, alguien que se encargue de las grapas —dijo Max—. Ven conmigo. Voy a enseñarte los carteles que vamos a colgar por la carretera y en los jardines de la gente.

Harper regresó con el café de Luc y él le dio las gracias. Bebiendo un sorbo, siguió a Max y a Austin hasta una mesa hecha con una vieja puerta de establo y dos borriquetas. Encima de ella había una grapadora de tamaño industrial y un montón de relucientes carteles en los que se leía «Max Bradshaw, sheriff» y aparecía una fotografía de Max muy serio, con la chaqueta negra de su uniforme y sus galones, y otra de él riendo y vestido con una camiseta blanca y un pañuelo atado alrededor de la cabeza. En letra más pequeña, en la parte de abajo del cartel, se leía «Hay nuevo sheriff en el pueblo». Junto a los carteles había un montón de estacas de madera planas.

Luc miró los carteles y miró a Max.

—Nunca he visto dos retratos en uno de estos carteles.

Su hermano hizo una mueca.

—Ya, ya lo sé. Y en la fotografía informal parezco un ángel del infierno. Yo prefería la foto con el uniforme, pero las mujeres me hicieron desistir. Harper dijo que la foto informal muestra mi lado más accesible.

—Y no se equivoca —comentó Luc, mirando la fotografía—. ¿Dónde te hicieron esta foto?

—La hizo Rebecca Damoth con su móvil hace un par de meses, en un desayuno con tortitas para recaudar fondos que celebramos en Cedar Village. Esa mañana era yo el encargado de dar la vuelta a las tortitas.

Jenny se reunió con ellos.

—Es una campaña brillante, Max. En una tienes un aire muy profesional. Pero en la otra se te ve más accesible, y a la gente le recordará que, además de mantener en orden Razor Bay, dedicas gran parte de tu tiempo libre a la comunidad.

—Eso es verdad —dijo Tasha desde la puerta, y Luc giró la cabeza cuando entró y cerró la puerta a su espalda.

Habían pasado solo dos días desde su cita, pero desde entonces había estado muy ocupada, y le parecía que hacía más tiempo.

Se quitó el abrigo y la larga bufanda que llevaba enrollada alrededor del cuello y dejó ambas cosas sobre el brazo de un sillón antes de adentrarse en la habitación.

—Esa foto pone de relieve tus lazos con tus vecinos, y eso es algo que a tu oponente le falta. Nunca ha vivido ni trabajado aquí y, aunque no te quisiera como te quiero, no me veo a mí misma votando por él. Me parece demasiado rígido e inflexible, lo que supongo que viene a ser lo mismo, ¿no? —hizo un ademán desdeñoso—. Pero ¿sabría cómo arreglárselas con Wade Nelson cuando empieza a meterse con Curt y Mindy? —preguntó refiriéndose a un vecino del pueblo que no conseguía aceptar que su exmujer hubiera rehecho su vida, a pesar de que llevaba casi una década con su segundo marido—. Yo creo que no.

—Bueno, yo tampoco sé muy bien qué hacer con Wade —repuso Max—. Nada de lo que intento dura mucho.

—Bueno, sí, Wade es idiota. Pero es el idiota de Razor Bay.

—Sí —convino Jenny—. Es uno de los nuestros y, si tuviera que vérselas con Swanson, seguramente acabaría en prisión, cumpliendo condena junto a mi padre.

—Y eso no lo desean ni siquiera Curt y Mindy —añadió Tasha. Se acercó y dio unas palmaditas en el brazo de Max—. Vas a arrasar en las elecciones.

—Si tú lo dices...

—Espera —dijo Luc mirando a Jenny—. ¿Tu padre está en la cárcel?

—Sí. Cuando yo era adolescente fue condenado por estafar a un montón de gente, y está en la penitenciaría de Monroe desde entonces. O puede que haya salido ya —se encogió de hombros—. Casi no hemos hablado desde la primavera pasada, cuando me negué a decirle a la junta penitenciara que tenía un trabajo de contable esperándolo en el hotel cuando saliera en libertad –sacudió la cabeza–. Se ofendió mucho cuando le ofrecí trabajo de jardinero, pero se helará el infierno antes de que yo le deje acercarse a la herencia de Austin.

Luc se quedó atónito.

–¿Os importaría centraros, chicos? –preguntó Austin con impaciencia–. Volviendo al tema de las elecciones, todos sabemos que el tío Max va a ser sheriff. Así que ¡a grapar!

Max le rodeó el cuello con el brazo.

–Conque lo sabemos, ¿eh?

Austin le sonrió.

–Claro.

–Ese me parece un buen lema para la campaña –comentó Luc–. Quizá deberíamos cambiar «Hay nuevo sheriff en el pueblo» por «Todos sabemos que es el mejor para el puesto».

–¿Lo ves? –preguntó Austin como si aquello zanjara la cuestión–. Ahora ¿podemos ponernos a grapar los carteles? A fin de cuentas –añadió–, para eso hemos venido, ¿no? ¿Para trabajar en tu campaña?

–Sí –Max lo soltó.

–Y dado que tienes tantas ganas de ayudar –agregó Jake–, quizá deberíamos darte un montón de los carteles pequeños y mandarte al pueblo en tu bici para que les preguntes a los comerciantes y a los dueños de los restaurantes si pueden ponerlos en los escaparates. Apuesto a que serías un gran embajador de tu tío.

–Eh... –Austin se quedó desconcertado un momento, pero enseguida reaccionó–. Lo haría, papá, pero esto es Razor Bay. A estas horas está todo cerrado ya, menos la pizzería de Tasha. Y seguramente también estaría cerrada cuando llegara. Además, ya que Tash está aquí, puede llevarse los carteles.

Max sonrió a Jake.

–Es tan escaqueado como tú –dijo con sorna. Luego se volvió hacia Austin–. Voy a enseñarte cómo quiero hacerlos –escogió una estaca, la puso en el centro de la mesa y colocó un cartel encima–. ¿Ves? El centro de la estaca se coloca detrás de esta estrella. Además, hay que dejar bastante espacio por abajo para que podamos clavarlos en el suelo y que estén lo bastante altos para que se vean.

Austin asintió y Max empuñó la grapadora.

–El truco consiste en no grapar la información importante. Así que pon una aquí –colocó la grapadora justo por encima de la estrella.

–¡Déjame a mí!

Max le dio la grapadora y Austin colocó el extremo encima del póster y apretó el gatillo.

–¡Hala! –miró el cartel–. ¿Y aquí? –preguntó, colocando la grapadora cerca del extremo superior de la estaca.

–Perfecto. Veo que mis carteles están en buenas manos.

–Sí, no es precisamente astrofísica –puso la grapa y levantó el cartel para admirar su obra. Luego observó más detenidamente los carteles–. Son geniales.

–Claro –repuso Max–, los ha diseñado tu padre.

Austin sonrió a su padre.

–Buen trabajo, papá.

–Gracias, hijo –contestó Jake, que estaba sentado delante de su ordenador portátil. Harper estaba detrás de él, mirando por encima de su hombro–. Me alegro de que te gusten.

Luc ya había descubierto que le caía muy bien Austin. Tenía el mismo sentido del humor que el resto del grupo y, para ser un adolescente, se tomaba las cosas con mucha calma. La forma sincera y espontánea con que lo había aceptado como tío le había pillado por sorpresa y lo había llenado de gratitud. Y ahora, tras observar cómo se relacionaba con Jake y Max, se dio cuenta de que le gustaría quedarse allí para verlo crecer.

«¿Y por qué no lo haces entonces?».

Se quedó paralizado por dentro. Porque, a decir verdad, ¿qué había que se lo impidiera? No su carrera profesional, estaba claro. Hacía días que le había pedido a la secretaria de Paulson que su jefe lo llamara, ¿y se había molestado en hacerlo? Pues no. Así que ¿por qué no pensar en cambiar de trabajo? ¿En dedicarse a algo que le permitiera estar más cerca de sus hermanos y sus respectivas familias? ¿Y de Tasha?

Fue a sentarse en el sofá para pensar en ello.

Un rato después la voz de Tasha lo sacó de sus cavilaciones.

—Estás muy callado esta noche —dijo ella, y Luc levantó la vista.

—Sí —se movió para dejarle sitio y palmeó el sofá a su lado—. Tengo cosas en la cabeza —se irguió en su asiento—. Pero no estamos aquí para eso. Así que voy a dejar de darle vueltas de momento y a echar una mano a Max.

—Eso puede esperar un segundo —dijo Jake, sentándose en el sitio que Luc esperaba que ocupara Tasha—. Tengo que preguntarte una cosa.

—Claro. Adelante.

—Sabes que Jenny y yo nos casamos en enero, ¿verdad?

Luc asintió con la cabeza.

—Sí. O por lo menos sabía que estabais prometidos. Creo que no sabía muy bien cuándo os casabais.

—El diecisiete de enero. Va a ser una boda pequeña, solo la familia y unos cuantos amigos, pero vamos a hacer un banquete por todo lo alto. Austin va a ser mi padrino y Max mi testigo —miró a Luc a los ojos—. Me gustaría que tú fueras mi otro testigo.

—¿Quieres que sea tu testigo?

—Su otro testigo —dijo Max desde el otro lado de la habitación.

Jake se rio.

—Sí. Uno de dos. Como te decía, la ceremonia va a ser íntima y muy discreta. Pero eres mi hermano y me gustaría que participaras en ella —se quedó mirándolo un momento—. Habrá que ir de frac, si eso ayuda a persuadirte. Eso fue lo que convenció a Max —sacudió la cabeza—. Le encanta ponerse guapo.

—Con ropa de tío —dijo Max, y masculló dirigiéndose a Harper—. Por cómo lo dice, cualquiera pensaría que tengo el armario lleno de ropa interior de mujer y que me gusta pasearme con ella puesta.

Austin lo miró con horror.

—¡Qué asco!

—Sí, ¿verdad? —sacudió la cabeza—. Tu padre está chalado.

Luc se rio. Pero el corazón le latía con fuerza, y una emoción tan grande que apenas podía contenerla se hinchaba en su pecho. Jake quería que tomara parte en su boda con Jenny. Porque eran hermanos. Igual que él y Max. Lo miró a los ojos y asintió con la cabeza.

—Me gustaría —dijo—. Me gustaría un montón.

—¡Estupendo! Ya tenemos el séquito de boda completo —miró a Harper—. Bueno, hemos venido aquí a trabajar —añadió—. ¿Qué queréis que hagamos primero?

Peyton dejó la caja de plástico con los platos sucios junto al lavavajillas industrial del Bella T y se volvió hacia Jeremy con los brazos en jarras.

—¿Es que no piensas volver a hablarme nunca?

Jeremy le había retirado la palabra desde el viernes anterior a pesar de que ella se había disculpado más de una vez. Esa noche ya no aguantaba más y estaba dispuesta a enfrentarse a él. Tasha estaba en casa de Max Bradshaw haciendo... lo que fuera que hacía la gente en una campaña para elegir al sheriff. Tiffany estaba en el comedor de la pizzería, atendiendo a los últimos clientes, y luego estaría ocupada un rato más limpiando las mesas. Así que Peyton disponía de unos minutos para hablar a solas con Jeremy en la cocina y pensaba averiguar de una vez por todas si podían seguir siendo amigos.

Se quedó mirándolo y vio que tenía los ojos cerrados y la mandíbula rígida. Odiaba que no le dirigiera la palabra, pero si había confiado en que por fin diera su brazo a torcer y empezara a hablar con ella por los codos, o que al menos le hiciera algún caso, estaba claro que iba a llevarse un chasco.

Con el corazón acelerado por la rabia y la tristeza, le dio la espalda y se puso a vaciar el lavavajillas.

Durante un rato solo le oyó llenar recipientes con las sobras y depositarlos en la nevera. Por fin, cuando acabó de meter los platos sucios en el lavavajillas y lo puso en marcha, se volvió de nuevo hacia él y lo sorprendió mirándola. Jeremy desvió enseguida la mirada.

—Siento lo que dije de tu coche —dijo Peyton en voz baja—. Pero, cuando me enteré de que era tuyo, me quedé hecha polvo.

Él levantó la cabeza.

—¿Por qué? —preguntó con aspereza—. ¿Es que te daba miedo que te invitara a montar en esa...? ¿Cómo lo llamaste con tanta elocuencia? Ah, sí, en esa mierda de coche.

Peyton pensó que debía olvidarse de aquello. Pasar de él. Porque, si le decía la verdad, tal vez estuviera dándole más munición con la que disparar contra ella, y los chicos del instituto ya le estaban haciendo la vida imposible. Pero se acordó de lo que le había dicho Tasha acerca de la sinceridad. Así que respiró hondo y exhaló un suspiro trémulo.

—No —contestó—. Porque traerte al trabajo y llevarte a casa era para mí lo mejor del día. Y sabía que, si tenías coche, eso se acabaría.

El silencio de Jeremy resonó de nuevo en sus tímpanos y decidió que aquel era su último intento de reconciliación. Le gustaba más que cualquier otro chico de los que conocía, pero no podía seguir así. Con los hombros tensos, sintió que empezaba a dolerle la cabeza por el estrés y clavó la vista en el suelo de la cocina.

—¿Qué? —preguntó él con voz ronca, y Peyton levantó la cabeza.

La estaba mirando fijamente. Una esperanza muy frágil hizo dar un traspié a su corazón, y se cuadró de hombros.

—He dicho que me sentó fatal que tuvieras coche y que ya no necesitaras que te trajera y te llevara.

Jeremy se acercó.

—¿Y no se te ocurrió que a lo mejor podía llevarte

yo alguna vez? –la miró entornando los ojos–. Claro que seguramente no querrás que te vean en esa mierda de coche.

–Por amor de Dios, Jeremy, ¿puedes dejarlo de una vez? Lo dije porque pensaba que el coche estaba abandonado en la calle. No lo habría dicho si hubiera sabido que era tuyo. Y desde luego no era mi intención ofender a tu padre. Me da mucha envidia que tengas un padre capaz de venir desde Seattle para regalarte un coche. Yo espero todos los días que mi padrastro me pida que le devuelva el que me regaló cuando todavía me quería –le tembló el labio, pero se lo mordió para que dejara de temblarle.

Porque ni muerta pensaba llorar delante de él.

Al ver los dientes blancos de Peyton mordiendo su labio carnoso y rosado, Jeremy salió de su parálisis y se acercó a ella. Notó que a ella se le agrandaban los ojos cuando se encontró de pronto con la nariz pegada a su pecho. Jeremy la rodeó con los brazos y respiró hondo, paladeando el olor de su champú mientras preguntaba:

–¿Fue eso lo que le dijiste a mi padre?

Ella echó la cabeza hacia atrás para mirarlo.

–¿Qué? –frunció el ceño–. No he vuelto a ver a tu padre desde el viernes pasado.

–Me pregunta por ti cuando llama –dijo Jeremy–. Y esa noche me dijo que le habías dicho algo que contradecía la opinión que yo tenía de ti en ese momento, que era muy poco halagüeña.

Peyton entornó los ojos y él hizo una mueca de disculpa y se encogió de hombros.

–Es que habías dicho que el regalo de mi padre era

una mierda y estaba enfadado. Así que... ¿le dijiste algo a mi padre comparándolo con el tuyo, como acabas de hacer?

—No me a... Ah, sí. Creo que sí. Le dije que tenías suerte de contar con él, y que yo daría cualquier cosa por tener un padre que se preocupara por mí la mitad de lo que él se preocupa por ti.

—Creo que eso significó mucho para él.

Peyton retrocedió y él bajó las manos.

—Sí, él aceptó mi disculpa enseguida. ¿Por qué has estado enfadado conmigo tanto tiempo?

—Mi padre dice que me cuesta dar mi brazo a torcer cuando en realidad todo sería más fácil si a veces no fuera tan cabezota —se encogió de hombros—. Tiene razón, y me estoy esforzando por cambiar. Pero cuando pensé que me estabas mirando por encima del hombro... No sé... Me sentí fatal. Así que hice lo que suelo hacer y me cerré en banda.

Peyton volvió a acercarse.

—¿Porque puedo hacerte daño?

Jeremy se irguió en toda su estatura y la miró obstinadamente como diciendo «Qué va. Los hombres de verdad no reconocen esas cosas». Pero cuando abrió la boca le salió:

—Puede ser.

—Tú también puedes hacerme daño, ¿sabes? Así que tal vez deberíamos intentar no hacernos daño el uno al otro.

—Sí —dio otro paso hacia ella—. Puede que sea justamente lo que deberíamos hacer —y lentamente, muy despacio, bajó la cabeza.

Estaba claro que iba a besarla. Pero también que le estaba dando tiempo para que lo detuviera.

¡Ni pensarlo! Peyton se puso de puntillas, le rodeó el cuello con los brazos y pegó sus labios a los de él.

Y, ¡ay, Dios!, fue una delicia. Los dedos de Jeremy, un poco resecos por los lavados constantes que exigía el trabajo en la cocina, enmarcaron su cara con una ternura que conmovió a Peyton. Y su boca era suave, pero firme. Muy, muy firme. Peyton abrió los labios y suspiró cuando él deslizó la lengua entre ellos.

Se abrazaron con fuerza y siguieron intercambiando suaves sonidos de placer mientras exploraban el sabor y la textura de sus bocas. Peyton no supo cuánto tiempo pasó antes de que él levantara por fin la cabeza.

Jeremy tocó con las yemas de los dedos su flequillo negro.

–Bueno –dijo, mirándola.

Ella lo miró con ternura.

–Bueno.

–¿Quieres dar una vuelta en mi coche nuevo?

–Sí –le sonrió–. Me encantaría. Creía que nunca ibas a pedírmelo.

Capítulo 21

Vestida con unos vaqueros andrajosos y una sudadera raída, y con un pañuelo viejo y descolorido atado sobre el pelo para que no se le escapara, Tasha se puso a limpiar su apartamento como si una horda de expertos en limpieza estuviera a punto de caer sobre su casa y pasar sus pulcros dedos por cada mueble para evaluar sus esfuerzos. Los idiotas de sus empleados habían insistido en que lo tenían todo controlado en la pizzería y la habían mandado a casa.

Bueno, idiotas no. Era una maldad pensarlo siquiera. De hecho, debería estar contenta por que fueran tan atentos, ¿no? Agradecida, incluso. Porque ¿cuántas veces había soñado con tener tiempo libre? ¿En disponer de una hora, aunque fuera solo eso, sin responsabilidades, de tiempo para leer una revista o hacer un recado sin que su reloj mental fuera contando frenéticamente los minutos que le estaba robando al trabajo?

Pero aquello era distinto. Era viernes, por amor de Dios. ¡No debería estar fuera del Bella T un viernes! Los chicos le habían dicho que era una prueba: que siempre podían llamarla si surgía algo que les desbordara. Pero acto seguido, Jeremy le había lanzado esa sonrisa suya que parecía decir «confía en mí» y le había dicho que eso no iba a pasar porque lo tenía todo controlado.

Ya. Seguramente quería librarse de ella para poder tontear con Peyton en la cocina. Ya se había percatado de que había algo entre ellos.

La verdad era que debería bajar a supervisar las cosas.

—Por amor de Dios, tía, cálmate —y tenía que hacerlo, era necesario. Pero, malhumorada sin saber por qué, se puso a meter bruscamente en el lavavajillas los pocos platos sucios que había por la encimera sin pararse a pensar si podían desportillarse.

Se alegraba por ellos, maldita sea. Y quizás incluso más aún por sí misma, porque la última semana se habían portado como dos adolescentes enrabietados. Además, sabía perfectamente que Jeremy no iba a descuidar el trabajo. La verdad era que su mal humor no tenía nada que ver con la vida amorosa de sus empleados y sí con el hecho de que, a pesar de que se llenaba la boca diciendo que quería tener tiempo libre, sus quejas no eran más que palabrería. Porque, cuando no tenía un montón de cosas que hacer en la pizzería para mantenerse ocupada, se subía por las paredes.

De hecho, tenía demasiado tiempo para dar vueltas a la cabeza. Y a veces una quería sencillamente hacer cosas y no pensar, y pensar, y pensar. De ahí el zafarrancho de limpieza. Necesitaba algo con lo que impedir que su cerebro diera vueltas y más vueltas como un hámster en una rueda.

Y todo porque hacía una semana, Jenny le había asegurado que no era como su madre. Que era, de hecho, completamente distinta a Nola. Y que nunca sería como ella.

Había pensado mucho en ello desde entonces. Racionalmente, sabía que su amiga tenía razón. Desde que tenía uso de razón se había esforzado denodadamente por no seguir los pasos de Nola. Y sin embargo allí estaba, loca otra vez por Luc. Solo que esta vez era peor, porque no estaba pasando solo unos días de vacaciones en una isla lejana y exótica. Esta vez había podido comprobar lo bien que encajaba Luc en su vida cotidiana. Y, cada vez que estaban juntos, recababa datos que la ayudaban a comprenderlo mejor, a entender por qué era como era.

Y por lo visto creía estar enamorada de él.

La taza que tenía en la mano se estrelló de pronto contra la pared y Tasha apenas pestañeó cuando se rompió en mil pedazos. Se quedó allí parada, respirando aceleradamente mientras volvía la mirada hacia sí misma. Porque si creerse enamorada de un tipo al que solo estaba empezando a conocer no era propio de Nola, no sabía qué era.

No podía negar lo que sentía. Pero sí podía negarse a erigir un montón de sueños disparatados en torno a sus sentimientos. Porque Luc nunca le había prometido nada. De hecho, le había dicho desde el principio que le encantaba su trabajo. Y, a decir verdad, esperaba verlo hacer las maletas cualquier día y desaparecer de nuevo en su mundo oscuro y peligroso.

Lo que no sabía era qué demonios haría ella cuando eso sucediera.

Luc había estado oyendo los golpes que daba Tasha

en su apartamento desde que había vuelto a casa veinte minutos antes. Y aunque se moría de ganas de ir a ver qué estaba haciendo, decidió dejarla tranquila. Normalmente era muy tranquila, y los ruidos que estaba haciendo parecían denotar que estaba enfadada. Así que lo más prudente, pensó, sería evitarla.

Hasta que sonó un fuerte estrépito dentro de su casa. Entonces Luc salió por la puerta y se plantó delante de la suya sin pensárselo dos veces. Aporreó la puerta.

—¡Tasha! —gritó en tono imperioso—. ¡Ábreme!

Pasaron varios segundos de silencio. Estaba a punto de volver a aporrear la puerta cuando ella respondió tajantemente desde el otro lado:

—Vete, Luc.

—Ni lo sueñes. Abre la puerta o...

Tasha la abrió de golpe.

—¿O qué, grandullón? —preguntó con la cara colorada y los brazos en jarras—. ¿O la echas abajo a patadas? No te aconsejo que lo hagas, a no ser que quieras acabar en el calabozo de tu hermano. Porque no tardaré ni un segundo en decirle a Max que te detenga.

Luc se quedó mirándola perplejo sin saber por qué estaba enfadada con él.

—¿Se puede saber qué te pasa? —preguntó. Luego relajó las cejas al comprender cuál era probablemente la respuesta—. Ahhh —asintió con la cabeza sagazmente—. ¿Tienes la...?

—¡Qué! —lo miró incrédula y le dio un empujón en el pecho que le hizo retroceder un paso—. ¡Más vale que no acabes esa frase si sabes lo que te conviene, pedazo de alcornoque! Sé que es difícil que lo entiendas con ese minúsculo cerebrín de hombre que tienes, pero a veces una mujer tiene cambios de humor que no tienen nada que ver con su ciclo menstrual.

–Vale, tienes razón, pero ¿por qué crees que puedes descalificar el tamaño de mi cerebro por ser un hombre y que yo no puedo pensar que a lo mejor tienes la... que a lo mejor estás menstruando?

Tasha se limitó a mirarlo un momento antes de mascullar:

–Mierda –luego dio media vuelta y volvió a entrar en su apartamento con los pies enfundados en unos calcetines con flores.

Luc consideró que el hecho de que no le cerrara la puerta en las narices era una invitación a que entrara y eso hizo, cerrando con sigilo la puerta a su espalda.

–No tengo una buena respuesta para eso –contestó ella exhalando un suspiro–. Tienes razón –sacudió la cabeza, se dejó caer en el sofá y lo miró–. La verdad es que estoy de muy mal humor y, cuando te has presentado aquí haciendo exigencias, te has convertido en un blanco fácil para desahogarme. Lo siento.

Luc se sentó a su lado.

–¿Quieres que hablemos de ello?

–No –se echó hacia atrás y apoyó la cabeza en el respaldo del sofá, mirando la espesa niebla que se había acumulado al otro lado de la puerta corredera–. Es una tontería.

Luc debería haberse alegrado de que no quisiera hablarle de rollos sentimentales. Así que, ¿por qué tenía que morderse la lengua para no pedirle que le hablara de ello? Normalmente habría querido salir huyendo en dirección contraria. Pero empezaba a darse cuenta de que quería saberlo todo acerca de Tash. Quería saber qué la hacía reaccionar. Que le había ocurrido para que estuviera de tan mal humor. Pero estaba claro que ella no tenía ánimos para una charla de corazón a corazón, así que lo dejó correr. Entonces se acordó de algo que siempre decía su madre cuando lo veía alicaído o enfurruñado por algo y preguntó:

–¿Quieres un abrazo?

Ella volvió lentamente la cabeza para mirarlo... y, por un segundo, Luc pensó que iba a ponerse a llorar. La sola idea lo llenó de pánico. Pero por suerte aquella mirada se desvaneció y Tasha asintió con la cabeza.

–Sí –dijo en voz baja–. Me gustaría un montón.

La atrajo hacia sí y la sentó con cuidado sobre sus rodillas. Metiendo su cabeza bajo su mandíbula, frotó con la barbilla su coronilla y la rodeó con los brazos. Estuvieron callados un rato. Luego él levantó la barbilla y la miró.

–Hace mucho tiempo que no doy un masaje de espalda, pero la verdad es que se me daba de maravilla. Puede que esté un poco desentrenado, pero por ti estoy dispuesto a hacer todo lo que pueda.

Ella suspiró.

–Sería estupendo.

Luc se puso de pie y la ayudó a levantarse.

–¿Quieres tumbarte boca abajo en el sofá? Yo voy a sentarme a horcajadas encima de ti –al ver que lo miraba dudosa añadió–: No te preocupes, no voy a aplastarte.

–¿Por qué no vamos al dormitorio? –sugirió ella–. Allí hay más sitio.

A la polla de Luc le encantó la idea, pero Luc la regañó para sus adentros diciéndole «Quieta ahí».

–De acuerdo –dijo como si tal cosa, y la siguió al

dormitorio–. Ponte cómoda –se acercó a la ventana para cerrar la persiana.

Encima de la cómoda había una bandejita con varias velas con olor a vainilla. Luc sacó un librillo de cerillas que siempre llevaba en el bolsillo y las encendió.

Cuando se volvió, el corazón le dio un vuelco. Tasha se estaba quitando la sudadera por la cabeza. Se desabrochó el sujetador, lo tiró a un lado y se tumbó boca abajo sobre el colchón.

Luc esbozó una sonrisa.

–Vaya, veo que te apetece el masaje.

–Sí, me apetece muchísimo –se incorporó ligeramente y le sonrió por encima del hombro–. No recuerdo la última vez que me dieron un buen masaje en la espalda –volvió a tumbarse boca abajo, cruzó los brazos y apoyó sobre ellos la mejilla derecha.

Él cruzó la cama de rodillas, pasó una pierna por encima de sus muslos y se sentó sobre ella. Por un instante se limitó a mirar su espalda larga y tersa. Luego, inclinándose hacia delante, posó los dedos sobre sus hombros y comenzó a masajear rítmicamente los músculos y a clavar los pulgares en su cuello tenso.

Ella gruñó en voz baja, y la verga de Luc estuvo a punto de sufrir una conmoción cerebral al golpearse la cabeza contra su cremallera. Refrenando un gruñido, intentó concentrarse en el masaje. Pero ella seguía haciendo ruiditos que no ayudaban nada a mitigar su erección. Sintió, sin embargo, que Tasha empezaba a relajarse.

–Sí que tienes talento para esto –comentó ella con un suspiro, volviendo la cabeza hacia el otro lado.

Cuando su cuello y sus hombros perdieron su rigidez, Luc siguió hacia abajo por su espalda. En cierto momento deslizó los dedos por sus costados y rozó sus pechos. Estaba tan concentrado intentando controlarse que tardó un momento en darse cuenta de que ella había empezado a levantar un poco el torso cada vez que deslizaba las manos hacia sus pechos.

–¿Tasha?

Se retorció bajo él y el sonido que dejó escapar tenía un claro acento sexual. Inclinándose sobre ella, Luc le dio un beso en el cuello y luego mordisqueó un poco el lóbulo de su oreja. Tasha se estremeció.

–Dime lo que quieres –ordenó él con voz ronca por el deseo.

–Tócame –susurró ella ásperamente.

–¿No es lo que estoy haciendo? –preguntó él, pero al mismo tiempo deslizó los dedos con más intención hacia la curva suave de sus pechos–. ¿O estás pensando más bien en esto?

Ella movió el hombro para darle acceso a su pecho izquierdo.

«Ah, sí». Luc profirió un gruñido ronco y deslizó la mano hacia delante para agarrar el pecho que le ofrecía. Era grande y suave, y estuvo masajeándolo antes de atrapar el pezón entre el índice y el pulgar para darle un suave tirón.

–Dios, Luc –jadeó ella.

Él se excitó tanto al oírla que se le aceleró el corazón y la polla se le puso tan dura que temió que fuera a resquebrajársele. Se apartó de ella, la hizo tumbarse boca arriba, le desabrochó los vaqueros y se los quitó en cuestión de segundos. Luego se quedó mirándola unos segundos más.

Al ver la matita de rizos rubios de su pubis perfectamente recortado estuvo a punto de perder el control. Poniéndose de rodillas, se tumbó sobre ella apoyándose en las manos e inclinó la cabeza para besarla. Tasha levantó las manos, lo agarró del cuello y también lo besó.

Y Luc se dejó llevar.

Perdió la noción del tiempo y no supo cuánto había pasado cuando por fin levantó la cabeza. Comprendiendo, sin embargo, que era tiempo bien invertido, le sonrió.

–Dios, Tasha. Todo en ti me alucina –pero, como era cierto y todavía se sentía un poco incómodo dejándole ver lo vulnerable que se sentía, añadió con cierta ironía–: Me fastidia que seas tan preciosa.

–Sí, lo sé –repuso ella con sorna–. Soy toda una belleza. Y es porque se me da genial vestirme para realzar mis mejores rasgos.

Luc sonrió al pensar en los harapos que se había puesto para limpiar. Tasha se estaba riendo de sí misma, pero de pronto levantó las manos y se tocó la cabeza.

–¡Dios santo, pero si todavía llevo puesto el pañuelo! –esbozó una sonrisa irónica–. Soy verdaderamente una tía con estilo –se deshizo el nudo de la nuca, se quitó el pañuelo y se pasó los dedos por los rizos para ahuecárselos. Luego miró a Luc–. Está claro que te pone el *grunge*.

–Sí, me gustan las chicas con carácter. Me encanta que me tengan a raya.

–¿Con qué, con una silla y un látigo? –le sonrió, le pasó los brazos por el cuello y se incorporó un poco para besarlo.

Y así, de pronto, Luc estuvo listo de nuevo. La besó

largo rato y luego se apartó y comenzó a deslizarse por su cuerpo. Se detuvo al llegar a su ombligo, le rindió homenaje un momento y luego siguió hacia abajo para acariciar sus muslos y observarla de cerca.

Levantó la mirada.

—Me encantan las contradicciones de tu cuerpo —dijo—. Me encanta que tus piernas y tus brazos sean fuertes como los de una atleta. Y que sin embargo tu piel sea tan suave, dulce y femenina.

Ella se incorporó apoyándose en los codos y lo miró, y Luc sintió que se ponía colorado de vergüenza. «Pero ¿qué te pasa, hombre?». Los agentes secretos no hablaban así. Para disimular un poco su turbación, y porque era lo que quería, separó sus labios vaginales y agachó la cabeza.

Durante un segundo se limitó a mirar los labios húmedos y rosados y la perlita de su clítoris. Luego bajó la cabeza y lamió suavemente su sexo de abajo arriba.

—Ahhhh —jadeó ella separando las piernas.

Y Luc se perdió en su humedad dulce y salada, en sus complejas texturas. Pasó largo rato antes de que cobrara conciencia de que ella había hundido los dedos en los rizos de su cabeza, que no se había molestado en cortar desde su llegada a Razor Bay, y lo apretaba con fuerza al tiempo que respiraba agitadamente.

—Dios, Luc —jadeó—, es... —inhaló bruscamente cuando él pasó la punta de la lengua por su clítoris y sus muslos se tensaron—. Dios, voy a co...

—Todavía no, nena, todavía no —se retiró—. Quiero sentir cómo te corres cuando te la meta —buscó sus pantalones. Y volvió a mirar—. ¿Dónde demonios están mis pantalones?

Ella rodó por la cama pero regresó enseguida a su lado.

—Ten —dijo—. Preservativos. Date prisa —sacudió la cabeza, se puso de rodillas y se arrimó a él.

—Sí —Luc la vio rasgar el paquete y ponerle el preservativo—. Dios. Sí. Necesito estar dentro de ti. Ya —la apartó de él.

Tasha se puso a gatas y lo miró por encima del hombro.

—Quiero que me la metas, métemela de una vez.

—Dios, Tasha —pasó una de sus manos morenas por la curva de su culo al mismo tiempo que metía una rodilla entre las suyas y le separaba las piernas.

Luego, bajando su verga erecta, la alineó con su raja, echó las caderas hacia delante y vio como desaparecía su polla en su agujero caliente, centímetro a centímetro. Al verlo y sentir que enfundaba su verga como un guante de goma lubricada, tuvo que apretar los dientes para no correrse como un chico de catorce años. Le susurró en español cosas que se alegró de que ella no entendiera y se retiró casi por completo antes de darle una palmada en el culo y volver a penetrarla.

Ella dejó escapar un gemido agudo y gutural y empujó hacia atrás contra su polla. Luc volvió a sacársela, la hundió de nuevo y movió las caderas. Estirando los brazos hacia atrás, Tasha lo agarró de las muñecas para que no volviera a apartarse, se arqueó y, con una serie de largos y jadeantes gemidos, se corrió con la fuerza de un ciclón.

Luc siseó entre dientes cuando los músculos interiores de Tasha se tensaron alrededor de su verga. Cuando sintió que comenzaba a calmarse, volvió a penetrarla con fuerza, rítmicamente. Y sonrió con feroz satisfacción cuando ella comenzó a excitarse de nuevo.

Aquel orgasmo fue más corto y más brusco y, cuando se disipó la última contracción, ella se dejó caer sobre el colchón, inerme, con los brazos estirados hacia el cabecero. Luc agarró su culo todavía levantado y aguantó todavía seis, siete, ocho embestidas más. Luego, mascullando su nombre, la penetró una última vez y se corrió como si llevara años sin derramarse, en lugar de un par de días. Cuando la última pulsación se difuminó, él también se desplomó como un saco de ladrillos.

Justo encima de ella.

«¿Esto es lo que tú llamas mantener las distancias?», preguntó una vocecilla dentro de Tasha. En aquel momento se sentía demasiado bien para concederle a aquella pregunta la atención que merecía. Pero aun así sabría que tendría que darle respuesta en algún momento.

Porque lo había hecho: se había enamorado locamente de Luc Bradshaw. Era sin duda la cosa más tonta que podía haber hecho pero, si de verdad valoraba tanto la sinceridad, tenía que reconocerlo al menos ante sí misma.

Porque la verdad era que nunca se había sentido así con nadie, y el amor era la única explicación. Era algo que iba mucho más allá de lo físico. Luc era inteligente, paciente y tenía un gran sentido del humor. Era simplemente... un hombre bueno, y ella lo amaba. Y en parte le hacía una enorme ilusión por que así fuera.

Pero su lado pragmático sabía que, si no empezaba

a distanciarse un poco de él, iba a acabar sufriendo como nunca, y tal vez tardara mucho en recuperarse. Tenía que encontrar un término medio, un modo de disfrutar de él y de lo bien que se sentía cuando estaban juntos, y al mismo tiempo de protegerse para no acabar destrozada el día en que Luc volviera a su trabajo.

Capítulo 22

Luc se apartó de Tasha, rodó por el colchón junto a ella y se volvió para tomarla en sus brazos. Pero antes de que le diera tiempo a tenderle los brazos, ella se volvió y se levantó de la cama, lanzándole una sonrisa por encima del hombro.

–Tengo que ir al baño –dijo.

Tal vez fuera cierto, pero Luc notó que se paraba a recoger su ropa del suelo y adivinó que no iba a volver con él a la cama. Cuando regresara, estaría vestida y tendría algo que hacer en otra parte.

Hacía una semana que habían hecho el amor por primera vez y desde entonces había sentido que ella se alejaba. Era como una gata salvaje en la cama, pero en todo lo demás se mostraba cada vez más distante. Y él no sabía qué hacer al respecto.

Bueno, eso no era del todo cierto. Posiblemente la culpa era en parte suya. Había perdido un montón de oportunidades de decirle lo que sentía por ella. No había aprovechado ni una sola de ellas.

Tensó los hombros, poniéndose a la defensiva. Debido a su trabajo, se había acostumbrado a ocultar sus sentimientos, y ahora le costaba trabajo romper con esa costumbre. Eso por no hablar de que decirle a alguien que le querías era un paso tremendo, un paso que no había dado nunca en sus treinta y cinco años de vida, a no ser que contara a sus padres.

Aun así, había hecho de todo por demostrarle sus sentimientos. ¿Y no se suponía que los actos eran más elocuentes que las palabras?

Por lo visto no, porque no había conseguido nada. Porque aunque ella parecía apreciar sus gestos, cuanto más intentaba demostrarle lo que sentía, más parecía aferrarse Tasha a la idea de que lo suyo era pasajero.

Lo más absurdo de todo era que ni siquiera recordaba haber llegado con ella a ese acuerdo. Imaginaba que había sido algo tácito, por lo menos al principio. Y lo cierto era que nunca le había hablado de su decisión casi firme de dejar su trabajo. Y las mujeres parecían necesitar que esas cosas se hicieran explícitas.

Al pensar en todo lo que había descubierto últimamente sobre aquella noche en la isla de Andros, se dio cuenta de que había un montón de cosas que debería haber hecho explícitas.

Salió de la cama y agarró sus pantalones. La cosa tenía fácil arreglo. Se lo diría ahora. Sí, sí, debería habérselo dicho antes, pero ¡qué demonios!, más valía tarde que nunca.

Ella salió del cuarto de baño completamente vestida, como sospechaba Luc. Al verlo se paró en la puerta.

–Ah, te has levantado. Tengo que volver a mi casa a recoger unas cosas para la pizzería. Tengo que encender el horno y ponerme a hacer salsa de tomate.

–Concédeme diez minutos antes de irte –le pidió

él–. O, si tienes mucha prisa, puedo bajar contigo, porque lo que tengo que decirte puede que lleve un rato.

–¿Ah, sí? –había echado a andar hacia la puerta, pero al oírle se detuvo, se volvió y lo miró con sorpresa–. ¿Te importa adelantarme de qué se trata?

–Claro que no –pero de pronto no supo por dónde empezar. Así que se decidió por la verdad–. En primer lugar, necesito decirte que te quiero.

Tasha lo miró boquiabierta unos segundos, con el corazón latiéndole con furia dentro del pecho. Latía de esperanza y al mismo tiempo de puro terror.

Finalmente venció el miedo, y eso la puso furiosa. Así que hizo lo que habría hecho cualquier mujer con sangre en las venas: se puso a la defensiva.

–No me digas eso –le espetó–. No le puedes decir a una mujer que la quieres cuando piensas largarte cualquier día de estos para irte a Sudamérica a jugarte el pellejo. Y vete tú a saber por cuanto tiempo.

Luc se acercó a ella.

–Puede que tenga que marcharme. O puede que me quede.

«Puede». Ella lo miró a la cara. «Santo Dios, Tasha, ¿en eso quieres poner tus esperanzas, en un «puede»?

–Caray –dijo con frialdad–, qué afirmación tan rotunda. Debe de ser alucinante tener las cosas tan claras.

–¡Hey! –frunció las cejas–. ¿Quién ha sido el primero en decir que pienso largarme?

–Tú –al ver que Luc la miraba con incredulidad, explicó–: Puede que no lo hayas dicho expresamente, pero me dijiste que te encantaba tu trabajo.

–Y me encanta.

–Pues los dos sabemos lo que implica tu trabajo. Así que asunto zanjado.

–Ah, no, nada de eso –se acercó más aún–. Sí, me encanta mi trabajo, lo reconozco, pero puede que me encantes más tú.

–¡Deja de decir esas cosas! –«otra vez ha dicho «puede»», se advirtió a sí misma. «Cuando un hombre define así sus sentimientos, no hay que echar las campanas al vuelo. ¿Me oyes?». Intentó apartarlo de un empujón, pero no consiguió moverlo ni una pulgada.

–¿Por qué no voy a decírtelas? –replicó él–. Me gustas más tú de lo que me gusta mi trabajo –le apartó un rizo de la cara–. Piénsalo, Tash. Tú y yo... Estamos bien juntos. Estamos de maravilla. Así que, ¿qué pasa si lo digo?

La esperanza que ella procuraba no sentir floreció tan frondosa y exuberante como una flor de cactus en pleno invierno. Era tan dulce y daba tanto miedo... que la ansiedad se apoderó de ella.

Dio un paso atrás.

–¿Y luego qué? ¡Yo tengo mi vida hecha, sabes! He hecho todo esto yo sola. No puedes llegar aquí como si tal cosa y decidir por tu cuenta poner mi vida del revés sin siquiera consultarme. Teníamos un trato. Esto es un rollo pasajero, nada más. Ahora no podemos cambiar todas las normas.

Luc se acercó y bajó la cabeza hasta que quedaron nariz con nariz. Tasha tuvo que inhalar por la boca para no sentir el olor delicioso de su piel. Levantó la barbilla para demostrarle que no pensaba dar su brazo a torcer. Y lo miró a los ojos.

—Lo nuestro nunca ha sido solo un rollo pasajero –afirmó él tajantemente–. No lo fue hace siete años y desde luego no lo es ahora. Reconozco que intenté convencerme a mí mismo de que lo era, pero estaba equivocado. Para mí no es solo sexo. Y, nena, para ti tampoco.

—No hables por mí –le espetó ella–. Porque yo solo quiero sexo, nada más –«ay, Dios, Tasha, adiós a tu política de honestidad total». A pesar de que sabía que estaba mintiendo y lo detestaba, irguió la espalda, lo miró fijamente a los ojos y repitió–: No quiero nada más.

Él echó la cabeza hacia atrás, se irguió lentamente y la miró de arriba abajo, atentamente. Luego clavó de nuevo la vista en sus ojos.

—Pero si estás asustada –dijo.

—¿Qué? –dio un paso atrás, resopló–. De eso nada.

Él asintió con la cabeza sagazmente.

—Es alucinante. Después de todo lo que sé sobre cómo has montado tu pizzería tú sola, después de ver cómo enseñas a tus empleados que deben llevar el negocio con honradez e integridad y de ver lo buena amiga que eres de la gente que te importa... Maldita sea, Tasha –meneó la cabeza con expresión decepcionada–. La verdad, no esperaba esto de ti. No creía que fueras una cobarde.

Tasha sintió que una especie de corriente eléctrica atravesaba su cuerpo hasta las plantas de sus pies. Pero antes de que pudiera convencerse a sí misma de que aquello era lo mejor, de que era preferible renunciar a Luc y dejarle pensar que lo había decepcionado antes de que trastornara su vida por completo y estuviera tan enamorada de él que no pudiera recuperarse del golpe cuando lo perdiera, alguien llamó enérgicamente a la puerta.

Tasha se agarró a aquella interrupción como a un salvavidas, pero procuró que no se le notara y se limitó a levantar las cejas.

–¿Esperas a alguien?

–No. Supongo que serán Max o Jake, porque no suelen llamar antes de venir. Pero no había quedado con ellos, así que no hagas caso. Que quien sea se vaya. Tú y yo no hemos acabado de hablar.

–Claro que hemos acabado –no creía que pudiera soportar aquello ni un segundo más. Intentando disimular su dolor y su confusión, lo miró enarcando las cejas–. Ve a ponerte algo. Voy a abrir y luego me marcho –y sin esperar respuesta, se acercó a la puerta con la cabeza bien alta.

Contenta, se dijo, de tener cualquier excusa para poner coto a aquel disparate.

Luc entró rabioso en su habitación.

Pero mientras buscaba su jersey de color marfil, tuvo que reconocer que tal vez Tasha tuviera motivos fundados para dudar de su amor. Porque... «Joder, Bradshaw, ¿en serio le has dicho que quizá pensabas quedarte?».

Cinco minutos antes de que empezaran a hablar, tenía planeado decirle que estaba seguro al noventa y nueve por ciento de que iba a quedarse en Razor Bay. Pero al ver cómo reaccionaba ella al decirle que la quería, había reculado. Se había preguntado si de verdad quería quedarse si ella no lo quería. Y enseguida se había contestado a sí mismo «¡Diablos, no!». De modo que había dado marcha atrás, para asegurarse y para proteger su orgullo.

Encontró el jersey y se lo puso, se lo enderezó y estaba estirándose las mangas cuando oyó que Tasha preguntaba desconcertada:

—¿Señor Paulson?

Se quedó helado y regresó al instante al salón del estudio.

—¿Cómo sabía dónde encontrarme? —le preguntó ella al hombre que estaba en la puerta.

—No estaba buscándola a usted —dijo Paulson en su tono de impaciencia habitual—. Estoy buscando al agente Bradshaw —entró en el apartamento.

Luc vio que Tasha parpadeaba y que se volvía para mirar al hombre que, evidentemente, había conocido en un contexto muy distinto.

—¿Cómo es que conoce a Luc?

—No es simplemente el señor Paulson —le informó Luc poniéndose a su lado—. Es el agente especial Jeff Paulson, mi jefe.

—¿Tu... jefe? —los miró a ambos y luego fijó su atención en él—. ¿No trabaja en la embajada? —entornó los ojos—. Porque es la misma persona que me sacó de la cárcel hace siete años —se encaró con Luc y le preguntó con aspereza—: ¿Puedes explicarme qué tiene que ver tu jefe con lo que me pasó en las Bahamas?

—¿Acaso le importa? —dijo Paulson con brusquedad, visiblemente irritado, pero antes de que pudiera añadir nada, ella se giró para mirarlo.

—Sí —le espetó—. Claro que me importa. Me importa muchísimo. Así que ¿por qué no cierra el pico y se sienta?

Encantado con ella, Luc estuvo a punto de sonreír. Paulson, en cambio, dio un respingo y se puso muy tieso.

–¿Tiene idea de con quién está tratando, joven?

–Con un condenado embustero, para empezar, señor Paulson de la embajada de Estados Unidos. Deduzco que estaba enterado desde el principio de que me habían detenido y que podría haberlo impedido, o al menos haberme sacado mucho antes de lo que me sacó –se volvió hacia Luc–. ¿Y tú qué, vaquero? ¿También sabías que estaba encerrada en esa celda húmeda y oscura acusada de cosas que no había hecho?

Él abrió la boca para decir «Maldita sea, Tasha, ya hemos hablado de esto: ¡tú sabes que no!», pero Paulson, que no se caracterizaba por ser un hombre tolerante, se puso delante de él y la miró de frente.

–Mire, señorita –dijo–, olvídese de eso. Es irrelevante.

–¿Que es irrelevante? ¿Para quién? –replicó ella–. Para mí tiene relevancia, y mucha.

–¡Para el gobierno de los Estados Unidos! –bramó él–. Carece de importancia y es irrelevante para el gobierno. No tenemos tiempo que perder con sus histerismos. Lo importante aquí es el trabajo que hay que hacer. Y el hecho de que el gobierno requiere los servicios del agente Bradshaw inmediatamente –luego, como si ella hubiera dejado de existir, miró a Luc–. Le necesitamos. Tiene diez minutos para recoger sus cosas.

Luc vio que Tasha palidecía, pero antes de que pudiera decirle a Paulson que se fuera a paseo, ella le lanzó una mirada que lo clavó al suelo. Carecía por completo del calor que asociaba con ella.

–Bueno –dijo–. Esto me suena muchísimo, por desgracia. Se repite el estribillo.

Luego, con expresión adusta, salió al pasillo por la puerta todavía abierta y no se molestó en cerrarla a su espalda. Un segundo después se abrió la puerta de fuera y volvió a cerrarse.

Luc cerró con calma la puerta de su apartamento, respiró hondo, exhaló y se volvió hacia su jefe. Y se le nubló la vista de rabia al ver que Paulson daba golpecitos con el pie en el suelo y consultaba su reloj. Se acercó a él.

—Me mintió.

Paulson miró de nuevo su reloj, irritado.

—No tenemos tiempo para esto.

—Pues sáquelo de donde sea —replicó ásperamente. Se sentía furioso. Amargado. Traicionado. Hacía mucho tiempo que deberían haber tenido aquella conversación y no pensaba permitir que Paulson siguiera esquivándola—. Me mintió y, cuando lo descubrí y quise pedirle explicaciones, me evitó.

—¿Evitarlo? ¿Qué dice? —replicó Paulson gélidamente—. Estaba de vacaciones, unas vacaciones muy necesarias.

—Discúlpeme si no le demuestro mucha compasión. ¿Recuerda las últimas verdaderas vacaciones que tuve, señor? Fueron hace siete años. Y usted no dudó en interrumpirlas.

—Lo necesitábamos. Igual que ahora —al ver que Luc se limitaba a mirarlo, le lanzó una mirada cargada de arrogancia—. Estoy aquí, ¿no? Tengo muchos talentos, pero el de leer el pensamiento no se cuenta entre ellos. No tenía modo de saber que quería hablar conmigo hasta que volví.

—¡Eso son chorradas! —estaba harto de las mentiras de su jefe—. Le dije a su secretaria que necesitaba hablar con usted y le dejé muy claro que era urgente. Los dos sabemos que Jackie es muy eficiente. Así que corte el rollo.

Paulson soltó un soplido.

–Quería evitar justamente esta conversación.

–¿Sí? ¿Qué conversación es esa, exactamente? ¿En la que yo le pido explicaciones sobre por qué me mintió entonces y por qué sigue mintiéndome ahora?

–No –replicó Paulson–. Una conversación en la que usted arroja por la borda trece años de carrera impecable en la DEA por una mujer de tres al...

Luc dio un paso adelante y se encaró con él.

–Más vale que se lo piense antes de acabar esa frase, señor. Nunca he pegado a un miembro de mi equipo en esos trece años de la carrera impecable de la que usted cree que debería sentirme tan orgulloso. Pero, si sigue así, no tendré reparo en hacerlo –dio un paso atrás–. Tasha no es una mujer cualquiera para mí y nunca lo ha sido –dijo enérgicamente, y miró a su jefe con aire inquisitivo–. Pero eso ya lo sabía, ¿verdad? Se dio cuenta por mi actitud aquella noche, cuando intenté volver con ella, y no le gustó, así que lo arregló todo para que la encerraran mientras me sacaba del país y me hacía volver al trabajo que usted juzgaba más importante que ella.

–¡Era más importante!

–¡Usted no puede decidir qué es importante para mí! –bramó sin poder refrenarse–. ¡Es mi puta vida, no la suya!

Paulson hizo como que no le oía y añadió:

–Yo no arreglé la detención de Riordan –dijo en tono desdeñoso–. Eso fue decisión de la policía local. Sencillamente me aproveché de ello un día o dos antes de gestionar su puesta en libertad –como si aquello zanjara la cuestión, consultó de nuevo su reloj–. Ahora recoja su bolsa. Lo necesitamos en Juárez, México –se dirigió hacia la puerta.

–No.

Paulson se detuvo y se volvió lentamente para mirarlo.

–¿Qué ha dicho?

–He dicho que no. No voy a ir a Juárez.

–Está usted pisando un terreno muy peligroso, Bradshaw. Tal vez le convenga reflexionar un momento antes de tirar por la borda su carrera. Porque estoy a punto de despedirlo. Odiaría hacerlo, pero...

Luc se lo pensó unos veinte segundos. ¿Quería tirar por la borda su carrera? Durante trece años, su trabajo había sido lo primero. Pero detestaba que le hubieran mentido y que sus superiores hubieran tratado tan mal a Tasha. Aquello le hacía plantearse cuántas veces más le habrían dado informaciones falsas. Y, si miraba muy dentro de sí, se daba cuenta de que en realidad había perdido por completo la ilusión por su trabajo.

–Hablo en serio –dijo Paulson interrumpiendo sus cavilaciones–. Como le decía, detestaría tener que despedirlo.

Luc sonrió y, al ver su expresión, Paulson dio un paso atrás. Luego dijo con voz suave:

–Entonces permítame ahorrarle la molestia de tener que hacer algo que detesta.

Una sonrisa satisfecha comenzó a dibujarse en la cara de su jefe, y Luc se apresuró a borrarla.

–Presento mi dimisión, señor. Enviaré por e-mail mi carta de renuncia a su despacho esta misma tarde.

–¿Qué? ¡No puede marcharse!

–Sí que puedo –pasó a su lado, abrió la puerta y lo miró a los ojos–. Tenga cuidado al salir, no vaya a darle con la puerta en el culo.

Capítulo 23

−¡Cobarde yo! ¡Y un cuerno! −exclamó Tasha.

La lluvia se estrellaba contra los cristales de la pizzería, pero había encendido el horno de leña y la cocina estaba empezando a caldearse. O quizá fuera ella la que estaba entrando en calor, porque no había parado de moverse desde que había bajado.

Pero eso no venía al caso.

−Cuando una oye tal cantidad de «puedes» sobre algo que puede afectar a su futuro −masculló−, empieza a desconfiar un poco.

«Pero entiendes que él no supo que habías estado en esa cárcel de las Bahamas hasta que tú se lo dijiste, ¿verdad?».

−¡Cállate! −le ordenó a su conciencia. Pero sí, efectivamente, lo sabía. Quizá lo hubiera puesto en duda en el calor del momento, al ver aparecer al jefe de Luc, pero lo cierto era que sabía que Luc no le habría mentido de ese modo.

Intentó concentrarse en lo que estaba haciendo. No tenía tiempo de pensar en eso. Tenía que saltear cebollas y ajo, trocear los tomates asados y sacar las especias para preparar la salsa. Le gustaba ponerla a cocer mucho antes de que empezaran a llegar los clientes en tropel.

Porque los viernes siempre iba mucha gente, y los chicos empezarían a llegar al Bella T en cuanto se bajaran del autobús del instituto.

Al pensar en ellos casi sonrió. Los chavales que frecuentaban el Bella T solían ser interesantes, y Tiffany siempre le contaba las cosas de las que les oía hablar en el restaurante. Últimamente la comidilla era lo que iba a ponerse cada cual para Halloween, la semana siguiente. A Tasha le encantaba escuchar cómo eran los trajes que estaban preparando. Los adolescentes podían ser muy creativos. Pero ese día, sin embargo, no sintió ningún entusiasmo al pensarlo. Se sentía... abotargada por dentro. O triste, quizá. O cabreada.

En cualquier caso, lo superaría. Claro que sí. Solo necesitaba un par de horas. O un día, quizá.

O un milenio.

«La salsa, Riordan. Olvídate de lo demás y concéntrate en la salsa».

Estaba añadiendo salsa, albahaca y orégano a la cazuela cuando un rato después entró Jeremy por la puerta de atrás.

–Hola –dijo, y se sacudió como un perro mojado antes de quitarse el abrigo y dejarlo en el perchero–. Qué bien huele –le lanzó una gran sonrisa–. Bueno, aquí siempre huele bien. Pero tu salsa cuando está recién hecha... huele de maravilla en un día como hoy.

Tasha sonrió desganadamente y, para que Jeremy no se diera cuenta, le indicó con la barbilla la encimera donde solía trabajar él. Había amontonado verduras encima, junto a los recipientes apilados en los que solían guardar los ingredientes ya troceados.

—¿Quieres empezar a picar?

Él arrugó un poco la frente mientras la miraba, pero se limitó a decir:

—Claro.

—Estupendo —al ver que la salsa empezaba a bullir al fin, la removió enérgicamente, bajó la llama y volvió a pensar en Luc mientras echaba mano de la tapa. Sus dedos apenas habían tocado el asa cuando su mano hizo un extraño movimiento espasmódico.

Y en lugar de levantar la tapa para ponerla sobre la cazuela, la dejó caer al suelo.

—¡Mierda! —se quedó mirándola mientras resonaba en el suelo y se deslizaba por las baldosas, y tuvo que refrenarse para no darle una patada.

—¡Hala! —Jeremy la miró preocupado y a Tasha le dieron ganas de propinarle una patada también a él—. ¿Estás bien? —preguntó el chico.

—Sí —mintió entre dientes—. Estoy genial.

Jeremy se limitó a mirarla y ella se removió, incómoda.

—Bueno, la verdad es que no estoy muy segura de cómo estoy —reconoció—. Pero sí sé que no quiero hablar de ello ahora mismo, ¿vale?

—Claro, pero si cambias de idea... —dejó la frase en suspenso, pero su manera de mirarla decía a las claras que estaba dispuesto a escucharla.

Al ver que ella no decía nada, volvió por fin a su tarea. Tasha recogió la tapa, la fregó y la colocó con cuidado sobre la cazuela. Luego, tras echar un vistazo a su alrededor para ver qué tenía que hacer a continuación y darse cuenta de que debía freír las salchichas, decidió que no podía fiarse de sí misma para cocinar algo que soltaba grasa caliente y se volvió hacia Jeremy.

—Trae, deja que siga yo con eso —se acercó a su mesa, metió los pimientos verdes en un recipiente y la piña fresca en otro, se los llevó a su sitio y añadió—: Acaba con las cebollas y luego ponte con las salchichas, ¿de acuerdo?

—Claro.

Durante un rato solo se oyó el rápido movimiento de sus cuchillos al chocar con las tablas de cocina. Tasha se dio cuenta de que Jeremy había acabado porque limpió su tabla, llevó sus recipientes a la nevera y regresó con cuatro paquetes de salchichas crudas. Un momento después su olor se mezcló con el de la salsa de tomate.

Tasha intentó concentrarse en las cosas que tenía que hacer y durante un rato hasta lo consiguió. Así que se llevó una sorpresa cuando, sin venir a cuento, se oyó decir de pronto:

—Algunas personas no están hechas para amar, es así de sencillo.

Jeremy levantó la cabeza bruscamente y la miró. Luego asintió con un gesto.

—Eso es verdad. Nunca te he hablado de mi madre, pero tiene un trastorno bipolar severo.

Aquello hizo que Tasha dejara de refocilarse en su autocompasión.

—Jeremy... Lo siento.

El chico se encogió de hombros.

—Así son las cosas. Estoy seguro de que cuando se casó con mi padre creía que estaba hecha para la vida familiar. Y sé que me quería cuando era pequeño. Pero con el tiempo el trastorno bipolar le fue impidiendo cada vez más demostrarnos cariño. Y cuanto peor era la enfermedad, más mezquina y colérica se volvía.

Con mi padre se llevaba mejor que conmigo, y él la quería con locura. Pero como veía cómo me estaba afectando aquello a mí, llegó a la conclusión de que tenía que dejarla.

—¿Por eso viniste a Cedar Village?

—Sí. Yo sabía que estaba enferma, pero me costaba mucho recordarlo cuando la tomaba conmigo o cuando se ponía a pegarme, y empecé a torcerme. Me junté con malas compañías y me metí en un montón de líos —sacudió la cabeza—. Pero lo que quería decirte es que sé por experiencia que hay personas que no están hechas para amar. Pero Tash... —la miró a los ojos—. Tú no eres una de ellas.

Ella se sobresaltó como si acabara de tocar un cable eléctrico pelado.

—No estábamos hablando de mí.

—Claro que sí —la miró con unos ojos que habían visto muchas más cosas de las que deberían a su edad.

Y ella le mostró su respeto diciéndole la verdad:

—Está bien —dijo con una sonrisa compungida—. Supongo que sí. Pero tú no conoces mi historia.

Jeremy se rio.

—Será una broma, ¿no? Este pueblo es del tamaño de un sello. Puede que no me haya criado aquí, pero sé que creciste en una caravana y que tu madre tiene mala reputación.

Vaya... Claro que lo sabía. Como él mismo había dicho, Razor Bay era un pueblucho. Un pueblucho al que le encantaban los cotilleos.

—Pero aunque no lo supiera —añadió él—, sé perfectamente que tienes todo lo que hay que tener, y en cantidad. Como ese rollo de la empatía. Fíjate en la gente a la que contratas. Bueno, Tiff viene de una familia normal y está perfectamente, pero fíjate en Peyton y en mí. Tienes que reconocer que los dos tenemos un montón de problemas.

Tasha lo miró, halagada por sus cumplidos, y dijo con sorna:

—Sabes que Max y Harper me pidieron que te contratara, ¿verdad?

—Sí, lo sé. Pero ¿te pidieron que también contrataras a Peyton? ¿O que me buscaras un sitio donde vivir o que le pidieras a tu amiga Jenny que me enseñe cómo conseguir una beca para poder ir a la universidad?

Tasha se quedó mirándolo.

—Verás, te conozco bastante bien —agregó Jeremy, y se cuadró de hombros—. Lo que no sé es qué ha hecho Luc.

«Me ha dicho que me quería, el muy capullo. Y me ha llamado cobarde».

—Pero entiendo que uno se enfade cuando alguien que le importa la caga. Yo me enfadé mucho cuando Peyton ofendió a mi padre. Pero la verdad es que me alegro un montón de haberla perdonado. Porque me habría perdido un montón de cosas buenas si hubiera seguido enfadado.

Ella abrió la boca para decirle que lo suyo con Luc no era tan sencillo. Pero volvió a cerrarla. Porque sí lo era.

Era exactamente así de sencillo.

Sintiéndose de pronto un poco mareada, se agarró a la encimera con las dos manos y acercó un taburete con el pie para sentarse.

Así pues, su madre pasaba de una relación a la siguiente y era incapaz de mantener ninguna mucho tiempo. Pero eso no tenía nada que ver con ella. Jenny se lo había dicho. Le había dicho que no era Nola. Se lo había asegurado... y ella hasta se había convencido de que lo creía.

Pero evidentemente no era así. Lo cual era absurdo por su parte. Porque en realidad... Exhaló un suspiro y se dio cuenta de que había estado conteniendo la respiración. En realidad ella sí sabía una o dos cosas de relaciones duraderas. Tal vez no de la variedad hombre-mujer, pero Jenny y ella eran amigas desde los dieciséis años. Y también tenía otros amigos. Buenos amigos. Y, como le había recordado Luc, había levantado una pizzería desde cero y lo había hecho todo conforme a su propio criterio. Tenía empleados y aún tendría más si el negocio seguía creciendo a aquel ritmo.

«Eso es lo que soy. No soy como mi madre en ningún sentido, así que ¿por qué demonios me empeño en creer que soy su clon en lo que respecta al amor?».

Luc tenía razón también en otra cosa: era una cobarde.

Pero eso podía cambiar. Se quitó el delantal y se volvió hacia Jeremy.

–¿Puedes quedarte guardando el fuerte?

–Claro.

–No sé cuánto tiempo voy a estar fuera.

–No importa. Puedo arreglármelas. Tiff está a punto de llegar y Peyton viene por la tarde. Nos las apañaremos. Y, si surge algo que no podamos solucionar, tenemos tu número de móvil.

Tasha miró el charco de jugo de piña que había sobre su tabla y las peladuras que aún no había tirado.

–Ni siquiera he terminado aquí.

–Vete –insistió Jeremy–. Yo ya casi he terminado con las salchichas. Terminaré eso cuando acabe de recoger aquí.

—Vale. Gracias —se puso en pie, se acercó al fregadero y se lavó las manos, se las secó con el delantal y lo dejó en el cesto de la ropa sucia.

Cuando estaba a punto de salir, dio media vuelta y se acercó a Jeremy. Le puso una mano en la nuca, le hizo bajar la cabeza y le dio un beso en la frente. Luego, soltándolo, retrocedió.

—Contratarte ha sido lo más sensato que he hecho nunca —le dijo—. No lo dudes nunca.

Luego cruzó a toda prisa el comedor, salió por la puerta principal y corrió bajo la lluvia hacia la escalera lateral temiendo que Luc se hubiera ido ya. Paulson le había dicho que tenía que recoger sus cosas en diez minutos, y había pasado mucho más tiempo.

¿Y si había permitido que se marchase sin decirle que lo quería? Dios... Jamás se lo perdonaría.

Empapado hasta los huesos, Luc subió corriendo las escaleras que llevaban a los apartamentos de encima del Bella T.

«Vale, quizá no haya sido una idea muy brillante salir con esta lluvia y sin chaqueta», se dijo. Pero cuarenta minutos antes, cuando Paulson había salido de su casa dando un portazo y mascullando entre dientes en tono amenazador que Luc no iba a volver a trabajar para la DEA ni para el Departamento de Justicia, no se había parado a pensar en el tiempo que hacía. Y no porque le preocuparan especialmente sus amenazas. Tenía un motivo legítimo de queja contra su jefe y Paulson lo sabía, así que era poco probable que emprendiera una guerra contra él.

Y, de todos modos, Luc ya no tenía ningún interés

en seguir trabajando para ninguno de ambos organismos.

Lo que de verdad le importaba era la hondura del vínculo que había creado con sus hermanos durante las siete semanas anteriores. En casa de Max, mientras trabajaban en su campaña, se había dado cuenta de que ya no tenía que esforzarse por tener la misma relación que tenían entre sí sus hermanos, de que lo trataban exactamente igual que se trataban entre ellos. Pero hasta ahora no se había dado cuenta de lo mucho que significaba aquello para él.

Aunque le costara reconocerlo, le hacía una enorme ilusión contar con ellos, tener hermanos. Le gustaba y, a pesar de lo que había pensado al preguntarse si querría quedarse en Razor Bay si no seguía con Tasha, de pronto se había dado cuenta de que no podía separarse sin más de la familia a la que acababa de encontrar. Quería ver cómo se casaban Jake y Jenny. Quería ver crecer a Austin. Quería seguir siendo el hermano de Max y Jake.

Con Tasha o sin ella.

Pero, si Tasha lo dejaba definitivamente, no sabía si podría soportar estar cerca de ella sin volverse loco.

Le había dado tantas vueltas a aquella cuestión, sopesando los pros y los contras, que había empezado a agobiarse en el apartamento y había tenido que salir a estirar las piernas.

A respirar.

Así que había echado a andar por la playa sin pensar en que llovía tan fuerte que no se veían las montañas del otro lado del canal. Cuando se había dado cuenta, tenía ya los vaqueros y la sudadera empapados. Si se quedaba en Razor Bay, y después de aquel paseo tenía claro que pensaba quedarse, tendría que comprarse un chubasquero. Tenía el cuerpo habituado a los climas más cálidos del hemisferio Sur y estaba helado hasta los huesos.

Cuando llegó al pie de la escalera exterior del edificio, oyó que la puerta de arriba se cerraba de golpe y el corazón se le aceleró bruscamente. Subió los escalones de dos en dos y a veces de tres en tres, a toda prisa, hasta llegar al pequeño descansillo de arriba y abrió la puerta de un tirón.

Justo a tiempo para ver a Tasha junto a su puerta. Ella se giró y lo miró. Durante unos instantes, solo pudieron mirarse el uno al otro. Luc tenía aún el corazón acelerado cuando ella rompió el silencio.

–No sabía si todavía estarías aquí –dijo, y sacudió la cabeza–. Olvídalo. No es eso lo que quería decirte.

–¿No? –avanzó por el pasillo hacia ella–. ¿Y qué querías decirme? –no sabía si prepararse para lo peor o sentir un atisbo de esperanza.

–Que soy una idiota –lo miró cuando se detuvo a unos pasos de ella–. Me dices que me quieres y yo me enfado y te rechazo –dio un paso hacia él–. Lo que debería haberte dicho es que yo también te quiero. Y tienes razón, Luc. He sido una cobarde.

Él no oyó nada, excepto su declaración de amor. El alivio y la euforia, una profunda felicidad, se apoderaron de él. Entrelazando sus dedos con los de Tasha, la apretó contra la pared y sujetó sus manos allí, a ambos lados de sus hombros. Miró sus bellos ojos grisáceos y luego se apoderó de su boca y la besó con todo su ser.

Gruñó cuando ella desasió las manos, le rodeó el cuello con los brazos y le devolvió el beso. Podría haber seguido haciéndole el amor a su boca toda la eternidad, pero quería oírla decirle de nuevo que lo quería. Así que, de mala gana, levantó la cabeza y dio un paso atrás. Tasha se estremeció y se tocó la ropa.

—Hala, me has dejado toda mojada.

Luc le lanzó una sonrisa traviesa.

—Eso es lo que quería.

Tasha le dio un manotazo en el hombro.

—¡No me refería a eso, tonto! —después se echó a reír con esa risa suya, sonora y vibrante—. Bueno, puede que también, pero estaba hablando de la ropa. ¿Qué has hecho? ¿Darte un baño en la bahía?

—He ido a dar un paseo por la playa mientras pensaba —contestó, y meneó la cabeza con impaciencia, porque, al igual que ella, no era de eso de lo que quería hablar. Se lamió el labio inferior y la miró con fijeza—. Dímelo otra vez, Tash.

Ella no fingió que no sabía a qué se refería.

—Te quiero —repitió mirándolo con amor—. Dios, Luc, te quiero más de lo que creía que podía quererse a un hombre —respiró hondo, temblorosa, pero siguió mirándolo fijamente—. Tenías razón, ¿sabes? He sido una gallina. Siempre me he considerado muy osada, y quiero pensar que lo soy en otros aspectos de mi vida. Pero esto del amor me descoloca, y mi primer impulso es siempre huir en dirección contraria. Pero por fin me he dado cuenta de que no me estoy haciendo ningún favor intentando evitar sufrir en el futuro. Y menos aún si para eso tiene que partírseme el corazón ahora. Así que... —se cuadró de hombros—. Preferiría que no fueras a Sudamérica y, sinceramente, no sé cómo va a funcionar esta relación si pasas largas temporadas poniéndote en peligro. Pero si tú crees que podemos intentarlo, estoy dispuesta a hacerte caso.

Luc sintió como si acabara de recibir de lleno un rayo de sol y la miró maravillado.

–Entonces, ¿estarías dispuesta a intentarlo aunque tuviera que marcharme?

–Sí.

–Dios mío, Tasha, te quiero tanto... Pero...

–Ay, Dios, ¿hay un pero?

–Sí, pero este va a gustarte, te lo juro. No voy a ir a ninguna parte, nena. Esta mañana, cuando te marchaste, lo dejé.

–¿Qué dejaste? –luego lo miró boquiabierta–. ¿Tu trabajo? ¿Dejaste tu trabajo?

–No quiero trabajar para alguien que hace las cosas que ha hecho Paulson y que me miente como me ha mentido él. Así que me he despedido. Pero tienes que entender una cosa –flexionó las rodillas para mirarla a los ojos–. Es muy posible que siempre vaya a dedicarme a labores policiales, y me gusta que mi trabajo sea un poco arriesgado, eso no puedo cambiarlo. Así que si lo que necesitas es un tipo que trabaje de nueve a cinco en una oficina, no creo que yo pueda hacerte feliz.

Tasha dio un salto y le echó los brazos al cuello y las piernas a la cintura.

–Acabas de hacerme feliz. Me has hecho muy, muy feliz. No quiero cambiarte, Luc, y no puedo prometerte que no vaya a preocuparme si te arriesgas. Pero sé que tu trabajo es parte de ti, igual que el Bella es parte de mí. Además, no creo que vayas a arriesgarte porque sí, así que limítate a volver a casa conmigo todas las noches –dudó un segundo y luego añadió–: O al menos vuelve a casa siempre que puedas, si tienes que trabajar en alguna misión encubierta.

–Bueno, eso sí puedo prometerte que no voy a hacerlo. Las misiones encubiertas no son lo mejor para un hombre con familia.

A ella se le iluminó la cara.

–¿Eso es lo que vamos a ser tú y yo? ¿Una familia?

–Sí. Pienso atarte a mí con todas mis fuerzas –pero sabiendo lo independiente que era ella, contuvo la respiración.

Pero Tasha se limitó a sonreír y apretó la mejilla contra la suya. Luc aspiró el leve olor a salsa de pizza casera que exhalaba su pelo. Luego ella se apartó para mirarlo a los ojos.

–Normalmente te diría que eso me gustaría verlo.

Él esbozó una sonrisa irónica y le apartó un rizo de la cara con un dedo.

–Lo sé.

–Eres muy listo –lo besó en la barbilla y levantó la cara hacia él–. Pero esta vez no voy a decirlo. Voy a dejarlo pasar. Porque eso de que me ates a ti con todas tus fuerzas... Me suena al paraíso.

Epílogo

17 de enero. Hotel The Brothers Inn

—¡Odio esta corbata! ¡Las corbatas de lazo son una horterada!

Luc miró a Austin, que estaba luchando por atarse la corbata, e hizo una mueca comprensiva. A él tampoco se le daba muy bien atarse la suya.

Pero Max se acercó al chico diciendo tranquilamente:

—Trae, déjame a mí —y deshizo el lío que se había hecho Austin. Volvió a anudársela hábilmente, se retiró para enderezarle la camisa y le dio su chaqueta con solapas de raso.

Mientras tanto, la cámara de Jake no dejó de sonar haciendo fotos para inmortalizar aquel momento. Austin se puso la chaqueta y Max se la ajustó bien a los anchos hombros. Luego retrocedió.

—Ya está —dijo satisfecho, y señaló el espejo—. Mírate. Estás guapísimo —cuando el chico se volvió para mirarse al espejo, añadió—: ¿Ves? Las corbatas de lazo pueden ser una horterada en algunas situaciones. Pero con un frac quedan de maravilla.

—Y eso Max lo sabe muy bien —comentó Jake con una sonrisa afectuosa—. Le encanta ponerse de punta en blanco.

—Pero no con ropa interior femenina —repuso Austin con una amplia sonrisa.

Max se rio.

—Tienes razón —dio un codazo a Austin—. Pero esto... En fin, a las chicas les encantan los tíos con frac —sonrió a Luc—. ¿Verdad, hermano?

—Eso me han dicho —señaló su propia corbata—. ¿Quieres echarme una mano a mí también?

—Claro —Max se acercó y agarró los extremos colgantes.

Luc oyó de nuevo el diafragma de la cámara cuando levantó la barbilla para que su hermano le atara la corbata. Al acabar, Max dio un paso atrás, le quitó un hilito del hombro y miró a Jake.

—¿Y el novio? —preguntó—. ¿También necesita que le ayude con la corbata? —pero enseguida añadió—. No, tú estás tan guapo como siempre, como un modelo de *GQ*.

Luc miró también a Jake. Su hermano estaba impecable, desde el pelo castaño aclarado por el sol hasta los relucientes zapatos negros. Sí, parecía un novio de la cabeza a los pies, pero, aun así, a Luc le costaba creer que fuera a casarse.

—¿Estás nervioso?

—No —contestó Jake, y miró a Austin—. Estamos más que listos para esto, ¿verdad, colega?

—Sí —contestó el chico—. Jenny cree que soy tan impresionable que no ha dejado que papá viva con nosotros hasta que se casen. Ella se escabullía a su casa todas las noches para ya sabéis qué, pero Dios no quisiera que papá viviera con nosotros... –sonrió cuando su padre y sus tíos se rieron–. Así que, sí, estamos más que listos.

En la suite nupcial del hotel, en el mismo pasillo de la habitación que ocupaban los hombres, Tasha y Harper levantaron con cuidado el vestido de novia de Jenny, se lo pasaron por la cabeza y la ayudaron a colocarse las dos capas que lo componían. Luego Harper le subió la cremallera y abrochó la fila de botoncitos de madreperla. Tasha colocó cuidadosamente los dos pasadores adornados con cuentas de cristal en el peinado de su amiga y le puso delante los zapatos de tacón alto. Levantándose la falda del vestido, Jenny se los puso y Tasha y Harper retrocedieron para que las tres pudieran verla reflejada en el espejo del armario.

Tasha fue la primera en hablar.

–Uf –dijo con un hilo de voz, y se aclaró la garganta–. Dios mío, no me dejéis llorar, que se me va a correr el rímel. Pero Jenny... –rozó con la punta de los dedos el brazo desnudo de su amiga y la miró a los ojos en el espejo–. ¡Estás tan, tan guapa...! –se abanicó los ojos llorosos con los dedos–. Maldita sea –apartó los ojos de Jenny y miró a Harper–. ¿Tú jugabas a las novias de pequeña?

Harper negó con la cabeza, y Tasha también.

–Nosotras tampoco. Ni siquiera se nos ocurría. Nos preocupaba más saber cómo íbamos a buscarnos la vida y a salir de la pobreza –luego se giró para mirar a Jenny cara a cara–. Pero tú, cariño mío, mi querida hermana del alma, eres la novia más guapa del mundo.

Jenny le dedicó una sonrisa radiante y se inclinó un

poco para mirarse de nuevo en el espejo y admirar su vestido de novia, que por la parte delantera tenía un delicado encaje de inspiración hindú.

—Me siento guapa. Y soy tan feliz, Tasha... —luego sus ojos oscuros y su boca rosada se pusieron cómicamente redondos—. ¡Ay, casi se me olvida! Tengo una cosa para vosotras —dándose la vuelta, se acercó a la cómoda y sacó dos estuches dorados adornados con un complicado lazo. Dio uno a Harper y otro a Tasha—. He pensado que os quedarían preciosas en el pelo —dijo—. Pero si no os gustan, no os preocupéis. Buscaremos otra ocasión para que os las pongáis.

Tasha miró a Harper. Luego sonrieron las dos, quitaron los lazos y abrieron las cajas.

—¡Jenny! —exclamó Tasha al ver el regalo que había dentro—. ¡Qué bonito! —sacó del estuche una preciosa diadema de plata adornada con cuentas de cristal redondas entre una miríada de hojas y tallos también engarzados con cristales.

La exclamación de Harper fue idéntica a la suya, y las dos se acercaron al espejo para ponerse las diademas en el pelo. Tasha admiró lo bien que quedaba la suya entre sus rizos.

—¡Gracias, cielo! Me siento como una princesa de cuento de hadas —miró a Harper y vio que su amiga estaba haciendo lo mismo que ella: volviéndose a un lado y otro para ver cómo quedaba la diadema entre sus rizos negros—. ¡Madre mía! ¡Tú sí que pareces una princesa de cuento de hadas!

Corrieron las dos a abrazar a Jenny para darle las gracias. Estaban las tres riéndose mientras preparaban el temporizador de la cámara que Jake les había dejado montada en un trípode cuando llamaron a la puerta.

—¿Jenny?

—¡Austin! —Jenny se acercó a la puerta de la suite y la abrió—. ¡Pasa! ¡Dios santo, pero qué guapo estás!

El chico se quedó clavado en el sitio, mirándola.

—¡Ostras! —exclamó—. Ostras. Pareces... —se interrumpió, meneó la cabeza y siguió mirándola boquiabierto—. Una estrella de cine o algo así.

Tasha vio que Jenny se derretía.

—Uyyy —dijo su amiga tocando la mejilla de aquel chico que era como su hermano—. Gracias. Así es como me siento hoy. ¿Quieres quedarte con nosotras un rato? Estábamos dando los últimos toques a toda esta belleza.

Austin les sonrió.

—Y habéis hecho un trabajo estupendo —contestó—. Pero no. He venido a buscar las flores para nuestras solapas.

—Están en la nevera, abajo, en la cocina del restaurante. Pero primero ven aquí un momento. Tenemos que hacernos una foto contigo.

—Otra foto no —gruñó Austin—. Papá no para de hacerlas.

—Razón de más para que te hagas una con nosotras. Está claro que el Equipo Estrógenos tiene que ponerse a la altura.

Austin cedió y pronto comenzó a bromear con ellas, dejando que todas lo besaran en una foto y posando con los pulgares metidos detrás de las solapas en otra. Cuando por fin lo dejaron marchar, Jenny le dio un abrazo cariñoso.

—¿Puedes traernos también nuestros ramos?

—Claro.

—Pero primero llévales sus flores a los chicos, porque los invitados empezarán a llegar pronto y Max y Luc tienen que estar abajo para recibirlos.

–Enseguida voy –le aseguró Austin. Al verse de pasada en el espejo se detuvo y sonrió de oreja a oreja–. Ya veréis cuando me vean Bailey y Nola con mi frac...

Seguía sonriendo cuando salió de la suite y echó a correr por el pasillo.

El tiempo pareció acelerarse después de que se marchara Austin, y un momento después, o eso les pareció, las tres mujeres oyeron los primeros compases del *Canon* de Pachelbel. Enseguida echaron a andar por el pasillo que llevaba al vestíbulo. Harper y ella colocaron la corta cola del traje de Jenny y se pusieron delante de ella para precederla en su avance.

A través del hueco de la puerta, Tasha vio a Jake, Austin, Max y Luc delante de la chimenea, y al puñado de amigos a los que había invitado Jenny sentados en sillas, mirando hacia ellos. Esperó el momento adecuado mientras seguía sonando la música, tocó el brazo de Harper para indicarle que había llegado el momento y vio que Max, el nuevo sheriff del pueblo, levantaba la cabeza y fijaba la mirada en Harper cuando ella cruzó el umbral y comenzó su lenta marcha por el salón. Los invitados se giraron en sus asientos para mirar.

Entonces fue el turno de Tasha, y en ese momento se dio cuenta de que todos los hermanos Bradshaw compartían el mismo rasgo: solo tenían ojos para sus mujeres. Vio que Jake miraba fijamente a Jenny, que seguía en la puerta del pasillo, y cuando miró a Luc vio que estaba guapísimo con su frac y que tenía la mirada clavada en ella.

La ceremonia fue corta, sencilla y emotiva. Tasha tuvo la impresión de que hacía apenas un momento que los novios se habían besado cuando el pueblo en pleno comenzó a llegar al hotel para el banquete. Durante la hora siguiente paseó entre la gente, saludando y parándose a hablar con todo el mundo.

Luc apareció de pronto delante de ella y le dio una copa de vino.

–¿Quieres que nos escapemos un minuto?

–Dios mío, sí –dejó que la llevara de la mano hasta la escalera que Jenny había cerrado con un cordón de terciopelo. Luc apartó el cordón, la hizo pasar y volvió a poner el cordón en su lugar. Luego la acompañó escaleras arriba.

Tasha se dejó caer en un sofá del pasillo de arriba.

–No sé por qué de pronto estoy tan cansada. No es que me haya pasado todo el día picando piedra.

–¿Has comido algo?

–Sí, claro. Me comí una ración de pizza para... Ah, para desayunar –sonrió un poco avergonzada–. Bueno, eso explica por qué el vino se me está subiendo a la cabeza. Y sobre todo por qué empezaba a sentir claustrofobia ahí abajo. Normalmente me gusta estar rodeada de gente, pero ahora me estaba agobiando.

–Ten, puede que esto te ayude –Luc sacó un cuadradito de papel de aluminio del bolsillo de su chaqueta. Lo desdobló y se lo pasó.

–¡Bombones! –eligió uno y se lo metió en la boca–. ¡Dios! –gimió–. Y no un bombón cualquiera, sino rellenos de caramelo. No me extraña que te quiera tanto.

–Lo mismo digo, preciosa. Lo que me recuerda que... No he tenido ocasión de decirte lo guapa que estás esta noche –pasó un dedo por el escote de su vestido de color morado–. Es un vestido muy bonito. Me he pasado toda la boda preguntándome qué llevarías debajo.

–Dios mío, qué pervertido eres –se rio encantada–. Es algo que me gusta mucho de ti, pero me pregunto qué pensaría la Brigada Antidroga del Condado de Kitsap si lo supieran. Sería una lástima que te despidieran cuando solo llevas dos meses en el trabajo.

–Sí, y es un trabajo que me encanta –repuso él–. Pero esta noche no estoy trabajando, y ahora mismo me interesa más saber qué llevas debajo del vestido. Así que, dime, ¿es un sujetador sin hombreras? O... umm... ¿un tanga?

–Sí y no. Prefiero no llevar nada a llevar un tanga – era mentira, pero preferiría que él descubriera más tarde las braguitas transparentes que se había puesto.

–Dios mío, eso tengo que verlo.

–Te haré un pase de modelos cuando lleguemos a casa –se levantó y le dio un beso suave en los labios. Luego se retiró para mirarlo a los ojos–. Te quiero muchísimo, Luc –susurró–. Nunca pensé que fuera posible sentir tanto amor por una persona, y tengo que ser sincera: a veces me da mucho miedo.

–Ah, no –él inclinó la cabeza para besarla tiernamente en los labios, en los ojos, en las sienes. Tocó con un dedo la diadema de plata y cuentas de su pelo, pero no apartó la mirada de la suya–. Nunca temas quererme, cariño. Porque, por más que me quieras, yo te quiero diez veces más. Cuenta con ello.

–Dios mío, Luc, me haces tan feliz...

–Lo mismo digo. Y, nena, vamos a ser muy felices juntos porque pienso amarte hasta mi último aliento – la besó con fuerza y se apartó para mirarla a los ojos–. Puedes darlo por sentado.

ÚLTIMOS TÍTULOS PUBLICADOS EN HQN

El señor del castillo de Margaret Moore

Siete razones para no enamorarse de J. de la Rosa

Cuando florecen las azaleas de Sherryl Woods

Hombres de honor de Suzanne Brockmann

Dulces palabras de amor de Susan Mallery

Juego de engaños de Nicola Cornick

Cuando llegue el verano de Brenda Novak

Inmisericorde de Arlette Geneve

Desde que no estás de Anouska Knight

Amanecer en llamas de Gena Showalter

Castillos en la arena de Sherryl Woods

En un solo instante de Carla Crespo

La leyenda de tierra firme de J. de la Rosa

Encadenado a ti de Delilah Marvelle

Una mujer a la que amar de Brenda Novak

La distancia entre nosotros de Megan Hart

www.ingramcontent.com/pod-product-compliance
Lightning Source LLC
LaVergne TN
LVHW030341070526
838199LV00067B/6386